Todesgruft
Elke Bergsma

Elke Bergsma

Todesgruft

Impressum
Copyright: © 2018 Elke Bergsma, www.elke-bergsma.de
Am alten Handelshafen 1, 26789 Leer

Lektorat: Hagen Schied, www.lektorat-buchwaerts.de
Korrektorat und Satz: Corinna Rindlisbacher, www.ebokks.de
Cover: Susanne Elsen, www.mohnrot.com
unter Verwendung eines Fotos von © Otto Damaske
Druck: Libri Plureos GmbH, Friedensallee 273, 22763 Hamburg

ISBN: 978-3-7693-5328-0

Verlag: BoD · Books on Demand GmbH, Überseering 33, 22297 Hamburg, bod@bod.de

Liebe Jennelter, ich hab Euch lieb, ganz ehrlich!
Erteilt mir bitte auch nach der Lektüre dieses Buches
kein Platzverbot.

1

Liebevoll strich sie über das Foto, so wie sie es an diesem Morgen bereits unzählige Male getan hatte. Bald würde es soweit sein, schon sehr bald. So lange schon wartete sie auf den Moment, da sie ihren kleinen Jungen und ihr niedliches Mädchen in die Arme schließen würde. Beide seien sie Aids-Waisen, hatte Marianne ihr erzählt. Erst wenige Monate alt und schon ganz alleine auf der Welt. Was für ein grausames Schicksal.

Imke lächelte. Ja, diesmal würde alles gut werden. Nach etlichen Jahren des Hoffens und Bangens würden Ibo und sie endlich für die Strapazen entlohnt, die sie auf sich genommen hatten, um ein Kind zu bekommen. Auf natürlichem Wege hatte es nicht geklappt, auch waren alle Versuche einer künstlichen Befruchtung erfolglos geblieben. Inzwischen waren sie beide über vierzig. Eine Adoption sei in ihrem Alter ausgeschlossen, hatten die Behörden ihnen gesagt. Ihre Situation schien aussichtslos.

Doch dann hatte ihre Nachbarin Marianne diese fantastische Idee gehabt. Zahllose Kinder warteten gerade in den ärmeren Regionen dieser Welt darauf, eine Familie zu finden, in der sie glücklich und in Wohlstand aufwachsen konnten, hatte sie gesagt. Warum also nicht eines von ihnen nach Deutschland holen und ihm ein Zuhause geben?

Nachdem Marianne ihnen die Fotos der armen Kinder aus einem Waisenhaus in Nigeria gezeigt hatte, überlegten Imke und Ibo nicht lange. Zu grausam war die Vorstellung, dass diese kleinen Wesen ohne Liebe und Wärme aufwachsen würden. Wenigstens zweien von ihnen wollten sie ein Leben in Armut, Verzweiflung und Perspektivlosigkeit ersparen.

Imke schob ihren Kaffeebecher beiseite und nahm erneut das Foto in die Hand. Zwei tiefbraune, ein wenig scheu dreinblickende Augenpaare schauten ihr entgegen. Imke ging das Herz auf bei dem Gedanken, dass sie und Ibo es sein würden, die diese Augen zum Strahlen brachten.

„Ich bin sicher, dass es diesmal klappen wird", sagte Ibo leise, während er seine Hände auf ihre Schultern legte und anfing, diese zu massieren. „Kein Grund, so angespannt zu sein, mein Schatz. Denn nun ist es nur noch eine Frage von Tagen, bis wir unsere Kinder in die Arme schließen können."

Imke hatte ihren Mann gar nicht kommen hören. Sie legte ihren Kopf in den Nacken und sah Ibo fragend an. Er war doch gerade erst losgefahren, um ein paar Brötchen zum Frühstück zu besorgen? Eigentlich hatte sie in der Zwischenzeit den Tisch decken wollen, doch war sie von dem Foto abgelenkt worden. „Tut mir leid", murmelte sie und sprang auf. „Irgendwie habe ich die Zeit vergessen."

Ibo hielt sie am Arm zurück, sein Mund verzog sich zu einem breiten Grinsen. „Bleib mal hier. Gerade ist mir Marianne über den Weg gelaufen und hat mir erneut bestätigt, dass alles seinen Gang geht. Nur noch kurze Zeit und diese beiden Wonneproppen werden unser Haus endlich zu einem Zuhause machen. Sie … sie hatte eine Überraschung für uns."

„Eine Überraschung?"

„Ja." Ibo nestelte einen Zettel aus der Hosentasche und hielt ihn mit einem Strahlen auf dem Gesicht in die Luft. „Sie hat mir das hier gegeben."

„Was ist das?"

„Eine E-Mail. Sie hat sie für uns ausgedruckt. Es ist die Bestätigung, dass sie in einer Woche in Nigeria erwartet wird, um unsere Kinder in Empfang zu nehmen."

Unsere Kinder. Wie schön das klang! Imkes Herz tat einen Hüpfer. „Zeig her!" Aufgeregt riss sie ihrem Mann den Zettel aus der Hand und las die wenigen Zeilen, die Marianne für sie ausgedruckt hatte. Tatsächlich, hier stand es schwarz auf weiß. Alle Formalitäten seien erledigt, das Geld eingegangen, die erforderlichen Papiere ausgestellt. In genau sieben Tagen würden sich die beiden Säuglinge zu ihnen auf den Weg machen.

„Ibo, wie schön!", rief sie aus, ihr Herz schlug Purzelbäume vor Freude. Sie wusste gar nicht, wohin mit dem überbordenden Glück, das ihren Körper durchflutete.

„Das ist die beste Nachricht, die wir jemals bekommen haben", nickte Ibo. Er nahm seine Frau in den Arm und sie versanken in einem langen Kuss.

„Wie schade, dass wir nicht mitfliegen können", bemerkte Imke mit Wehmut in der Stimme, als ihr Mann sie wieder freigab. Aber schon im nächsten Moment lächelte sie wieder. „Na ja, ich will nicht undankbar sein. Marianne macht es ja nicht zum ersten Mal. Ich denke, dass wir uns auf sie verlassen können. Warum ist sie denn nicht kurz auf einen Kaffee reingekommen? Ich würde ihr so gerne danke sagen."

„Sie hatte es eilig. War auf der Suche nach Klaas. Die beiden haben einen Termin in Emden, aber anscheinend hat er ihn verschwitzt. Mit Mariannes Laune stand es nicht zum Besten. Die E-Mail hier", er tippte auf den Zettel, den seine Frau nach wie vor in der Hand hielt, „wollte sie uns dennoch nicht vorenthalten."

Imke lachte. Seit ihr Nachbar Klaas in Rente war, lud er sich so viele Aufgaben und Termine auf, dass er ab und an mal den Überblick verlor. Was er natürlich nie zugegeben hätte, konnte er es als ehemaliger Verwaltungsbeamter doch nicht auf sich sitzen lassen, als unorganisiert oder gar vergesslich betitelt zu werden. Wenn man genauer hinsah, dann fiel auf, dass er anscheinend bevorzugt die Verabredungen vergaß, die er mit seiner Frau getroffen hatte. Bei allen anderen Terminen aber ließ ihn sein Gedächtnis nur äußerst selten im Stich. Genaugenommen war Klaas bei allem, was er tat, ein Ausbund an Pflichtbewusstsein, Zuverlässigkeit, Akribie und Pünktlichkeit. Eigenschaften, die er auch von anderen erwartete, was eine Zusammenarbeit mit ihm nicht immer einfach, oft sogar äußerst schwierig machte. Andererseits war man in Jennelt froh, ihn zu haben, gab es in diesem Dorf doch sonst kaum jemanden, der im Trubel des Alltags Zeit fand, sich für die Gemeinschaft zu engagieren.

Gut gelaunt deckte Imke den Tisch und trällerte kaum hörbar eine Melodie vor sich hin. „Ich werde heute noch ein paar Sachen besorgen", verkündete sie, als sie sich schließlich ihrem Mann gegenübersetzte, der nun in der

Tageszeitung blätterte. „Fürs Kinderzimmer. Nicht dass irgendetwas fehlt."

Ibo zwinkerte ihr zu. „Pass nur auf, dass nach deinem Kaufrausch auch die Kinder noch Platz im Zimmer finden. So vollgestopft, wie es bereits jetzt mit Spielzeug und Kuscheltieren ist, bekomme ich da so meine Zweifel."

Noch bevor Imke etwas erwidern konnte, klopfte es hart an der Tür, und schon im nächsten Moment stand Ibos Freund Andreas in der Tür. Er keuchte, auf seiner Stirn standen Schweißperlen – was unmöglich am Wetter liegen konnte, denn draußen herrschten milde Frühlingstemperaturen. Auch sah er in seiner Alltagskleidung nicht so aus, als habe er eine seiner regelmäßigen Joggingrunden gedreht. „Ist der Scheißkerl bei euch?", fauchte er.

„Moin, Andreas." Ibo zog die Brauen hoch. „Von wem sprichst du?"

„Möchtest du vielleicht einen Kaffee?", fragte Imke.

„Von wem ich spreche?" In Andreas' Keuchen mischte sich ein Kieksen. Er schien wirklich außer sich zu sein. „Von Klaas natürlich, von wem denn wohl sonst?" Er zögerte kurz, dann trat er an den Tisch heran und setzte sich auf einen Stuhl. Er stützte seine Ellenbogen auf den Knien ab und senkte den Kopf. „Habt ihr ihn gesehen?", presste er hervor.

„Nein. Was hat er denn jetzt schon wieder angestellt?" Ibo hatte eine Tasse aus dem Schrank geholt und schenkte Andreas Kaffee ein.

Andreas richtete sich auf und fuhr sich ein paarmal schwer atmend durchs Haar. „Sein verdammtes Gift versprüht", stieß er hervor, und es war nicht zu überhören, dass er kurz vor der Explosion stand.

Ibo winkte ab. „Mach dir nichts draus. Du kennst ihn doch. Er fühlt sich nur wohl, wenn er andere zurechtweisen kann. Weiß gar nicht, warum du dich so aufregst."

„Das meine ich nicht." Andreas nahm einen Schluck Kaffee, lehnte jedoch die mit Wurst belegte Brötchenhälfte, die Imke ihm rüberschob, mit einer fahrigen Geste ab.

„Wie meinst du es dann?", fragte Ibo.

„Seinen Unkrautvernichter hat er versprüht, dieses verdammte Gift, mit dem er seinen Garten verseucht." Er fluchte unartikuliert. „Tausend Mal hab ich ihm gesagt, dass er gefälligst aufpassen soll mit dem Zeug. Wenn er sich und seine Familie unbedingt vergiften will, bitte schön. Ich aber habe keinen Bock auf die Scheißchemie, mit der er alles, aber auch wirklich alles im Garten kaputtmacht. Schlimm genug, dass so was überhaupt erlaubt ist."

„Solange er es auf seinem Grundstück tut, kannst du wohl nicht viel dagegen …", setzte Imke an, wurde jedoch durch eine harsche Handbewegung unterbrochen. Andreas' Augen verengten sich zu schmalen Schlitzen. „Über den Zaun hat er es gesprüht." Er tippte sich auf die Brust und spuckte hervor: „Auf meine Setzlinge, verstehst du, auf *meine* Setzlinge. Und wenn du mich fragst, dann hat er es absichtlich getan."

„Aber warum sollte er das tun? Ich meine …"

„Er behauptet, unsere Katze würde ständig in seinen Garten scheißen."

„Ach, die alte Leier", seufzte Imke. „Hat das denn nie ein Ende?" Sie erinnerte sich nur allzu gut an den Tag vor rund einem Jahr, als Andreas' vorherige Katze eines Morgens tot im Garten gelegen hatte. Seine Frau Thea hatte damals so entsetzt aufgeschrien, dass es in ganz Jennelt zu hören gewesen war. In ihrer Wut und Trauer hatte sie Stein und Bein geschworen, Klaas bei nächster Gelegenheit das Gleiche anzutun. Dem aber war nicht nachzuweisen gewesen, dass er das Tier auf dem Gewissen hatte. Und doch war jedem im Dorf klar gewesen, dass nur er für eine solch perfide Tat infrage kam, denn schließlich hasste Klaas von jeher alles, was vier oder mehr Beine hatte. Es hatte damals nicht viel gefehlt und Andreas hätte seinen Nachbarn totgeprügelt. Gott sei Dank war Ibo zur Stelle gewesen und hatte Schlimmeres verhindert. Seither jedoch sann Andreas auf Rache, und das Verhältnis zwischen den Nachbarn, deren Grundstücke lediglich ein Maschendrahtzaun trennte, war vergiftet – und nun anscheinend auch das junge Gemüse, das Andreas alljährlich mit großem Einsatz hegte und pflegte.

„Guck mal." Imke hatte keine Lust auf schlechte Stimmung und legte Mariannes E-Mail-Ausdruck vor Andreas hin. „Ist das nicht eine ganz fantastische Nachricht?"

„Gratuliere", sagte Andreas, nachdem er die Mail gelesen hatte, doch blieb sein Gesichtsausdruck angespannt.

„Ist das alles?" Imke war enttäuscht.

„Falscher Moment", murmelte Ibo und kassierte den Zettel wieder ein. „Marianne sucht ihren Mann auch, sie wollte bei seinem Kumpel Gerhard nachsehen", sagte er an seinen Freund gewandt. Ein schiefes Lächeln umspielte seine Mundwinkel. „Vielleicht solltest du ihr einfach folgen, bisher hat sie ihn noch immer gefunden."

Andreas stürzte seinen Kaffee hinunter, dann grüßte er wortlos und verschwand im nächsten Moment zur Tür hinaus.

„Glaubst du, dass Klaas so was macht?", fragte Imke. „Ich meine, ist er tatsächlich so dreist, einfach seine Giftbrühe über Andreas' Setzlingen auszuschütten?"

„Natürlich ist er so dreist." Ibo biss von seinem Brötchen ab, bevor er mit vollem Mund fortfuhr: „Aber ja, wenn es so ist, wie Andreas sagt, dann bin ich überzeugt, dass Klaas dahintersteckt. Und wenn er nicht aufpasst, ist schon bald die nächste Katze fällig. Wird wirklich Zeit, dass dem Kerl mal das Handwerk gelegt wird."

„Wie meinst du denn das jetzt?"

„So, wie ich es sage. Oder hast du vielleicht Lust, dass Klaas eines Tages unsere Kinder an- oder vergiftet, nur weil ihm womöglich deren Hautfarbe nicht passt?"

Imke riss entsetzt die Augen auf. „Aber er wird doch nicht …"

Ibo seufzte. „Klaas ist voller Vorurteile. Was ihm nicht passt, wird aus dem Weg geräumt. Auf jede erdenkliche Weise. Das hat er nicht nur einmal bewiesen. Und vergiss nicht das Unglück, das er über deine Familie gebracht hat."

Imke schwieg und blickte besorgt hinaus auf das Nachbargrundstück.

2

Mara tapste auf ihren kurzen, noch ein wenig o-förmig anmutenden Beinchen von Schneeglöckchen zu Schneeglöckchen. Die weißen Blumen, die ihre Köpfe in der wärmenden Sonne öffneten, hatten es der Tochter von Sebastian Hasenkrug angetan. Munter vor sich hin brabbelnd und ab und zu glucksend versuchte sie mit ihren speckigen Händchen die eine oder andere Blume zu pflücken. Nicht selten geriet sie beim Bücken aus dem Gleichgewicht und landete auf ihrem in Windeln verpackten Hintern. Aber sie gab nicht auf, rappelte sich umständlich wieder hoch, leckte die Erde von ihren Fingern und startete einen neuen Versuch.

Mit ihren Eltern besuchte Mara an diesem ersten warmen Märztag Freunde in Jennelt, die einen Jungen im gleichen Alter hatten. Allerdings zeigten die Kinder kein allzu großes Interesse aneinander, sondern gingen jeder seinen eigenen Weg. Ihre Eltern hofften, dass sich dieses demonstrativ zur Schau gestellte Desinteresse mit zunehmendem Alter legte und die zwei bald richtig dicke Freunde sein würden. Noch aber waren sie wohl zu klein, um Freundschaften zu pflegen.

Die vier Erwachsenen saßen, die Hände hinter ihren Rücken aufgestützt, auf der mit Kissen ausgelegten Umrandung der Terrasse. Von hier aus führten ein paar Stufen zu dem mit Schneeglöckchen und Krokussen übersäten Rasen hinab. Neben sich hatte jeder einen Becher mit Kaffee stehen. „Ihr habt euch ein richtiges Paradies geschaffen", stellte Tonja, die Lebensgefährtin von Sebastian Hasenkrug, fest. Genau wie die anderen streckte auch sie ihr Gesicht der Sonne entgegen. Nach den völlig verregneten Wintermonaten war es eine wahre Wohltat, die Wärme auf der Haut zu spüren.

„Eigentlich haben wir gar nicht so viel gemacht", entgegnete ihre Freundin Alida. „Ein bisschen renoviert, ja." Sie deutete auf den Rasen. „Aber mit dem Blumenmeer zu dieser frühen Jahreszeit haben auch wir nicht gerechnet. Als wir uns das Haus im Sommer angesehen haben, war von den Schneeglöckchen naturgemäß nichts zu sehen. Kann nicht behaupten, dass mir diese Überraschung missfällt."

„Fehlt nur noch die Terrassenbestuhlung und ein Schwenkgrill", grinste ihr Mann Geert, „aber ich bin sicher, das kriegen wir bis zur Fußballweltmeisterschaft noch hin." Er zog seinen Rücken in die Senkrechte und deutete mit einer Kopfbewegung auf seinen Sohn, der einen kleinen roten Ball zwischen den Blumen gefunden hatte und nun ganz aufgeregt vor sich hin brabbelte. „Ich freue mich schon auf den Tag, an dem ich mit Finn zum ersten Mal auf den Fußballplatz gehen kann. Wird bestimmt ein großer Kicker."

„Wie könnte es bei dem Vater anders sein", neckte ihn seine Frau. „Immerhin hat der es ja bis zur Gemeindeauswahl geschafft."

„Eben."

Alle lachten, stutzten jedoch, als nun jemand zu ihnen

herüberbrüllte: „He, Geert, hast du Klaas gesehen?" Ihr Nachbar Andreas stand am gemeinsamen Zaun und sah alles andere als glücklich aus. Er schien sogar richtig wütend zu sein, denn er schlug – nicht hart, aber kontinuierlich – mit der Faust auf einen der den Zaun begrenzenden Pfosten ein.

Geert sah seine Frau an, doch die schüttelte den Kopf. „Nee", rief er dann zurück, „heute noch gar nicht. Was willst du denn von ihm?"

„Ihn windelweich prügeln, was sonst? Hat mir meine Setzlinge kaputtgespritzt mit seinem Gift."

„Au weh", seufzte Alida, „nimmt das denn nie ein Ende?"

„Gibt's da öfter mal Stress?", erkundigte sich Tonja.

„Ständig", nickte Geert. „Die beiden hassen sich wie die Pest. Klaas, der alte Knochen, hat im letzten Jahr Andreas' Katze vergiftet …"

Alida hob den Zeigefinger. „So heißt es zumindest."

„Ja. Aber jeder weiß doch, dass er es war. Seitdem herrscht Krieg. Aber das ist bei den Familien nichts Neues. Auch Andreas' Vater hatte sich schon ständig mit Klaas in der Wolle. Manch böse Zungen behaupten, dass er deswegen an einem Herzinfarkt gestorben ist. Vermutlich ist da sogar was dran, denn dem tödlichen Herzinfarkt war wohl ein unmittelbarer Streit am Gartenzaun vorausgegangen."

Sebastian Hasenkrug verzog das Gesicht. „Ein Mann, der Katzen und Nachbarn in den Tod treibt. Ein echter Sympathieträger, wie mir scheint." Er sah zum Gartenzaun hinüber, aber Andreas war verschwunden.

„Wie sage ich immer", warf Alida ein, „Klaas wäre ein Fall für *Unser Dorf soll schöner werden*."

„Wie meinst du denn das jetzt?"

„Na ja, man könnte ja zur Abwechslung mal ihn vergiften und dann …"

„Und dann?"

„Wäre unser Dorf schöner." Ihrer Kehle entfuhr erneut ein tiefer Seufzer. „Aber das wird wohl nur ein frommer Wunsch bleiben. Denn wie heißt es so schön: Only the good die young[1]. Wenn da was dran ist, wird Klaas mindestens hundertzwanzig."

„Wie alt ist er denn?", fragte Tonja, die gerade zwei völlig zerrupft aussehende Schneeglöckchen entgegennahm, die Mara ihr voller Stolz reichte.

„Mitte sechzig. Letztes Jahr in Rente gegangen. Seitdem gibt er hier den Blockwart."

„Und wo genau wohnt er?"

„Dort." Alida zeigte auf einen Garten, der sowohl an ihr Grundstück angrenzte als auch an das von Andreas und Thea. Im alten Ortskern von Jennelt, um die auf einer Warft gelegenen Kirche herum, lagen alle Gärten dicht an dicht. Auch unterlagen sie zumindest scheinbar keiner Ordnung, sodass manchmal kaum auszumachen war, wo das eine Grundstück endete und das andere anfing. Eingerahmt wurden sie von altem Baumbestand, der zumeist die schmalen, in rotem Stein gepflasterten Straßen säumte.

„Oh, guckt mal, da ist Marianne", sagte Geert und zeigte auf eine ältere Dame, die nun ebenfalls von ihrem Grundstück aus auf den gemeinsamen Zaun zustrebte. „Marianne ist die Frau von Klaas", fügte er erklärend hinzu.

---

[1] Nur die Guten sterben jung

„Auch so ein Drachen?", fragte Tonja.

„Nein", erwiderten Alida und Geert unisono, und Alida führte aus: „Marianne ist eine Seele von Mensch. Sehr engagiert in allem, was einen karitativen Anstrich hat. Unseren Nachbarn Imke und Ibo Boos zum Beispiel hat sie gerade zwei afrikanische Kinder zur Adoption vermittelt. Das Leiden der Menschen auf dem schwarzen Kontinent ist ihr großes Thema. Ständig veranstaltet sie irgendwelche Charity-Partys und Ähnliches für sie. Ja, sie ist wirklich engagiert."

„Moin. Habt ihr Klaas gesehen?", schallte es nun von der anderen Seite zu ihnen hinüber.

„Nein", rief Geert erneut. „Andreas hat auch schon gefragt. Bestimmt ist Klaas bei einem seiner vielen Termine, meinst du nicht?"

„Er hat erst heute Nachmittag einen Termin." Marianne war durch das kleine Tor getreten, das ihre beiden Gärten verband, und kam auf sie zugelaufen. Ihr Gesicht hellte sich schlagartig auf, als sie Mara und Finn sah, die sich gegenseitig den Ball abjagten. Gerade verzog Finn weinerlich das Gesicht, weil Mara aus dem jüngsten Zweikampf als Siegerin hervorgegangen war, ihre Errungenschaft nun zu einer blühenden Forsythie trug und sie zwischen deren Ästen fallen ließ. Sofort stob Finn hinterher und versuchte, den Ball nun seinerseits zu ergattern, doch war Mara auch diesmal schneller. Mit dem Ergebnis, dass Finn ein ohrenbetäubendes Gebrüll anstimmte und auf seine Mutter zuzockelte. Als Marianne nun aber in die Hocke ging und ihre Arme nach ihm ausstreckte, gab er sich mit ihr zufrieden und ließ sich von ihr trösten. Empört zeigte er mit seinem kleinen Finger immer wieder auf Mara, die mit stolz-geschwellter Brust und triumphierendem Blick dastand und den Ball an sich drückte.

„Wenn es schon bei den Kleinen mit dem Teilen nicht klappt, wie soll es dann zwischen den Großen funktionieren", stellte Alida fest. Marianne hatte Finn auf den Arm genommen, und als sie mit ihm bei Alida ankam, streckte der Kleine seine Ärmchen aus und verlangte, auf den Schoß genommen zu werden.

„So sind die Frauen", behauptete Geert an seinen Sohn gewandt, als der in den Armen seiner Mutter noch einmal ordentlich aufdrehte. „Gewöhn dich besser gleich dran, das ändert sich nie. Mit Heulen kommst du da nicht weiter."

„Möchtest du einen Kaffee?", fragte Alida, als Marianne den Gästen die Hand gegeben hatte und sich nun zu ihnen setzte.

„Nee. Ich will nur wissen, wo mein Mann steckt. Er sollte mich nach Emden fahren. Hab einen Termin beim Augenarzt. Da kann ich hinterher nicht selber fahren, wegen der Tropfen, ihr wisst schon. Ist aber nun schon viel zu spät dafür. Hab den Termin gerade abgesagt."

Geert zögerte kurz, bevor er sagte: „Andreas behauptet, Klaas habe seine Setzlinge mit Pflanzengift besprüht."

„Das mach wohl sein", erwiderte Marianne unumwunden. „Ihr wisst ja, wie er ist." Damit schien für sie alles gesagt, denn sie stand bereits wieder auf und machte sich auf den Weg. „Wenn ihr ihn seht, dann sagt ihm, dass er besser nicht mehr nach Hause kommt, bevor ich mich wieder beruhigt habe."

Alida lachte. „Wir werden es ihm ausrichten." Als Marianne sich nun mit einem Nicken zum Gehen wandte, rief sie hinter ihr her: „Ach, übrigens, klappt es mit den Babys aus Afrika?"

Mariannes gerade noch verhärmt wirkendes Antlitz verwandelte sich bei dieser Frage in ein fröhliches. „Ja, sicher, ich fliege nächste Woche hin und hol die Lütten ab. Hab es Imke und Ibo schon gesagt. Denke, dass sie sich mächtig darüber freuen. Ich geh gleich mal zu ihnen rüber und besprech die Details."

„Zum Frühlingsfest bist du aber wieder da?", wollte Alida wissen.

„Ja. Sicher. Muss doch gucken, dass genug Spenden zusammenkommen." Marianne hob die Hand zum Gruß, doch anstatt zu ihrem Haus zu gehen, passierte sie ein Gartentor, das sie auf einen schmalen Weg hinausführte. Gleich darauf verschwand sie im Haus von Imke und Ibo.

„Hier ist ja was los", stellte Sebastian Hasenkrug fest, als nur wenig später diverse Autos die Lohne hochfuhren. Sie parkten unmittelbar an der aus rotem Klinker errichteten Kirche, und aus ihnen entstiegen rund ein Dutzend Menschen.

„Wird wohl eine Kirchenführung sein", mutmaßte Alida, als sich die Gruppe nun in Bewegung setzte. Ein Mann öffnete das in den Angeln quietschende, schmiedeeiserne Tor zum unmittelbar an der Kirche gelegenen Friedhof und ließ die anderen passieren, bevor er es wieder schloss. Als wenig später die Tür zur Kirche geöffnet wurde, drang Orgelmusik ins Freie, die jedoch abrupt verstummte, als ungefähr die Hälfte der Gruppe eingetreten war.

„Ich hätte Lust, mir ein wenig die Beine zu vertreten, bevor wir uns ans Mittagessen machen", verkündete Tonja. „Kommt jemand mit?"

Alle nickten. Viel zu lange war es her, dass man in Feld und Flur spazieren gehen konnte, ohne vom unablässig fallenden Regen durchnässt zu werden. Wenn schon mal die Sonne vom wolkenlosen Himmel schien, dann sollte man sie auch so lange wie möglich genießen.

Geert pfiff nach seiner Hündin Bonnie, die es sich auf den warmen Planken der Holzterrasse gemütlich gemacht hatte. Sofort sprang der schwarzweiß gescheckte Jagdhundmischling auf, nahm die neben ihm liegende Leine in die Schnauze und trug sie mit dem Schwanz wedelnd zu seinem Herrchen. Auch sie schien sich mächtig zu freuen, dass das Schmuddelwetter endlich vorbei war.

Tonja und Alida verstauten die Kinder in ihren Buggys, was diese sich nur unter lautstarkem Protest gefallen ließen. Vor allem Mara stemmte sich mit allen ihr zur Verfügung stehenden Gliedmaßen gegen das Eingepferchtwerden. „Das wird nichts", stellte Sebastian Hasenkrug schließlich fest, griff seine Tochter unter den Armen und setzte sie sich auf die Schultern. Das Schreien und Schluchzen wich einem freudigen Glucksen.

„Na, da hat sie ja mal wieder erreicht, was sie wollte", bemerkte Tonja wenig begeistert. „Kein Wunder, dass sie jedes Mal den Aufstand probt, wenn du dabei bist. Anstatt sie einfach mal schreien zu lassen, bekommt sie bei dir immer gleich ihren Willen. Keine Ahnung, wie du dem Kind jemals seine Grenzen aufzeigen willst." Sie deutete auf Finn, der, von dem Theater seiner Freundin völlig unbeeindruckt, bereits in seinem Buggy eingeschlafen war. „Das nenne ich mal ein braves Kind."

Während Alida zustimmend nickte, zuckten die Männer

nur die Schultern und marschierten los. Das kleine Dorf zeigte sich an diesem Tag ungewöhnlich lebhaft, anscheinend trieb es alle Menschen aus ihren Löchern ins Freie. Was nur allzu verständlich war, denn schließlich wusste man in diesem Landstrich nie, wann sich der Himmel wieder zuziehen und die Wolken weiteren Regen auf den bereits völlig aufgeweichten Boden fallen lassen würde.

„Was ist denn das?", fragte Alida plötzlich, nachdem sie eine Weile schweigend nebeneinander die Lohne in Richtung Wiesen hinuntergelaufen waren. Die anderen folgten ihrem Blick, der auf einen größeren Fleck am Wegesrand geheftet war. Bonnie schnüffelte bereits aufgeregt daran herum. Als sie jedoch daran zu schlecken begann, zog Geert sie zurück und bedeutete ihr, Sitz zu machen.

„Sieht aus wie Blut", stellte Geert fest. „Könnte von einem Tier stammen."

Tonja zog kritisch die Stirn in Falten und schüttelte den Kopf. „Kein Fell, keine Federn", stellte sie mit dem geschulten Blick einer Tierärztin fest. Sie bückte sich und nahm die Lache eingehender in Augenschein. „Frisch ist es nicht, sondern schon ziemlich eingetrocknet."

„Und was sagt unser Kriminaler dazu?"

Sebastian Hasenkrug wiegte den Kopf hin und her. „Ich würde ja eher auf tierisches Blut tippen. Alles andere … hm … würde nur einen erhöhten Schokoriegelkonsum meines Kollegen nach sich ziehen." Er schmunzelte, während ihn die anderen etwas verwirrt ansahen.

„Ignorieren oder erforschen?", fragte Alida. Als Wissenschaftlerin, die an der Fachhochschule in Emden arbeitete, ging sie den Dingen gerne auf den Grund. „Also ich wäre für erforschen", gab sie sich, für ihre Begleiter wenig überraschend, sogleich selbst die Antwort.

Nachdem Tonja entsprechendes Equipment aus dem Kofferraum ihres Autos geholt hatte, nahmen sie und Alida eine Probe von dem Blut. Hasenkrug sah sich zwischenzeitlich ein wenig um und machte Fotos mit seinem Smartphone. Er suchte nach Spuren oder sonstigen Hinweisen, die eventuell auf ein Verbrechen schließen ließen, doch fand er nichts, was seine Aufmerksamkeit erregt hätte.

„Und jetzt?" Tonja hielt ihm das Röhrchen mit dem Blut unter die Nase.

Hasenkrug überlegte kurz, dann sagte er: „Wir bringen es auf dem Nachhauseweg im Labor vorbei. Morgen wissen wir dann mehr."

Als nun die Kinder anfingen zu jammern, legte Tonja das Röhrchen in ihre Tasche und sie setzten ihren Spaziergang fort.

3

Die Kluntjes knisterten in den Tassen, als Therese Pupkes sie mit heißem Tee übergoss. Als sie die Kanne wieder auf dem Stövchen abgestellt hatte, warf sie zum wiederholten Male einen Blick auf ihre Armbanduhr. „Wo bleibt er denn nur?", murmelte sie.

„Von mir aus kann er auch wegbleiben", knurrte Edzard Mansen. „Macht sowieso nur Ärger."

„Das kannste laut sagen." Gerhard Oltmanns war kein Freund der vielen Worte, deshalb ließ er es bei dieser schlichten Feststellung bewenden.

„Bestimmt kommt er gleich." Gerhards Schwester Gesine nahm sich rasch ein Plätzchen aus der Schale und biss ein Stück davon ab. Es waren die Restbestände der Weihnachtsbäckerei, die der Kirchenrat auf Geheiß von Marianne in der Adventszeit veranstaltet hatte, um Spenden für die Hungernden in Afrika zu sammeln. „Wird Zeit, dass sie wegkommen", sagte sie, als Therese sie nun tadelnd ansah. „Wäre doch schade, wenn sie trocken würden."

„Nun, darum muss man sich keine Sorgen machen, wenn du mit am Tisch sitzt", ätzte Therese. „Kann man ja gar nicht so schnell gucken, wie du sie weggeputzt hast. Und das, obwohl du angeblich fastest." Sie musterte ihre Nachbarin mit kritischem Blick. „Möchte mal wissen, warum alle anderen beim Fasten abnehmen und nur du immer fetter wirst."

„Bestimmt ist Klaas mit Marianne an den Deich gefahren", meinte Gerhard Oltmanns mit einem Blick durch das Spitzbogenfenster. Zur Sitzung des ausschließlich von Rentnern besetzten Kirchenrates hatten sie sich im Nebenraum der Jennelter Kirche getroffen. Mangels Gemeindehaus fungierte dieser mit Tischen, Stühlen und einer Küchenzeile ausgestatteter Raum als Treffpunkt für unterschiedlichste Sitzungen und Veranstaltungen, die im Dorf begangen wurden.

„Was sollte Klaas denn wohl am Deich wollen." Therese schien nicht überzeugt und auch Edzard sagte: „Glaub ich ja im Leben nicht. Bestimmt hat er sich auf dem Weg hierher mit jemandem angelegt. Das kann er doch besonders gut, der alte Kotzbrocken."

„Unser Pastor ist auch noch nicht da", stellte Gesine fest.

„Der hat sich entschuldigt", entgegnete Therese. „Kommt später, hat noch ein Taufgespräch."

„Na, der weiß wenigstens, was sich gehört. Aber Klaas macht ja sowieso, was er will, und das ist meist nichts Gutes." Edzard nickte mehrfach, als müsse er seine für Klaas wenig schmeichelhafte Aussage vor sich selbst bestätigen.

„Nu mach doch Klaas nicht schon wieder so schlecht", schimpfte Gesine. „Immer musst du ihn schlechtmachen."

„Komm du mal lieber von deiner rosaroten Wolke runter", stichelte Therese. „Nur weil du in ihn verknallt bist, musst du ihn doch nicht immer in Schutz nehmen. Klaas ist ein unerträglicher Mensch, das ändert sich auch nicht dadurch, dass du für ihn schwärmst wie ein oller Backfisch."

Gesines Wangen waren bei Thereses Worten rot angelaufen. Im Dorf wusste jeder, dass sie in Klaas verliebt war. Sogar die Kinder riefen deswegen spöttische Reime hinter ihr her. Alle hielten sie für eine alte Jungfer, weil sie nie verheiratet gewesen war. Und sie hatten recht damit. Aber wen hätte sie denn bitte schön heiraten sollen, nachdem Marianne ihr Klaas vor der Nase weggeschnappt hatte? Ja, es stimmte, sie war in Klaas verliebt, seit sie denken konnte. Doch war das doch noch lange kein Grund, sie damit aufziehen. Für seine Gefühle konnte schließlich keiner was. So mancher hatte ihr geraten, aus Jennelt wegzuziehen, nachdem Klaas und Marianne geheiratet hatten. Sie aber war geblieben, hatte den Gedanken nicht ertragen können, ihn nicht mehr zu sehen. Immer hatte sie gehofft, dass er sich eines Tages doch noch in sie verlieben und Marianne verlassen würde. Noch war es ja auch nicht zu spät dafür. Nie war es zu spät, solange sie beide lebten. Die anderen würden schon noch sehen.

„Hast ja ganz schön mit Klaas gestritten, gestern Abend", wurde Gesine durch Edzards Stimme aus ihren Gedanken gerissen. „Wollte er dir noch immer keinen Heiratsantrag machen, oder was?" Er lachte grölend auf, als hätte er einen besonders gelungenen Scherz gemacht.

„Geht dich nichts an", maulte Gesine.

„Ich hab euch auch gesehen, bei dir an der Tür", nickte Therese. „Ging ja ganz schön zur Sache, wie er dich angebrüllt hat. Vielleicht ist er ja deswegen heute nicht hier."

„Wie meinst du denn das jetzt?" Gesine starrte sie böse an.

„Na ja, ich hätte ja auch keine Lust darauf, dass mir ständig jemand auflauert, ganz egal, wohin ich gehe. Klaas mag so blöd sein, wie er will, aber ich kann gut verstehen, dass er darauf keine Lust hat."

„Stalken nennt man das heute", nickte Edzard wissend. „Kann man ordentlich Ärger für kriegen, wenn einen einer anzeigt."

„Ich lauer ihm nicht auf." Gesines Gesichtsausdruck verfinsterte sich, bockig verschränkte sie die Arme vor ihrem Körper.

„Natürlich lauerst du ihm auf." Gesines Bruder Gerhard grinste sie an. „Seit wir klein waren, lauerst du ihm auf. Hat sich unsere Mutter schon immer drüber lustig gemacht, als wir noch Kinder waren."

„Hat sie nicht."

„Doch, das hat sie."

„Ich jedenfalls hätte keine Lust, als alte Jungfer zu sterben", setzte Therese noch eins drauf. „Na ja, das geht ja nun auch nicht mehr, schließlich hab ich zwei Kinder in die Welt gesetzt. Muss schlimm sein, wenn man nie einen Kerl gehabt hat. Also ich kann mir ein Leben ohne … Na ja, ist ja auch egal." Sie sah Gesine spöttisch an, als diese nun noch einmal in die Keksschale griff. „Glaub mal nur nicht, dass Klaas dich attraktiv findet, so wie du aussiehst. Guck dir mal Marianne an, wie schlank die immer noch ist, trotz der beiden Kinder, die sie in die Welt gesetzt hat. Armer Klaas, da fällt ihm die Wahl sicher schwer."

„Marianne ist immer noch 'ne schöne Frau", konstatierte Gerhard. „Wundert mich nicht, dass Klaas sich damals für sie entschieden hat. Andersherum frag ich mich aber, was Marianne an dem drögen Kerl je attraktiv fand. Der war doch schon immer nicht zum Aushalten, mit seinen ständigen Launen und seiner Pedanterie und so."

„Frauen mögen es, wenn Männer gemein zu ihnen sind", behauptete Edzard.

„Davon träumst du aber", entgegnete Therese. „Als hättest du zu Haus irgendwas zu melden. Musst dir deine Ehe wohl auch schönreden."

„Was ist denn nun mit dem Frühlingsfest übernächste Woche?", versuchte Gesine vom Thema abzulenken. Sie hatte es noch nie gemocht, im Mittelpunkt der Aufmerksamkeit zu stehen, und konnte gern darauf verzichten. Außerdem wollte sie sich nicht weiter anhören müssen, wie attraktiv Marianne war. Das führte höchstens dazu, dass sie noch mehr essen musste.

„Das wüsste ich auch gerne." Therese runzelte die Stirn. „Marianne will nächste Woche nach Afrika fliegen, um die Kinder von Imke und Ibo abzuholen. Keine Ahnung, wie lange sie bleibt. Zur Not müssen wir eben ohne sie auskommen."

„Wenn sie hinterher die Spenden haben will, dann soll sie gefälligst auch da sein", brummte Gerhard.

„Genau", stimmte Gesine ihm zu. „Und Kuchen backen muss sie auch, sonst wäre es ja unfair allen anderen gegenüber."

„Stellt euch nicht so an!", schimpfte Therese. „Marianne tut nun wirklich genug fürs Dorf, da könnt ihr auf ihren Kuchen ja wohl mal verzichten." Nach einem weiteren Blick auf die Uhr sagte sie: „So. Und nun geh ich mal rüber und frag, ob Klaas unsere Kirchenratssitzung vergessen hat. So kommen wir doch nicht weiter, schließlich hat er alle Unterlagen, um die es heute gehen soll."

Genau in diesem Moment wurde die Tür geöffnet und Marianne trat ein. „Ist Klaas hier?", fragte sie.

„Nee. Wollte gerade kommen und nach ihm fragen", antwortete Therese. „Ist er denn nicht zu Hause?"

„Dann wäre ich ja nicht hier", antwortete Marianne ein wenig schnippisch, wofür sie sich jedoch sofort entschuldigte. „Tut mir leid. Aber ich suche ihn seit heute Morgen. Niemand hat ihn gesehen. So langsam frage ich mich ja …" Anstatt den Satz zu beenden, zuckte sie mit den Schultern.

„Hat er nicht gesagt, wohin er geht? Ich meine, sagt er dir denn nicht, welche Termine er hat?", fragte Gerhard.

„Doch. Aber heute wollte er mich nur zum Augenarzt bringen und zur Kirchenratssitzung gehen. Nichts davon hat er gemacht." Sie zog sich einen Stuhl heran und setzte sich zu den anderen an den Tisch.

Im Raum herrschte für eine Weile ratloses Schweigen.

„Hoffentlich hat er sich nichts angetan", durchbrach Gerhard schließlich die Stille.

„Warum sollte er sich denn was antun?", fragte Edzard, während Gesine erschrocken die Augen aufriss.

„Dafür isser doch viel zu selbstverliebt", entfuhr es Therese. Ertappt schlug sie sich die Hand vor den Mund. „Oh, entschuldige, Marianne, das wollte ich nicht sagen."

„Doch, wolltest du", schnappte die. „Aber du hast ja recht. Freiwillig würde Klaas bestimmt nicht aus der Welt scheiden, solange er sich hier wichtigmachen kann."

„Wann hast du ihn denn zum letzten Mal gesehen?", wollte Edzard wissen.

„Gestern Abend. Er ist dann noch mal raus." Marianne sah Gesine prüfend an. „Klaas war ziemlich sauer auf dich. Hast du ihm schon wieder nachgestellt, oder was?"

Gesine zog einen Schmollmund, sagte aber nichts.

„Ist er denn dann überhaupt wieder nach Hause gekommen?", fragte Gerhard.

„Glaub schon", antwortete Marianne. „Sein Bett war heute Morgen durchwühlt. Hab ihn aber nicht gehört. Hab immer Ohrenstöpsel drin, weil er schnarcht. Unerträglich, dieses Gesäge, das kann ich euch sagen."

„Kenn ich", nickte Therese. „Und gefrühstückt hat er nicht?"

„Nee. Macht er aber öfter nicht. Hab mir nichts dabei gedacht."

„Und nun?" Edzard sah fragend in die Runde.

„Am besten, du gibst eine Vermisstenanzeige auf", meinte Therese zu Marianne. „Man weiß ja nie. Heutzutage passieren ja Sachen, da glaubste nicht dran. Ich sag ja nicht, dass das an den ganzen Ausländern liegt, aber …"

„Dann sag es auch nicht", unterbrach Marianne sie harsch. „Deine Vorurteile helfen nun wirklich nicht weiter."

„Wir könnten einen Suchtrupp bilden", schlug Gerhard vor.

„Und wo genau soll der suchen?"

„Keine Ahnung. Dachte nur so. Sieht man immer im Fernsehen, dass so was gemacht wird und die dann alle den Wald durchkämmen."

„Wir haben keinen Wald."

„Stimmt."

Während Therese noch einmal Tee einschenkte, ging erneut die Tür auf. Diesmal kam Geert Harms rein. „Moin. Wollte mal fragen, ob ihr heute an der Lohne jemanden gesehen habt, der verletzt war."

„An welcher Lohne?", fragte Gerhard.

Geert deutete in eine bestimmte Richtung.

„Und wer soll sich da verletzt haben?"

„Keine Ahnung. Aber wir haben Blut gefunden. Sieht so aus, als wäre das von einem Menschen. Also?"

„Nee." Alle schüttelten den Kopf.

„War vielleicht ein Kind", mutmaßte Edzard. „Ich meine, die fallen doch ständig vom Rad oder stoßen sich die Knie auf."

„Es war eine größere Menge Blut. Muss sich jemand gewaltig verletzt haben. Ein Knie reicht da nicht aus."

„Kann ja sein, das Kind hat sich den Kopf aufgeschlagen. Da blutet man wie abgestochen, das kann ich euch sagen."

„Alida hat schon im Dorf rumgefragt. Sind aber alle Kinder heile."

„Vielleicht ist das Blut ja von Klaas", wagte Edzard einen neuen Versuch. „Kann ja sein, er ist deswegen weg."

„Und wo soll er dann sein?", fragte Marianne. „Der wäre doch nach Hause gekommen, wenn er sich was getan hätte. Ist doch für Männer immer so, als würden sie gleich krepieren, wenn sie sich mal ein bisschen verletzen."

„Nun sag nicht, Klaas ist immer noch nicht wieder aufgetaucht." Geert sah Marianne alarmiert an.

„Nee. Oder siehst du ihn hier irgendwo?" Marianne schnaubte. „So langsam werde ich ja ein bisschen sauer. Könnte doch wenigstens sagen, wohin er geht."

„Ist schon mal jemand Zigaretten holen gegangen und nicht wiedergekommen", meinte Gerhard.

„Ja. Aber Klaas bestimmt nicht. Er ist nämlich Nichtraucher", erwiderte Marianne.

„Stimmt."

„Wir könnten untersuchen lassen, ob das Blut von ihm stammt", schlug Geert vor.

„Das kann doch von jedem sein."

„Eben. Aber wenn es von ihm ist, dann wüssten wir wenigstens, wonach wir suchen müssen."

„Ich geh jetzt mal nach Hause", verkündete Marianne, ohne auf Geerts Vorschlag einzugehen. „Womöglich sitzt er ja längst in seinem Sessel und wartet auf sein Abendbrot."

„Na, dem würd ich was erzählen, mich den ganzen Tag nach ihm suchen zu lassen", murmelte Therese, als sich nun auch alle anderen anschickten zu gehen. „Aber ist ja klar, dass der wieder nur an sich denkt."

Nur wenig später fiel hinter ihnen die Tür ins Schloss.

4

„Allerhand los hier", stellte Hauptkommissar David Büttner fest. „Warum schauen mich denn alle so erwartungsvoll an? Glauben die vielleicht, ich könnte aus einem Fleck Blut den dazugehörigen Menschen herbeizaubern? Bin ich Jesus?"

„Das ganze Dorf ist in heller Aufregung", stellte sein Assistent Sebastian Hasenkrug fest. „Ist ja kein Wunder, wenn einer von ihnen so mir nichts, dir nichts verschwindet und dann auch noch festgestellt wird, dass es sich bei dem Blut auf dem Pflaster um seines handelt."

„In heller Aufregung?" Büttner schaute sich um. In allen vier Himmelsrichtungen hatten sich kleinere Menschenansammlungen gebildet. Die Dorfbewohner standen stumm da und beobachteten jede Handbewegung, die Hasenkrug und er hier taten. Was natürlich nicht allzu viele waren, denn was sollte es bei einem Blutfleck schon großartig zu tun geben, zumal die entsprechende Probe längst untersucht worden war. „So sieht es also aus, wenn Ostfriesen in heller Aufregung sind? Woanders würde man es wohl eher als vorkomatösen Zustand bezeichnen."

„Seltsam ist es aber schon, dass Behrends von jetzt auf gleich verschwindet und nichts anderes hinterlässt als einen Blutfleck auf dem Straßenpflaster. Finden Sie nicht?", beharrte Hasenkrug auf der Dringlichkeit dieses Vorfalls. Am Morgen hatte er vom Labor Bescheid bekommen, dass es sich bei seiner Probe um menschliches Blut handelt. Ein Abgleich hatte ergeben, dass es zu Klaas Behrends gehörte.

„Es kann tausend Gründe haben, warum es so ist", erwiderte Büttner. „Was erwarten Sie von mir? Dass ich einen Suchtrupp losschicke? Mit Hundestaffel und allem Pipapo? Nur um jemanden aufzuspüren, der sich womöglich im Suff verletzt hat und nun irgendwo im Heuschober seinen Rausch ausschläft?"

„Klaas trinkt nicht. Er ist strikt gegen Alkohol", meldete sich eine weibliche Stimme zu Wort. Büttner drehte sich um und sah eine ältere, nicht unattraktive Frau hinter sich stehen, die ihn mit energischem Blick ansah. Weder schien sie besonders aufgeregt zu sein, noch besonders besorgt. Sie stand einfach nur da und wartete offensichtlich auf eine Erwiderung.

„Und Sie sind?", fragte Büttner.

„Marianne Behrends. Klaas ist mein Mann."

„Ach." Büttner stellte sich und Hasenkrug vor. „Habe ich Sie richtig verstanden? Ihr Mann trinkt nicht?"

„Richtig. Keinen Tropfen."

„Ist er trockener Alkoholiker?"

„Nein. Er trinkt nicht, weil er Kontrollverlust nicht leiden kann."

„Nicht jedes Glas Bier oder Wein zieht einen sofortigen Kontrollverlust nach sich", gab Büttner zu bedenken.

„Klaas ist da strikt. Wie er in allem sehr strikt ist."

„Das heißt?"

„Er hat seine Prinzipien."

„Prinzipien." Während Büttner das Wort langsam nachsprach, verzog er das Gesicht. Prinzipienreiter hatte er noch nie leiden können. Gemeinhin handelte es sich bei ihnen um Menschen, die nicht akzeptieren wollten, dass alles auf der Welt einem ständigen Wandel unterworfen war. Leute also, die eine *konservative Revolution* anzetteln wollten, ohne zu wissen, dass eine Revolution gemeinhin Zustände veränderte, anstatt sie zu zementieren. Leute, die es bereits als bahnbrechend ansahen, wenn sie morgens anstatt Erdbeermarmelade eine aus Himbeeren aufs gute deutsche Bauernbrot strichen. Atmende Tote eben, deren Dasein aus Angst vor dem Leben bestand. Auch wenn Büttner selbst ganz sicher kein Anarchist war und eine gewisse Stabilität durchaus zu schätzen wusste, so waren ihm diese in jeglicher Hinsicht unbeweglichen Betonköpfe doch zutiefst zuwider.

Doch das alles behielt Büttner für sich und sagte stattdessen nur: „Können wir uns an einem anderen Ort unterhalten?"

„Sie glauben also auch, dass Klaas etwas zugestoßen ist?" Noch immer zeigte das Gesicht der unfreiwilligen Strohwitwe keinerlei Regung.

„Wieso auch?", fragte Büttner.

„Hier im Dorf kursieren die wildesten Gerüchte", erklärte Hasenkrug. „Das beliebteste ist, dass Klaas Behrends verschleppt wurde und in Kürze mit einer Lösegeldforderung zu rechnen ist."

„Sind Sie denn vermögend?", hakte Büttner nach.

Marianne machte daraufhin nur eine wegwerfende Handbewegung. „Ach was. Wenn einer Geld will, muss er sich schon jemand anderen aussuchen."

„Na gut. Dennoch würde ich Ihnen gerne ein paar Fragen stellen, wenn es möglich ist." Er deutete auf die Umstehenden. „Ihre Nachbarn können ja derweil den Fall lösen. So es denn überhaupt einen gibt."

„Hübsch haben Sie es hier", stellte Büttner fest, als sie auf dem Weg zum Haus der Behrends einmal quer durch den Ort liefen. Tatsächlich war er immer wieder überrascht, wie pittoresk die historischen Ortskerne der ostfriesischen Warftendörfer mit ihrem jahrhundertealten Gebäude- und Baumbestand und den großzügig angelegten Gärten anmuteten. In der Regel überragt von einer ebenso alten wie stattlichen Kirche und durchzogen von schmalen, in rotem Stein gepflasterten Straßen, erweckten sie nicht selten den Eindruck, als wäre hier die Zeit stehengeblieben. Bedauerlich nur, dass der vordergründige Charme allzu häufig trog. Die Erfahrung zeigte, dass sich hinter den hübschen Mauern und schönen Vorgärten nicht selten die schlimmsten menschlichen Dramen abspielten. Keiner wusste das besser zu beurteilen als David Büttner, hatte er doch schon so manches Mordopfer hinter verklinkerten Fassaden liegen sehen. Von den alltäglichen zwischenmenschlichen Scharmützeln, die sich die Dorfbewohner lieferten, mal ganz abgesehen.

„Ja, unsere Dörfer haben mehr zu bieten, als man gemeinhin denkt", nickte Marianne Behrends, ohne weiter darauf einzugehen. „Ich habe immer gerne in Jennelt gelebt, könnte mir nichts anderes vorstellen. Meinem Mann geht es genauso. Wir sind beide hier aufgewachsen und kennen jeden Grashalm. Für uns wäre es undenkbar, diesen Ort jemals zu verlassen."

Umso erstaunlicher, dass Klaas Behrends es offensichtlich dennoch getan hatte, dachte Büttner.

„So, hier sind wir.“ Marianne Behrends öffnete ein Tor, das durch einen Vorgarten voller Schneeglöckchen und Krokusse zu einem typisch ostfriesischen Klinkerhaus mit hölzernen Sprossenfenstern und grünweißer Haustür führte.

„Ach, Hasenkrug“, meinte Büttner, als sein Assistent jetzt einer jungen Frau im Nachbargarten zuwinkte. „Wir müssen uns ja nicht beide mit Frau Behrends unterhalten. Da Sie hier ja anscheinend mit allen gut Freund sind, klappern Sie doch mal die Nachbarn ab und fragen Sie, ob sie etwas gesehen haben, was uns den Umständen des Verschwindens von Klaas Behrends näherbringt.“

„Die Nachbarn haben nichts gesehen“, sagte Marianne daraufhin.

„Und das wissen Sie so genau, weil …?“

„Weil ich sie alle schon gefragt habe. Oder denken Sie, ich sitze einfach nur tatenlos rum, während mein Mann verschwunden ist?“

„Trotzdem. Manchmal erinnern sich Menschen erst an Details, wenn man sie darauf stößt. Gut möglich, dass der ein oder andere Nachbar Ihre Sorgen heute Morgen noch nicht so ernst genommen hat, ihm jetzt, da der Vermisste immer noch nicht wieder aufgetaucht ist, aber doch noch etwas einfällt.“ Er nickte Hasenkrug zu. „Sie wissen, was Sie zu tun haben.“

„Ich finde es nett, dass Sie sich kümmern“, sagte Marianne Behrends, als Hasenkrug verschwunden war und sie die Haustür aufschloss. „Ich meine, normalerweise wartet die Polizei doch erst mal ab. Zumal Sie ja wohl von der Mordkommission sind, wie man mir sagte."

„Wenn wir schon mal hier sind", murmelte Büttner. Genaugenommen war er alles andere als begeistert gewesen, als Hasenkrug ihn anrief und ihn bat, sich die Sache in Jennelt mal genauer anzusehen. Normalerweise stand auch er auf dem Standpunkt, wo keine Leiche, da kein Mord. Nur dem hartnäckigen und unerbittlichen Bitten und Betteln seines Assistenten war es zu verdanken, dass Büttner hier war und zumindest etwas Interesse heuchelte, anstatt nach einem ruhigen Arbeitstag einen ebenso ruhigen Feierabend zu genießen. Hasenkrug hätte vermutlich sowieso keine Ruhe gegeben.

Das Haus der Behrends war so eingerichtet, wie Büttner es sich nach der Schilderung des Charakters des Verschwundenen vorgestellt hatte. Bieder, massiv, dunkel. Das einzig Verwunderliche waren die Bilder, die allenthalben an den Wänden hingen.

„Sind das Ihre Enkel?", fragte Büttner und deutete auf eines der Fotos. Es zeigte vier dunkelhäutige Kinder, die fröhlich in die Kamera lachten.

Marianne lachte hell auf. Es war das erste Mal, dass Büttner so etwas wie eine Gefühlsregung bei ihr bemerkte. Sie wirkte plötzlich noch viel hübscher.

„Nee. Ich glaube kaum, dass mein Mann die Fotos hier geduldet hätte, wenn es sich bei den Kindern um seine Enkel handelte."

„Warum?", fragte Büttner, obwohl er sich den Grund denken konnte.

„Nun ja, Klaas ist da ein wenig …"

„Rassistisch", vollendete Büttner den Satz, bevor sie es tun konnte.

„Na ja, so hart würde ich es dann doch nicht ..." Marianne brachte auch diesen Satz nicht zu Ende, sondern strich lediglich ihr dunkles, mit grauen Strähnen durchzogenes Haar nach hinten und band es zu einem Zopf. Sie ging Büttner voraus in die Küche und bedeutete ihm, Platz zu nehmen. „Darf ich Ihnen einen Tee anbieten?"

„Gerne." Büttners Blick fiel auf eine Schale mit köstlich aussehenden Plätzchen, die auf dem Tisch stand. Gerne hätte er sich einfach eines genommen, aber unter diesen Umständen sollte er wohl lieber warten, bis ihm eines angeboten wurde – wofür der Tee bestimmt eine gute Gelegenheit war. „Und wer sind nun die Kinder auf den Bildern?", kam er auf seine ursprüngliche Frage zurück, während Marianne Wasser in einen Kessel füllte und diesen auf einen altmodischen Herd stellte.

„Die meisten von ihnen sind Waisen", erklärte Marianne. „Ich engagiere mich seit Jahren für die Afrikahilfe. Sie glauben gar nicht, was dort für ein Elend herrscht. Da ist man doch froh, wenn man ein wenig helfen kann."

„Und Ihren Mann stört das nicht?"

„Nein." Sie lachte verlegen. „Solange er diese Kinder nicht im Haus haben muss. Aber das sagte ich ja bereits. Dabei geht es gar nicht darum, dass sie eine dunkle Hautfarbe haben."

„Natürlich nicht." Büttner spürte, wie ihm die Galle hochkam. Wenn er eines noch mehr hasste als Vorurteile, dann war es der Versuch, ebendiese schönzureden.

„In einer Woche fliege ich nach Nigeria und hole zwei

Waisenkinder ab", sagte Marianne zu Büttners Erstaunen. „Ich konnte sie an unsere Nachbarn vermitteln." Sie deutete aus dem Fenster auf ein Haus in unmittelbarer Nachbarschaft. „Ibo und Imke Boos. Sie können keine Kinder bekommen und haben sich dazu entschlossen, zwei von diesen armen Würmchen aufzunehmen. Ich finde das ganz reizend."

„Dann hoffen wir mal für die beiden Würmchen, dass nicht alle im Dorf die gleichen Vorurteile gegen sie hegen wie Ihr Mann", konnte Büttner es sich nicht verkneifen zu sagen.

„So schlimm ist er ja nun auch nicht."

Nun, daran hegte Büttner inzwischen so seine Zweifel. Auch verspürte er immer weniger Lust, den Verschollenen irgendwo aufzuspüren. „Wann haben Sie Ihren Mann zum letzten Mal gesehen?", versuchte er sich wieder auf den Fall zu konzentrieren, wenn es denn überhaupt einer war.

„Gestern Abend, bevor ich schlafen ging. Er wollte noch mal raus."

„War er anders als sonst, bevor er verschwand? Machte er vielleicht einen nervösen oder verunsicherten Eindruck oder so was in der Art?"

„Er war sauer. Aber das war er ja eigentlich immer." Als der Kessel ein Pfeifen von sich gab, nahm Marianne Behrends ihn vom Herd und goss den Tee auf. Dann schob sie die Schale mit den Plätzchen zu Büttner rüber. „Bedienen Sie sich, Herr Kommissar."

Das ließ der sich nicht zweimal sagen. „Er war sauer, sagen Sie? Hatte er Streit mit irgendwem?", fragte er mit vollem Mund.

„Klaas hat immer Streit mit irgendwem", lautete die ungeschminkte Antwort.

Das hatte sich Büttner schon gedacht. Wie sollte es bei einem solchen Kerl auch anders sein? „Und wie weit gingen die Streitigkeiten in letzter Zeit? War jemand ernsthaft stinkig auf ihn?"

„Was heißt schon ernsthaft." Marianne zuckte die Schultern. „Andreas, einer unserer Nachbarn, war heute ziemlich geladen, weil Klaas seine Setzlinge mit Gift besprüht hatte."

„Was für Gift?"

„Na ja, so ein Unkrautvernichter."

„Und wieso macht er so was?"

„Keine Ahnung. Irgendwas wird zwischen den beiden schon vorgefallen sein. Gesagt hat Klaas nichts. Vermutlich, weil ich sowieso nicht mehr hinhöre. Wenn einer ständig im Streit mit den anderen ist, will man irgendwann gar nicht mehr wissen, worum es eigentlich geht."

„Aber es muss doch einen Grund geben, warum Ihr Gatte in anderen Gärten Gift versprüht."

„Mit Andreas konnte er noch nie. Weil der immer so ökologisch tut und einen naturbelassenen Garten hat." Beim Wort naturbelassen zeichnete Marianne Anführungsstriche in die Luft, was wohl so viel heißen sollte wie: *Der sollte endlich mal sein Unkraut rupfen, damit es nicht durch den Zaun zu uns rüberwächst.* „Klaas hingegen liebt es, seinen Garten schön ordentlich zu haben. Da findet man nichts, was da nicht hingehört, nicht den kleinsten Grashalm."

„Gibt es sonst noch jemanden …", setzte Büttner zu einer weiteren Frage an, korrigierte sich dann jedoch selbst:

„Oder andersherum, weil es vielleicht schneller geht: Gibt es irgendjemanden hier im Ort, mit dem Ihr Mann nicht im Clinch liegt?"

„Klaas engagiert sich sehr für die Gemeinschaft. Da macht man sich nicht nur Freunde. Natürlich sind nicht immer alle einer Meinung, wenn es um bestimmte Maßnahmen geht, das ist doch ganz normal", antwortete Marianne ausweichend. Sie schenkte Tee ein, bevor sie sagte: „Da gibt es noch Gesine."

„Gesine?"

„Ja. Gesine Oltmanns. Seit sie auf der Welt ist, ist sie in Klaas verliebt. Stellt ihm bei jeder Gelegenheit nach. Dabei will er gar nichts von ihr, aber das hat sie auch nach mehr als einem halben Jahrhundert noch nicht begriffen."

„Kaum denkbar, dass sie ihm dann ausgerechnet jetzt etwas antut."

Marianne hob abwehrend die Hände. „Das hab ich ja auch nicht gesagt. Nur hatten Sie mich gefragt, wer Klaas leiden kann."

„Und diese Gesine kann Ihren Mann leiden."

„Ja. Umgekehrt allerdings nicht. Er war gestern Abend ziemlich sauer auf sie, wollte sie wegen irgendetwas zur Rede stellen."

Büttner zog die Stirn in Falten. „Und das erwähnen Sie erst jetzt? Ich meine, dann könnte es doch sein …"

Marianne winkte ab. „Das glaube ich nicht."

„Hier geht es aber nicht um glauben." Büttner seufzte innerlich. Er hoffte, dass sich das Verschwinden von Klaas Behrends nicht als Mordfall entpuppte. Wenn sogar die Ehefrau Mühe hatte, jemanden zu finden, der ihren Mann nicht gehasst hatte, dann würde es nicht einfach werden, das Tatmotiv herauszufinden, welches das berühmte Fass zum Überlaufen gebracht hatte.

Er trank seinen Tee aus, dann erhob er sich. „Gut, bevor wir jetzt die Pferde scheu machen, schauen wir mal, ob Ihr Mann bis morgen wieder auftaucht. Sollte keiner der Nachbarn etwas beobachtet haben, sehe ich keinen Anlass, den ganzen Polizeiapparat in Bewegung zu setzen, um ihn aufzuspüren. Immerhin ist er ein erwachsener Mann und kann tun und lassen, was er will."

„Und das Blut?"

„Auch das lässt nicht automatisch auf ein Gewaltverbrechen schließen. Tut mir leid, Frau Behrends, aber wir können derzeit nicht mehr tun, als abzuwarten." Büttner hob seine Hand zum Gruß und verschwand mit einem „Danke, ich finde alleine raus".

5

Pastor Hinderk Willms hatte Schwierigkeiten, sich auf die Ausarbeitung seiner Predigt zu konzentrieren, die er am morgigen Sonntag anlässlich des Taufgottesdienstes zu halten gedachte. Irgendwie beschlich ihn mehr und mehr das Gefühl, dass dem erst wenige Monate alten Täufling nicht die Aufmerksamkeit zuteilwerden würde, die er und seine Eltern verdient hatten. Zu sehr waren die Jennelter Einwohner damit beschäftigt, sich zu fragen, wohin es das Gemeindemitglied Klaas Behrends so unerwartet verschlagen hatte. Der Pastor selbst konnte sich von dieser ständigen Grübelei natürlich nicht ausnehmen. Es war davon auszugehen, dass man es im Dorf nicht gutheißen würde, wenn er während des Gottesdienstes in seinen Ausführungen auf das Verschwinden des Mannes gar nicht einging. Würde er der Angelegenheit aber zu viel Raum geben, so litt darunter womöglich die feierlich-freudige Stimmung, die man sich von einem Taufgottesdienst erwartete. Eine Zwickmühle, die gar nicht so leicht aufzulösen war. Immer wieder ertappte sich der Pastor bei dem Gedanken, dass es aber auch äußerst ungeschickt von Klaas gewesen war, sich ausgerechnet vor dem einzigen Taufgottesdienst aus dem Staub zu machen, den Jennelt in diesem Jahr voraussichtlich feiern würde. Ein Gedanke, der natürlich nicht fair war, sollte es sich bei Klaas' Verschwinden tatsächlich um ein Verbrechen handeln. Und davon schien hier derzeit fast jeder auszugehen, nachdem sich selbst die Mordkommission schon im Ort hatte sehen lassen. Man munkelte, die Polizei sei sich vermutlich schon sicher, dass ein Kapitalverbrechen vorliege, würde ihr Insiderwissen aus ermittlungstaktischen Gründen aber noch für sich behalten. Sie sahen wohl alle zu viele Krimis. Aber was sollte man auch tun, wenn das Fernsehprogramm nun mal nicht mehr hergab als Mord und Totschlag?

Wie dem auch sei. Auch wenn Klaas ganz gewiss nicht zu den umgänglichsten seiner Schäfchen gehörte, so hoffte der Pastor unter diesen Umständen doch inständig, dass der verlustig Gegangene schon sehr bald, am besten noch heute, wohlbehalten wieder in der heimischen Tür stehen würde. Und das nicht zuletzt, weil Klaas quasi zum Inventar dieses Dorfes gehörte. Der Pastor fand die Vorstellung, dass es den großen, kräftigen Mann auf einmal nicht mehr geben könnte, ein wenig seltsam. Seit er hier im Dienst der evangelisch-reformierten Landeskirche tätig war – und das waren immerhin schon fast zwanzig Jahre – war Klaas stets ein verlässlicher Faktor gewesen. Auch wenn es nicht jedem passte, was der rüstige Rentner sagte oder tat, so war er in seiner pflichtbewussten Art doch eine Säule der Gemeinschaft. Willms konnte sich an keine Gelegenheit erinnern, bei der Klaas – genauso wie seine Frau Marianne – nicht mit angepackt hätte, wenn Hilfe und Unterstützung gebraucht wurden. Böse Zungen behaupteten, er habe sich nur so engagiert gezeigt, weil er die Angelegenheit ansonsten nicht hätte steuern können. Das mochte im Einzelfall sogar stimmen, der Kontrollwahn des alten Mannes war sprichwörtlich. Im Großen und Ganzen aber war Willms froh, dass er auf ihn immer hatte bauen können. Zu blöd nur, dass auch er selbst seit einiger Zeit wegen einer längst vergangenen Angelegenheit mit Klaas im Clinch lag. Aber dafür würde sich schon eine Lösung finden.

Hinderk Willms lehnte sich in seinem Schreibtischstuhl zurück und musterte gedankenverloren das mehrere Meter lange, mit Büchern vollgestopfte Regal seines Arbeitszimmers, ohne jedoch die zumeist theologischen Werke bewusst wahrzunehmen. Auch bemerkte er nicht, dass er auf dem Ende seines Kugelschreibers herumkaute, wie er es immer tat, wenn er auf der Suche nach einem brauchbaren Einfall war. Sicherlich gab es im ganzen Haus nicht einen Stift, den er noch nicht angekaut hatte, was seine drei pubertierenden Kinder nicht selten mit einem gewissen Widerwillen zur Kenntnis nahmen.

Noch ehe er seine Überlegungen zu Ende gebracht hatte, stand plötzlich seine Frau Lore neben ihm und sagte: „Du denkst an die Kirchenführung mit der Reisegruppe aus Nordrhein-Westfalen? Gerade ist der Bus vorgefahren und die Gäste haben sicherlich keine Lust, bei diesem Regen lange vor verschlossener Tür zu stehen."

Der Pastor schrak auf. Die Reisegruppe! Die hatte er ja ganz vergessen! Mussten sie denn ausgerechnet heute kommen, wenn hier sowieso schon alles drunter und drüber ging? Vor einer Stunde erst hatte er doch auch Marianne bei einem zufälligen Treffen an der Kirche zugesagt, später auf einen Tee bei ihr vorbeizukommen. Nach einer schlaflosen Nacht, so hatte sie ihm mit weinerlicher Stimme erklärt, brauche sie dringend seelischen Beistand. Beim Anblick des leeren Bettes neben sich sei ihr erst richtig bewusst geworden, dass ihr Mann nicht mehr da sei, und sie habe kein Auge mehr zutun können. Wenn Klaas sogar in der Nacht nicht nach Hause käme, dann müsse ihm etwas ganz Schreckliches zugestoßen sein, davon sei sie nun überzeugt.

An diesen düsteren Gedanken war mit Sicherheit auch das Geschwätz der Nachbarn nicht ganz unschuldig, hatte sich der Pastor gedacht, als just in dem Moment, da Marianne sich ihm anvertraute, Gesine Oltmanns und Therese Pupkes an ihnen vorbeiliefen und sofort tuschelnd die Köpfe zusammensteckten. Doch anstatt wenigstens den Anstand zu haben, die Stimme zu senken, hatte Therese unüberhörbar gesagt: „Ach Gott, ach Gott, ach Gott, wie muss die arme Marianne sich jetzt fühlen, wo sie doch nicht weiß, ob ihr Mann womöglich hilflos irgendwo rumliegt oder sogar schon tot ist. Diese Ungewissheit ist doch das Schrecklichste, was einem passieren kann." Wer solche Nachbarn hatte, brauchte keine Feinde mehr. Auch zu diesem Verhalten hatte Willms sich vorgenommen, ein paar Sätze in seiner Predigt zu sagen. Nun ja, diese zu beenden, dazu würde er sobald nicht kommen, sodass er sich wohl oder übel auf eine Nachtschicht einstellen musste.

Mit einem tiefen Seufzer stand er auf. Seine Frau war bereits wieder verschwunden. Vermutlich war sie zur Kirche hinübergeeilt, um die Gäste in Empfang zu nehmen. In Fällen wie diesem war auf Lore Verlass.

Mit gebeugtem Kopf lief Hinderk Willms nur wenig später schnellen Schrittes durch den Regen. Auf dem Parkplatz vor der rotgeklinkerten Kirche mit den Spitzbogenfenstern stand der nicht sehr große Reisebus, der seine Last jedoch bereits ausgespuckt hatte. Weit und breit war keine Menschenseele zu sehen. Wie schade, dachte der Pastor, dass das herrliche Wetter nicht hatte anhalten können. So hätten die Gäste einen ganz anderen Eindruck von der hübschen Ortschaft bekommen als bei diesem Schmuddelwetter. Selbst die Krokusse, die sich gestern noch so stolz der Sonne entgegengereckt hatten, hielten ihre Blüten heute wieder geschlossen. Es war ein Trauerspiel.

„Moin", begrüßte er die rund zwanzig Personen umfassende Reisegruppe, die ihre Blicke gerade auf die hölzernen Deckenbalken der rund siebenhundert Jahre alten Kirche richtete. Offensichtlich hatte Lore ihnen gerade erklärt, dass die Decke bei den Renovierungsarbeiten freigelegt und restauriert worden war. „Moin", wiederholte Willms, als sich ihm nun alle Köpfe zuwandten, und er stellte sich vor. „Wie ich sehe, hat meine Frau Ihnen schon ein wenig über unser Gotteshaus erzählt. Wir sind ziemlich stolz darauf, dass es uns mit einer guten Portion Eigenleistung der Gemeindemitglieder gelungen ist, es im Jahr 2014 von Grund auf zu renovieren."

In der nächsten Viertelstunde machte er die Besucher auf die 1738 vom ostfriesischen Orgelbauer Johann Friedrich Constabel erbauten Orgel aufmerksam, die seit 1970 ihren Platz in der Jennelter Kirche hat, sowie auf die Kanzel und den Abendmahltisch aus dem 18. Jahrhundert. Zudem erklärte er viele kleine und größere Errungenschaften, die während der Renovierungsarbeiten nach längerem Dornröschenschlaf wieder dem Tageslicht zugeführt worden waren.

„Und nun, liebe Gäste", verkündete der Pastor, als alles genügend bestaunt worden war, „kommen wir zum Highlight unserer Kirche, das sich ein paar Stufen tiefer befindet, nämlich zu der Gruft der reichsfreiherrlichen Familie zu Inn- und Knyphausen. Die so genannte Herrlichkeit Jennelt war vom Ende des 16. Jahrhunderts bis ins 20. Jahrhundert hinein im Besitz dieses urfriesischen Geschlechts. Unten im Gewölbe ist es ein klein wenig beengt, sodass ich vorschlagen würde, nacheinander in zwei Gruppen hinunterzugehen."

Hinderk Willms öffnete eine hydraulisch angetriebene Bodenplatte, unter der ein paar unregelmäßige, aus roten Pflastersteinen erbaute Stufen zum Vorschein kamen. Ein paar Besuchern, die nicht so gut zu Fuß waren, half er über die erste, ein wenig hoch geratene Stufe hinweg.

Schließlich standen sie alle vor den in der Gruft aufgestellten Särgen unterschiedlicher Größe, und der Pastor erläuterte, was es mit ihnen auf sich hatte. Neben dem mit prunkvollen, goldfarbenen Intarsien verzierten Sarg des königlich-schwedischen Feldmarschalls Dodo zu Inn- und Knyphausen, der 1636 in der Schlacht von Haselünne den Tod fand und in Jennelt beigesetzt wurde, standen auch der seiner Frau Anna und der seines Bruders Carl Friedrich.

„Sind das dahinten Kindersärge?", fragte ein Mann und deutete auf mehrere Behältnisse aus Kupfer, die dem von besagter Anna in Form und Farbe ähnlich waren.

„Ja, davon ist auszugehen", bestätigte Willms. „Dodos Frau Anna gebar ihm vermutlich sieben Kinder, von denen allerdings nur zwei überlebten."

„Und die Gebeine der Verstorbenen liegen tatsächlich noch in diesen Särgen?", wollte eine Frau wissen.

„Die Gebeine von Anna sind noch vollständig erhalten, während von Dodo nur noch wenige Knochen übrig sind", erläuterte der Pastor. „Allerdings können wir nicht sagen, auf welche Weise die Knochen verloren gegangenen sind." Er räusperte sich, bevor er hinzufügte: „Die Leichname wurden jeweils in einem Holzsarg aufgebahrt, welcher dann wiederum in einem dieser Kupfersärge Platz fand."

„Ich würde gerne mal hineinschauen, geht das?", fragte nun der Mann, der sich nach den Kindersärgen erkundigt hatte. Im nächsten Moment durchfuhr seinen Körper ein Schaudern, wobei Hinderk Willms nicht zu sagen vermochte, ob dieses von der Kälte verursacht war, oder ob sich bei dem Herrn gerade ein gewisser Gruselfaktor einstellte.

Der Pastor grinste innerlich. Diesen Wunsch kannte er nur allzu gut, wurde er doch von vielen Gästen geäußert, die diese Gruft besuchten. „Das machen wir aus Respekt vor den Toten schon lange nicht mehr", erklärte er der Wahrheit entsprechend. Als er die enttäuschten Gesichter um sich herum sah, überlegte er kurz und sagte dann: „Na ja, ich kann ja mal überlegen, ob …"

„Ach, papperlapapp! Da gibt es nichts zu überlegen", unterbrach ihn ein ungehobelter Kerl und schob ihn grob beiseite. Noch bevor der Pastor reagieren konnte, nickte der Mann einigen seiner Begleiter zu. „Ich brauche mal eure Hilfe, der Sargdeckel ist bestimmt nicht ganz einfach zu heben."

Der Pastor versuchte Widerspruch einzulegen, doch kam er mit seinem Protest nicht gegen die tatkräftig zupackenden Männer an. Schließlich gab er es auf. Sie würden sowieso nicht auf ihn hören. Es wurde Zeit, sich zu überlegen, ob man die Führungen nicht einstellte, wenn sich die angeblich kulturinteressierten Menschen hier immer öfter aufführten wie Elefanten im Porzellanladen.

Die Männer ächzten und stöhnten vor Anstrengung, als sie versuchten, den schweren Sargdeckel von Dodos letzter Ruhestätte anzuheben und wenigstens soweit zur Seite zu wuchten, dass man hineinschauen konnte. Schließlich aber hatten sie es geschafft. Doch als gleich darauf mehrere Schreie des Entsetzens durch die Gruft schallten und vielfach von den alten Mauern zurückgeworfen wurden, wünschten sie sich anscheinend, sie wären nie auf die Idee gekommen, die letzte Ruhestätte des Freiherrn zu Inn- und Knyphausen zu öffnen.

„Sie haben doch behauptet, von Dodo seien nur noch wenige Knochen übrig", sagte ein Mann mit belegter Stimme in das angespannte Schweigen hinein. „Ich denke, das ist so nicht ganz richtig."

6

„Was hat Klaas denn da zu suchen?" Gerhard Oltmanns hob seinen Blick vom offenen Sarg und sah betreten von einem zum anderen, erntete jedoch nur resigniertes Schulterzucken.

Nachdem sich die Reisegesellschaft ins Freie geflüchtet hatte, um den unerwarteten Verlauf ihres Wochenendausflugs an frischer Luft zu verdauen, hatten sich zahlreiche Einheimische in der Gruft eingefunden und musterten den Fund nun eingehend.

„Ich finde es ja auch nicht richtig, dass er sich einfach in einen fremden Sarg legt", merkte Thorsten Mansen an und erntete für diese wenig pietätvolle Bemerkung irritierte Blicke. Auf verbale Zurechtweisungen verzichteten seine Nachbarn jedoch, denn schließlich war allgemein bekannt, dass der Vierzigjährige nach einem Autounfall im letzten Jahr geistig nicht mehr ganz rund lief.

„Hat denn schon jemand die Polizei gerufen?", fragte Gerhard Oltmanns.

„Ist ja kein Handyempfang hier unten", erwiderte Edzard Mansen. „Aber ich nehme doch mal an, dass von den Fremden, die Klaas gefunden haben, jemand Bescheid gesagt hat. Da oben ist ja Empfang. Wenigstens manchmal."

„Ich weiß gar nicht, wie ich es Gesine beibringen soll",

meldete sich Gerhard Oltmanns erneut zu Wort und fuhr sich nervös durchs Gesicht. „Hoffnung braucht sie sich ja nun keine mehr zu machen, dass mit ihr und Klaas doch noch alles gut ausgeht. Mal sehen, was sie sagt, wenn sie vom Einkaufen kommt und von dem Schlamassel hier erfährt."

„Klaas? Ist das wirklich Klaas?" Mit keuchendem Atem schob sich nun Marianne durch die schaulustige Menge, rempelte die Umherstehenden einfach beiseite. Vor dem Sarkophag blieb sie abrupt stehen und schnappte wie ein Fisch auf dem Trockenen nach Luft. Dann sackte sie in die Knie, schlug die Hände vors Gesicht und schluchzte verzweifelt: „Aber … aber … ich meine … wer …? Was … was soll denn jetzt bloß werden?"

„Das ist eine gute Frage, Frau Behrends."

Alle Blicke richteten sich auf die Polizisten, die in diesem Moment die Treppe herunterkamen.

„Sebastian", sprach Geert seinen Freund an, „gut, dass ihr hier seid. Sieht wohl so aus, als sei Klaas tatsächlich etwas zugestoßen."

„Diese Feststellung ist bei dem Anblick, den er bietet, naheliegend", nickte Sebastian Hasenkrug. Er schob ein paar Leute beiseite und beugte sich über den Leichnam, der in ungewöhnlich verdrehter Haltung im Sarg lag. Klaas' Kopf war nach rechts gefallen, sein stumpfer Blick auf den Sarg Carl Friedrichs gerichtet. Sein Mund stand offen, und fast sah es so aus, als würde er mit dem Bruder des Freiherrn einen Plausch halten. Der Rest seines Körpers verharrte in einer Art Embryonalstellung, wohl weil der große und stämmige Klaas ansonsten nicht in den Sarg des offensichtlich deutlich kleineren Freiherrn gepasst hätte. „Was nicht passt, wird passend gemacht", murmelte Hasenkrug.

„Ist ja erstaunlich, wie viel Klaas in das bisschen Sarg passt", stellte nun auch der tumbe Thorsten fest. „Ist vielleicht gar nicht so gut für Dodo, dass der nun auf ihm liegt."

Hasenkrug konnte sein Erstaunen nicht verbergen und setzte zu einer Erwiderung an, als Geert schnell sagte: „Hör gar nicht hin, Sebastian, der hat's seit einem Unfall nicht mehr so mit dem Denken."

„Wie kommt er denn darauf, dass noch jemand in diesem Sarg liegt?"

„Weil's stimmt. Allerdings sind von diesem Jemand nur noch wenige Knochen übrig."

„Aha. Was es nicht alles gibt." Hasenkrug räusperte sich. „Und mit diesen Knochen hat alles seine Richtigkeit?"

„Ja, sie gehören dem eigentlichen Inhaber dieses Sarkophags mit Namen Dodo zu Innhausen und Knyphausen."

Jemand zupfte Hasenkrug am Ärmel. „B-bitte", stammelte Marianne, „bitte finden Sie den Mörder meines Mannes. Das … das hat Klaas nicht verdient, Herr Kommissar, das hat er wirklich nicht verdient."

Hasenkrug legte ihr beruhigend eine Hand auf die Schulter. „Wir tun, was wir können, Frau Behrends, das verspreche ich Ihnen. Und nun gehen Sie bitte nach oben, unsere Polizeipsychologin wird sich um Sie kümmern." Er bedeutete einer Kollegin, Marianne nach draußen zu begleiten, die sich das widerstandslos gefallen ließ.

„Hey, Sie da, lassen Sie das!" Hasenkrug konnte es nicht fassen. Da lief doch tatsächlich ein Mann um den Sarg herum und filmte die Leiche. Mit ein paar Schritten war er bei ihm und riss ihm das Smartphone aus der Hand.

„Aber …"

„Nichts aber!", brüllte Hasenkrug ihn nieder. „Schämen Sie sich denn gar nicht? Wollen Sie vielleicht in diesem Zustand gefilmt werden?" Er kochte vor Wut. Diese sensationslustigen Gaffer waren wirklich die reinste Pest. „Was beabsichtigen Sie mit dieser Aktion? Möglichst viele Klicks im Internet?"

Der Mann zog eingeschüchtert den Kopf zwischen die Schultern und sagte kleinlaut: „Aber ich wollte doch nur für Gesine … Sie ist doch nicht da, aber es interessiert sie bestimmt, wie Klaas …"

„Wer ist Gesine?"

„Meine Schwester. Sie war verliebt in Klaas, wissen Sie. Aber nun ist sie beim Einkaufen, und da dachte ich …"

„Das Denken scheint wirklich nicht zu Ihren Stärken zu gehören, Herr …"

„Oltmanns. Gerhard Oltmanns. Meine Schwester Gesine …"

Hasenkrug deutete auf die Treppe. „Sie gehen jetzt sofort hier raus!"

„Und was ist mit meinem Smartphone?"

„Das bekommen Sie wieder, wenn Sie eine entsprechende Qualifikation vorweisen können."

„Hä?"

„Raus hier! Und hinterlassen Sie bei den Kollegen Ihre Personalien. Das gilt auch für alle anderen hier Anwesenden."

Auf einen Wink von Hasenkrug hin begannen seine uniformierten Kollegen, die Gruft von allen Neugierigen zu räumen, die sich das ohne zu murren gefallen ließen.

Anscheinend zeigte die Standpauke, die Gerhard über sich hatte ergehen lassen müssen, auch bei ihnen Wirkung.

Bereits wenige Minuten später war Hasenkrug der einzige Lebendige in der Gruft. Er sah sich in dem Gewölbe um und seufzte schwer. Für die Spurensicherung dürfte die Arbeit das reinste Debakel werden. Wenn es hier jemals Spuren zu sichern gegeben hatte, dann dürften sie spätestens durch den Menschenansturm vernichtet oder verunreinigt worden sein. Da, wie man ihm mitgeteilt hatte, in dieser Gruft ständig Besuchergruppen unterwegs waren, wäre die Sicherstellung von brauchbaren Beweisen auch ohne die plötzlich so eifrigen Kirchgänger auf jeden Fall schwierig geworden. Nun aber war sie noch um einiges aussichtsloser.

Hasenkrug vergewisserte sich, dass er tatsächlich alleine war, dann schob er seine Hände unter den Leichnam und hob ihn an, in der Hoffnung, einen Blick auf die jahrhundertealten Knochen erspähen zu können, die Geert erwähnt hatte. Doch gerade, als er seinen Kopf senkte, um etwas Knöchernes zu inspizieren, das er ertastet hatte, hörte er eine weibliche Stimme sagen: „Hm. Den hat man ja ordentlich zurechtgestutzt. Da muss jemand kräftig Hand angelegt haben."

Schnell zog Hasenkrug seine Hände aus dem Sarg und räusperte sich verlegen. Die Gerichtsmedizinerin Dr. Anja Wilkens stand neben ihm, und auch die Spurensicherer in ihren weißen Anzügen waren eingetroffen und machten sich an die Arbeit.

„Was genau meinen Sie mit Hand angelegt?", hakte Hasenkrug nach.

„Totenstarre. Da ich nicht annehme, dass er hier in der Gruft den Tod fand, gehe ich davon aus, dass er schon steif war, als er hier ankam, und dass man ihm mit roher Gewalt einige Knochen gebrochen hat, um ihn in diese Embryonalhaltung zu zwingen. Hat sich bestimmt schaurig angehört."

„Wie kommen Sie darauf, dass er nicht hier umgebracht wurde?"

„Zu wenig Blut." Sie deutete auf eine Stelle am Oberkörper des Toten. „Kräftiger Stich in die Lunge, würde ich mal sagen. Mit einem recht großen Messer wahrscheinlich. Er hätte bluten müssen wie ein Schwein auf der Schlachtbank. Hat er aber nicht. Also nicht hier."

„Stimmt, sein Blut wurde bereits gestern ein paar Straßen weiter sichergestellt", bestätigte Hasenkrug. Als die Ärztin ihn fragend ansah, fügte er hinzu: „Ich kam zufällig mit Freunden dort vorbei. Es war eine ziemlich große Lache. Da meine Lebensgefährtin Zweifel daran hatte, dass es sich um tierisches Blut handelt, habe ich Proben davon im Labor untersuchen lassen. Nach einem entsprechenden Abgleich stellte sich heraus, dass es sich um das Blut unseres Opfers handelt. Dürfte nach dem Regen allerdings nicht mehr allzu viel davon zu sehen sein."

„Na, das nenne ich mal vorausschauend gedacht", bemerkte Dr. Wilkens anerkennend. „Damit ist der Tatort also auch bekannt. Das erspart uns einiges an Untersuchungen. Allerdings wissen wir noch nicht, wie genau der Leichnam in diese Gruft kam, richtig?"

„Das stimmt."

„Muss ein ziemlicher Kraftakt gewesen sein. Völlig ausgeschlossen, dass es nur eine Person war, würde ich mal behaupten." Sie machte eine Kopfbewegung zum kupfernen Sargdeckel hinüber, der jetzt auf dem Boden lag. „Schon das Heben dieses Deckels erfordert ein hohes Maß an Anstrengung."

„Also mehrere Personen?"

„Das sollen die Kriminaltechniker analysieren. Meine diesbezüglichen Spekulationen dürften wohl kaum gerichtsfest sein." Sie schaute sich um. „Wo ist eigentlich Ihr Chef?"

„Der müsste gleich hier sein. War heute Morgen mit Frau und Tochter in Groningen shoppen." Hasenkrug zwinkerte verschwörerisch. „Ich hatte den Eindruck, dass ihm die Leiche nicht ungelegen kam."

Dr. Wilkens lachte. „Vermutlich hatte er mindestens ein Dutzend Schokoriegel als Nervennahrung eingepackt, um den Tag in Boutiquen und Shops zu überstehen." Sie begann, ihre Utensilien zurück in die Tasche zu räumen, und sagte: „Hier kann ich nicht mehr viel ausrichten. Ich sehe ihn mir auf meinem Tisch genauer an."

„Aber nur ihn. Der dezimierte Dodo müsste hierbleiben." Hasenkrug grinste. „Sonst kriegen wir es mit den Jenneltern zu tun."

„Der dezimierte Dodo?"

„Unter unserer Leiche liegt noch der eigentliche Inhaber dieses Sarkophags. Allerdings ist nicht mehr allzu viel von ihm übrig. Nur ein paar Knochen."

„Da nicht davon auszugehen ist, dass Dodo etwas mit dem Mord an unserem Opfer zu tun hat, kann er hier gerne weiterhin in Frieden ruhen", bemerkte Dr. Wilkens trocken. „Ich werde die Herren vom Bestattungsinstitut entsprechend vorwarnen. Der Fund von Knochen außerhalb des Leichnams könnte bei ihnen sonst zu Irritationen führen."

Hasenkrug stieg hinter der Ärztin die Stufen hinauf. Vor der Kirchentür stand ein Mann, der gestenreich auf die Polizisten einredete, die dort Wache schoben.

„Was gibt es denn so Dringendes?", fragte Hasenkrug, nachdem er den gläsernen Windfang durchquert hatte. Er schaute sich um. Außer diesem Mann war kein Schaulustiger mehr zu sehen, was daran liegen mochte, dass es gerade in Strömen regnete. Rasch zog er die Kapuze seiner Jacke über den Kopf.

„Ich bin hier der Pastor. Man will mich nicht in meine eigene Kirche lassen. Also so was ist mir ja während meiner ganzen Amtszeit noch nicht passiert", echauffierte sich der Mann. „Sind Sie hier der Verantwortliche? Dann sagen Sie Ihren Leuten bitte …"

Hasenkrug hob beschwichtigend die Hände. „Mein Name ist Sebastian Hasenkrug, ich bin von der Kriminalpolizei", sagte er. „Wenn Sie der Pastor sind, dann hätte ich ein paar Fragen an Sie. Bitte haben Sie Verständnis dafür, dass Sie die Kirche nicht betreten können, solange die Spurensicherung keine Freigabe erteilt. Ich verstehe ja, dass Sie wissen wollen, was mit Ihrem Gemeindemitglied …"

„Ich war dabei, als Klaas gefunden wurde."

„Ach so?"

„Ja. Ich habe den Gästen die Gruft gezeigt."

„Machen Sie das immer? Ich meine, zählt das üblicherweise zu Ihren Aufgaben?"

„Ja. Manchmal macht es auch meine Frau. Aber nur, wenn ich verhindert bin."

„Ihre Frau hat also auch Zugang zur Kirche", stellte Hasenkrug fest. „Sonst noch jemand? Ich meine, irgendwie muss der Leichnam ja in die Gruft gekommen sein."

„Die Kirche steht immer offen", erklärte der Pastor. „Jeder kann zu jeder Zeit rein. So wie es sich für ein Gotteshaus gehört."

Hasenkrug wäre es anders lieber gewesen, denn dann hätte er den Kreis der Verdächtigen vermutlich deutlich eingrenzen können. Als nun der Leichenwagen vorfuhr, fragte er: „Können wir uns an einem anderen Ort unterhalten? Hier stehen wir nur im Weg herum. Außerdem sehe ich keinen Grund, warum wir uns bis auf die Haut nassregnen lassen sollten."

Als sie nur wenig später die Küche der Pastorei betraten, wartete dort schon ein junges Ehepaar. Die Frau hatte ein Baby auf dem Schoß. „Gut, dass Sie da sind", legte sie mit vor Nervosität vibrierender Stimme los, noch bevor Hinderk Willms und Sebastian Hasenkrug sich gesetzt hatten. „Was wird denn jetzt aus Mariekes Taufe? Ich meine, unter diesen Umständen …"

„Nun lass den Pastor doch erst mal ankommen, Sarah." Ihr Mann legte ihr beschwichtigend eine Hand auf den Arm.

„Ist schon gut", winkte Willms ab. „Ich verstehe ja, dass Sie verunsichert sind." Er sah seine Frau dankbar an, die zu ihnen gestoßen war und jetzt allen Kaffee einschenkte. Er deutete auf Hasenkrug. „Der Herr hier ist von der Kriminalpolizei. Sein Name ist Hasenpflug und …"

„Krug. Mein Name ist Hasenkrug."

„Oh, entschuldigen Sie bitte."

„Kein Problem. Das passiert mir öfter. Und mit wem habe ich es zu tun?" Er lächelte die Leute, die um die dreißig Jahre alt sein mochten, freundlich an.

„Patrick und Sarah Grünling", antwortete der Mann.

Der Pastor räusperte sich und nahm einen Schluck Kaffee, bevor er erneut ansetzte: „Also, die Polizei untersucht natürlich den Mordfall."

„Es war tatsächlich Mord?" Die jungen Leute rissen erschrocken die Augen auf. Patrick Grünling fügte hinzu: „Also, natürlich hat man es uns schon erzählt, deswegen sind wir ja hier. Aber im Dorf wird ja immer viel getratscht. Das nun aber aus Ihrem Munde bestätigt zu bekommen … Puh!" Er ließ den Rest des Satzes in der Luft hängen und schüttelte fassungslos den Kopf.

„Was ist denn nun mit der Taufe?" Die Unterlippe der Frau zuckte, in ihren Augen standen Tränen. Sie drückte ihre Tochter, die selig schlummerte, eng an sich.

„Wann soll denn die Taufe sein?", fragte Hasenkrug.

„Morgen."

„Ups."

„Genau das ist ja das Problem." Grünling fuhr sich durch das blonde Haar und sah verzweifelt von einem zum anderen. „Ich meine, in der Kirche wurde eine Leiche gefunden. Ein Mordopfer. Ein verdammt schlechtes Omen, wenn Sie mich fragen. Wir wissen wirklich nicht, ob wir Marieke unter diesen Umständen … Also, ich hätte kein gutes Gefühl dabei."

„Da machen Sie sich mal keine Sorgen", erwiderte Hasenkrug, noch bevor der Pastor etwas sagen konnte. „Die Kirche bleibt bis auf weiteres gesperrt. Die Taufe müssten Sie also sowieso verschieben oder in eine andere Kirche ausweichen. So leid es mir tut. Ich hoffe, Sie haben nicht allzu viele Gäste geladen?"

Die beiden schüttelten den Kopf. „Nein, nur die Familie. Und die ist überschaubar groß."

Der Pastor lächelte ihnen zu. „Am besten gehen Sie jetzt erst mal nach Hause, und ich komme nachher bei Ihnen vorbei. Ganz sicher finden wir eine Lösung. Sie können in der Zwischenzeit ja darüber nachdenken, was Ihnen am liebsten wäre."

„Für Ihren Gottesdienst tut es mir wirklich leid", sagte Hasenkrug, als die Familie gegangen war.

„Mir nicht", erwiderte der Pastor offen heraus. Er grinste verlegen, als Hasenkrug ihn irritiert ansah. „Ich habe noch nicht mal die Predigt fertig, wissen Sie. Und ich wüsste auch nicht, wie ich mich heute noch darauf konzentrieren sollte, bei allem, was passiert ist." Er zwinkerte Hasenkrug zu. „Aber bitte verraten Sie mich nicht."

„Und wenn die beiden sich entscheiden, in eine andere Kirche auszuweichen?"

„Das ist nicht so einfach, wie Sie sich das vorstellen", antwortete Willms. „Schließlich bedarf es dazu einiges an Vorbereitung."

„Verstehe." Hasenkrug nippte an seinem Kaffee. „Können Sie mir sagen, wann Sie Klaas Behrends zum letzten Mal gesehen haben?", kam er wieder auf seinen Fall zu sprechen.

Der Pastor legte nachdenklich einen Zeigefinger an die

Nase. „Ich meine, dass es vorgestern gegen Abend war. Auf dem Parkplatz vor der Kirche. Er stritt sich gerade mit Edzard."

„Edzard?"

„Ja. Edzard Mansen. Er lebt auch hier in Jennelt."

„Und warum haben die beiden gestritten?"

„Das weiß ich nicht. Es wird irgendeine Banalität gewesen sein. Klaas stritt sich gerne wegen Banalitäten." Der Pastor zog eine Grimasse. „Manchmal hatte man das Gefühl, dass er es darauf anlegt, mit seinen Nachbarn im Clinch zu liegen."

„Klingt, als wäre er ein etwas unbequemer Zeitgenosse gewesen."

„Das war er ganz sicher, ja. Gerade in der letzten Zeit hatte ich das Gefühl, dass es von Tag zu Tag schlimmer wurde mit seinen Launen. Vorher konnte er durchaus auch mal amüsant sein, aber in den vergangenen Wochen war davon nun wahrlich nichts zu spüren."

„Haben Sie eine Ahnung, woran das lag?"

„Nein. Natürlich habe ich ihn darauf angesprochen, schließlich habe ich als Pastor einen seelsorgerischen Auftrag. Aber er hat sofort abgeblockt, mich sogar einen gottlosen Nichtsnutz geschimpft und Schlimmeres. Nun ja, er wird seine Gründe gehabt haben, sich so zu verhalten. Aber was genau ihm auf der Seele lag … Nein, das weiß ich nicht."

„Könnten Sie sich vorstellen, dass irgendwer im Dorf einen solchen Hass auf ihn hatte, dass er sogar vor einem Mord nicht zurückschreckt?"

Hinderk Willms zog tief die Luft ein, bevor er den Kopf

schüttelte und antwortete: „Nein und ja. Ich meine, letztlich weiß man doch nie, was in den Köpfen seiner Mitmenschen vorgeht. Ein jeder reagiert doch auch unterschiedlich. Wo der eine einfach lächelnd über eine Beleidigung hinweggeht, fühlt sich der andere von ihr so sehr getroffen, dass er Attacke bläst. Bei der Spezies Mensch gibt es sicherlich nichts, was es nicht gibt. Sie ist immer für eine Überraschung gut, im Positiven wie im Negativen."

„Wem sagen Sie das", stimmte Hasenkrug ihm zu. Er stand auf. „Das war's dann fürs Erste. Ich werde mich jetzt noch ein wenig im Dorf umhören. Bei Bedarf komme ich wieder auf Sie zu. Vielen Dank für den Kaffee."

„Da nich für." Der Pastor begleitete ihn an die Tür und sagte zum Abschied: „Ich wünsche Ihnen viel Erfolg, Herr Kommissar. Ich werde meine Gemeindemitglieder bitten, Ihre Ermittlungen nach Kräften zu unterstützen."

7

Eigentlich hatte Hauptkommissar David Büttner damit gerechnet, die frischgebackene Witwe alleine in ihrem Haus anzutreffen, doch da hatte er sich getäuscht. Als er die bei dem dunklen Wetter bedrückend trüb wirkende Wohnstube der Behrends betrat, saßen dort noch zwei weitere Personen auf dem Sofa, beide waren Marianne wie aus dem Gesicht geschnitten. Er nahm also an, dass es sich um ihre Kinder handelte. Sie wirkten gefasst, keiner von ihnen schien geweint zu haben. Entweder hatten sie noch gar nicht realisiert, was eigentlich passiert war, oder aber sie verspürten keine sehr tiefgehende Trauer. Büttner tippte auf Letzteres, denn erfahrungsgemäß fingen die Mitglieder einer Familie in einem Trauerfall spätestens dann an zu weinen, wenn sie einander gegenüberstanden. Zumal, wenn der Verstorbene so plötzlich und auf so grausame Art aus dem Leben geschieden war wie Klaas Behrends.

„Meine Kinder sind gleich gekommen, als ich sie anrief", erklärte Marianne. Sie hielt eine Teekanne in der Hand, doch zitterte diese so stark, dass ihre Tochter aufstand und sie ihr aus der Hand nahm. Sie zog ein Taschentuch aus ihrer Hosentasche und schnäuzte sich.

„Sie wohnen in der Nähe?", schlussfolgerte Büttner.

„Ja. Hier in der Krummhörn", sagte der Sohn.

Büttner setzte sich in einen Sessel, den Marianne ihm zuwies. „Zunächst mein herzliches Beileid", sagte er und nickte in die Runde. Als keine Erwiderung kam, fragte er: „Haben Sie irgendeinen Verdacht, wer Ihrem Vater das angetan haben könnte?"

„Andreas", sagte der Sohn wie aus der Pistole geschossen.

„Andreas?" Büttner versuchte sich zu erinnern, in welchem Zusammenhang der Name bereits gefallen war.

„Der Nachbar, dem Klaas Gift auf die Setzlinge gesprüht hatte", erklärte Marianne. „Aber deswegen wird er ihn ja nicht gleich umgebracht haben." Sie sah ihren Sohn tadelnd an. „Wir sollten jetzt keine voreiligen Schlüsse ziehen, nur weil wir unbedingt einen Schuldigen haben wollen."

„Kein Grund, ihn nicht zu verdächtigen, denn mit Andreas gab es noch ganz andere Probleme, und das weißt du genau", beharrte der Sohn auf seinem Verdacht.

„Aber, Martin, du kannst doch nicht …", setzte seine Mutter zum Protest an, doch brachte ihr Sohn sie mit einer Handbewegung zum Schweigen. Nach allem, was Büttner über Klaas Behrends' Charakter gehört hatte, schien der Apfel in diesem Fall nicht weit vom Stamm gefallen zu sein, denn Martin legte, ebenso wie sein Vater, ein unangenehm herrisches Verhalten an den Tag.

„Darf ich fragen, welche Probleme das waren?" Büttner nahm einen Schluck von seinem Tee, den Marianne ihm hingestellt hatte. Zwar hatte er in Groningen auch schon Unmengen Kaffee in sich hineingeschüttet, während seine Frau Susanne und Tochter Jette durch die Geschäfte streiften, aber bei diesem Wetter konnte man ja gar nicht genug Heißgetränke bekommen. Auch während er trank, hielt er seine Augen auf Martin geheftet, der aber senkte weder den Blick, noch schien er in irgendeiner Weise verunsichert.

„Ich finde, dass das jetzt nichts zur Sache tut", sprang die Tochter ihrer Mutter bei. Die Richtung, die das Gespräch nahm, war wohl auch nicht nach ihrem Geschmack, denn sie knetete nun nervös die Hände in ihrem Schoß und kaute auf ihrer Unterlippe herum.

„Dennoch würde ich gerne erfahren, was Sie mit den Problemen meinten. Hier geht es immerhin um Mord, da kann jede Beobachtung wichtig sein."

Büttner sah, wie Mutter und Tochter bei seinen Worten zusammenzuckten. Umso gespannter war er auf das, was Martin nun zu sagen haben würde.

Der zögerte nicht lange: „Auch wenn ich verstehen kann, dass Conny …"

„Wer ist Conny?"

„Ich", antwortete die Tochter, hielt ihren Blick aber starr auf den Teppichboden gerichtet.

„Also, auch wenn ich verstehen kann, dass Conny nicht an diese Geschichte erinnert werden will, so kann ich darauf jetzt wirklich keine Rücksicht nehmen", fuhr Martin unbeirrt in seinen Ausführungen fort. „Andreas, dieses Schwein, hat sie vergewaltigt. Drei Jahre ist es jetzt her. Sie hat ihn angezeigt, es kam zu einem Prozess, er wurde freigesprochen. Was nichts an der Tatsache ändert, dass es so gewesen ist. Conny ist seither in psychotherapeutischer Behandlung, weil sie die Bilder nicht aus dem Kopf bekommt."

„Dann gab es keine Beweise, wenn dieser Andreas freigesprochen wurde?", hakte Büttner nach.

„Es stand Aussage gegen Aussage."

„Also keine Spuren, die eindeutig belegten …"

„Es waren bereits ein paar Tage vergangen, als Conny zur Polizei ging." Martin funkelte Büttner so wütend an, als hätte er damals den Täter laufenlassen. „Sie hätte es bleiben lassen sollen, dann wäre ihr wenigstens die Demütigung erspart geblieben, als Lügnerin, wenn nicht gar als Flittchen dazustehen." Martin schlug mit der Faust auf den Tisch, das Geschirr klirrte unter der Erschütterung. „War ja klar, dass ihr keiner glaubt. Ist doch immer so. So viel zum angeblichen Rechtsstaat, in dem wir leben."

„Und was hat das mit Ihrem Vater zu tun?", versuchte Büttner das Augenmerk wieder auf den Mord zu lenken. Als ihn nun alle empört ansahen, fügte er schnell hinzu: „Entschuldigen Sie bitte, es ist keineswegs so, dass mich die Sache nicht berührt. Aber Sie werden verstehen, dass mich in erster Linie interessiert, wer der Mörder Ihres Vaters ist."

„Unser Vater hat Andreas damals ans Herz gelegt, das Dorf zu verlassen", erklärte Martin, als Conny auch jetzt keine Anstalten machte, irgendetwas zu sagen. Im Mittelpunkt der Aufmerksamkeit zu stehen, schien ihr sichtlich unangenehm zu sein. „Er würde ihm sonst die Hölle heißmachen. Nun", Martin grinste hämisch, „er hat sein Wort gehalten."

„Wie genau muss ich mir das vorstellen?"

„Mein Vater war kein Weichei, Herr Kommissar. Aber er war auch nicht brutal. Wenn es nach mir gegangen wäre, dann hätte ich den Kerl kastriert. Er aber …"

„Er hat subtilere Mittel der Folter gefunden", vermutete Büttner.

„Genauso war es." Martin grinste breit, während die beiden Frauen kaum wagten aufzublicken. „Und glauben Sie mir, ein paar Setzlingen den Garaus zu machen, war noch eine der harmloseren Varianten."

„Okay, Sie nehmen also an, dass Andreas … Wie heißt dieser Herr eigentlich mit Nachnamen?"

„Uphoff."

„Sie nehmen an, dass Herr Uphoff den Schikanen Ihres Vaters ein Ende bereiten wollte und ihn deshalb ermordet hat, richtig?"

„Richtig. Ich wüsste nicht, wer es sonst gewesen sein sollte. Mein Vater wurde von allen im Dorf respektiert."

„Respektiert. Soso." Büttner sah von einem zum anderen. „Das klingt mehr nach gehasst als geliebt. Wenn ich früher behauptete, meinem Lehrer Respekt entgegenzubringen, dann konnte jeder davon ausgehen, dass ich ihn nicht leiden konnte. Denn wenn ich ihn hätte leiden können, dann hätte ich es auch so gesagt."

„Wenn Sie hier sind, um meinen Vater zu beleidigen, dann …" Martin ballte die Fäuste, brachte den Satz aber nicht zu Ende, da seine Mutter ihn mit einem unzweideutigen Blick aufforderte, den Mund zu halten.

„Ich bin hier, um den Mörder Ihres Vaters zu finden", entgegnete Büttner. „Es sollte eigentlich auch in Ihrem Interesse liegen, dass der Richtige hinter Gitter kommt. Mag ja sein, dass Sie sauer auf diesen Andreas Uphoff sind, aber dennoch ist mir daran gelegen, auch in andere Richtungen zu schauen. Wenn Ihnen also noch jemand einfällt, der eventuell ein Motiv haben könnte …"

„Hinderk Willms", sagte Conny kaum hörbar.

„Was?" Büttner beugte sich zu ihr vor, während Mutter und Bruder sie mit großen Augen ansahen.

„Hinderk Willms", wiederholte sie mit deutlich kräftigerer Stimme, hob jedoch auch diesmal nicht ihren Blick.

Büttner wusste, dass er den Namen schon einmal gehört hatte, stand aber gerade auf dem Schlauch. Hatte Hasenkrug ihn nicht vorhin erst am Telefon erwähnt? Leider brachte es beinahe jeder Mordfall mit sich, dass er sich kaum fassbare Mengen an Namen merken musste. Doch damit nicht genug. Er musste sie auch noch den richtigen Personen zuordnen. Er wünschte, Sebastian Hasenkrug wäre bei ihm, denn der war wahrlich ein Gedächtniswunder.

„Unser Pastor", half ihm Martin auf die Sprünge, bedachte seine Schwester jedoch gleichzeitig mit einem zutiefst ungläubigen Blick.

„Der Pastor." Jetzt erinnerte sich auch Büttner wieder. „Darf ich fragen, wie Sie ausgerechnet auf ihn kommen? Ich hörte, er sei ein ganz umgänglicher Kerl. Auf keinen Fall aber einer, der anderen Leuten Messer in den Bauch rammt."

„Jeder kommt irgendwann an seine Grenzen", behauptete Conny kryptisch.

„Und die des Pastors lagen Ihrer Meinung nach wo?"

„In seiner Vergangenheit", lautete die knappe Antwort.

„Was war in seiner Vergangenheit?"

„Das weiß ich nicht."

Büttner entging nicht, dass nach dieser Feststellung ein Ausatmen durch den Raum ging. Anscheinend hatten die anderen bei Connys Worten die Luft angehalten. Ob aus Furcht vor der Antwort oder aus Überraschung über den Verdacht, das würde er schon noch herausfinden.

„Ein wenig konkreter müssten Sie schon werden", meinte Büttner. „Für einen Anfangsverdacht gegen den Pastor ist das ein bisschen dünn."

„Mein Vater hat so was angedeutet", erwiderte Conny und hob erstmals wieder den Blick. Sie sah Büttner direkt in die Augen. „Papa war da an einem großen Ding dran. Er werde dem Pastor, den er einen Heuchler nannte, das unheilige Handwerk legen, hat er gesagt."

„Wann war das?"

„Vor gut einer Woche, als ich vormittags mal zum Kaffee hier war. Genaueres weiß ich nicht, er meinte, ich würde die Details schon erfahren, wenn es soweit ist."

„Haben Sie davon gewusst?", wandte sich Büttner an Marianne, die ihre Tochter mit offenem Mund anstarrte.

„N-nein. Das … das ist mir neu", stammelte die Witwe. „Wie kommst du denn nur auf so was, Kind?"

„Weil Papa es genauso gesagt hat." Conny zog einen Schmollmund. „Kann ich doch nichts dafür, wenn er mit dir über solche Sachen nicht spricht. Brauchst mich gar nicht so beleidigt anzusehen." Sie machte mit dem Arm eine fahrige Bewegung in Richtung der Fotos, die an der Wand hingen. „Aber du interessierst dich ja nur für die Kinder in Afrika. Was mit den Menschen um dich herum passiert, ist dir doch schon lange scheißegal. Für Papa hattest du doch allenfalls noch Hohn und Spott übrig."

Nun wurde es interessant. Büttner lehnte sich in seinem Sessel zurück und wartete auf den Familienstreit, der nun sicherlich entbrennen würde. Doch nichts geschah. Es war, als hätte es Connys Vorwurf nie gegeben, denn nun sagte Martin: „Vielleicht sollten Sie sich einfach mal ein wenig im Dorf umhören, Herr Kommissar. Da gibt es mit Sicherheit den ein oder anderen, der eine ganze Menge zu unserem Vater zu sagen hat."

„Genau das hatte ich mir eigentlich von Ihnen versprochen", entgegnete Büttner. „Schließlich dürften Sie ihn am besten kennen, nicht wahr?"

„Bis auf Gesine." Conny zog eine Grimasse.

„Gesine … Gesine … Wer war das noch gleich?" Schnell kramte Büttner in seiner Jacke nach Block und Stift. Wurde Zeit, dass er sich ein paar Notizen machte, denn so langsam wurde es unübersichtlich. Wo nur steckte Hasenkrug, wenn man ihn mal brauchte?

„Gesine Oltmanns. Sie liebt unseren Vater, seit sie Kinder waren."

„Klingt mir nicht nach einem Mordmotiv."

„Das habe ich ja auch nicht gesagt", konterte Conny. „Ich habe nur gesagt, dass sie meinen Vater sehr gut kennt. Sollte mich nicht wundern, wenn sie ihm sogar einen Schrein gebaut hat, irgendwo in einem versteckten Zimmer oder so. Wie die Irren, die man immer in den Psychothrillern im Fernsehen sieht." Sie kicherte.

„Eine unerfüllte Liebe also." Büttner blickte fragend in die Runde, woraufhin alle nickten.

„Aber versprechen Sie sich nicht zu viel von ihr", meinte Martin. „Mein Vater hat in den letzten Jahrzehnten kaum mit ihr gesprochen. Schon gar nicht wird er ihr seine Geheimnisse anvertraut haben, denn mit ihrer ständigen Nachstellerei ging sie ihm ganz gewaltig auf den Keks. Wenn er sie kommen sah, ist er ihr grundsätzlich ausgewichen." Er machte vor seinem Gesicht einen Scheibenwischer. „Die Alte ist echt nicht ganz dicht. Grenzt schon an Stalking, was die all die Jahre gemacht hat."

„Vielleicht ist es ihr nach so vielen Jahren enttäuschter Liebe zu viel geworden", überlegte Büttner laut, rief sich dann jedoch sofort zur Ordnung. Seine Schlussfolgerungen gingen die Leute hier zu diesem Zeitpunkt nun wirklich nichts an.

„Am Tag unserer Hochzeit hat sie mir entgegengeschleudert, dass sie Klaas lieber tot sehen würde als an meiner Seite", sagte Marianne.

„Das ist wie lange her?"

„Fast vierzig Jahre."

„Eine Tat im Affekt dürfte damit ausscheiden", stellte Büttner trocken fest. „Aber hatten Sie nicht erwähnt, dass Ihr Mann diese Gesine am Abend vor seinem Tod zur Rede gestellt hat?"

„Zumindest hatte er das vor, ja. Mehr weiß ich darüber nicht."

Büttner wandte sich an Martin und Conny. „Haben Sie eine Ahnung, worum es bei dieser Auseinandersetzung ging?"

„Nein", sagte beide ein wenig zu schnell und senkten die Köpfe.

Büttner glaubte ihnen nicht, doch wollte er es erst mal dabei bewenden lassen. Er würde die beiden beizeiten noch mal befragen. „Sonst noch Verdächtigungen?"

Allgemeines Kopfschütteln. „Gut", sagte er und stand auf. „Hausaufgaben haben Sie mir ja genügend gegeben." Er legte drei seiner Visitenkarten auf den Tisch. „Falls Ihnen noch etwas einfällt, rufen Sie mich bitte an."

Beim Hinausgehen fiel sein Blick auf die Fotos an der

Wand. „Ach ja, Frau Behrends, Sie sagten, Sie wollten in der nächsten Woche nach Afrika fliegen, um die Kinder für Ihre Nachbarn abzuholen. Bleibt es dabei? Ich meine, unter diesen Umständen …"

„Darüber habe ich noch nicht nachgedacht", erwiderte Marianne.

„Mir wäre es lieber, Sie blieben hier, bis der Mord an Ihrem Mann aufgeklärt ist."

„Ich sagte ja, dass ich darüber nachdenke. Hab nun wirklich den Kopf nicht frei für so was."

„Natürlich. Auf Wiedersehen, Frau Behrends." Büttner war froh, als er wenig später wieder an der frischen Luft stand, auch wenn es nach wie vor regnete. Er griff nach seinem Handy. Es wurde Zeit, in Erfahrung zu bringen, wo sich sein Assistent herumtrieb.

8

Noch vor ein paar Minuten war Gesine fröhlich vor sich hin pfeifend aus dem Auto gestiegen, hatte ihre in Jutetaschen verpackten Einkäufe aus dem Kofferraum gewuchtet und war dann schwerbepackt über den schmalen Weg auf ihr kleines Backsteinhäuschen zugewankt. Therese Pupkes hatte bei diesem Anblick vermutet, dass Gesine entweder ein ganz besonderes Schnäppchen gemacht oder aber etwas ganz besonders Leckeres gefunden hatte, das sie sich zum Mittagessen zubereiten würde. Gesine war zwar eher der grüblerische Typ, aber auch ein Genussmensch. Für ihr leibliches Wohl gab sie gerne mal ein kleines Vermögen aus. Da sie aber sonst nur wenige Freuden im Leben und niemanden zu versorgen hatte außer sich selbst, konnte man ihr daraus schwerlich einen Vorwurf machen.

In diesem Moment aber verschwendete Gesine mit Sicherheit keinen Gedanken an ihr Mittagessen, denn sie lag ohnmächtig auf dem Boden und rührte sich nicht mehr. Schöner Mist. Therese hatte keine Ahnung, wie sie ihre übergewichtige Freundin vom Teppich auf das mit Puppen und Stofftieren überladene Sofa verfrachten sollte. Na ja, dachte sie, wenigstens lag sie dort unten warm und flauschig und würde sich nicht so schnell verkühlen.

Gerade noch hatte Gerhard mit Therese im Wohnzimmer seiner Schwester gesessen. Gemeinsam hatten sie überlegt, wie sie Gesine möglichst schonend über den grausamen Tod ihres Angebeteten unterrichten sollten. Nun, diese Überlegungen hatten sich in dem Moment erübrigt, als Gesine durch ihren Vorgarten lief und im selben Moment der Leichenwagen an ihrem Zaun vorbeifuhr. Der Fahrer des Leichenwagens war stehengeblieben, hatte die Scheibe heruntergekurbelt und Gesine zugerufen: „Könnten Sie mir bitte sagen, welches genau das Haus der Familie Behrends ist? Ich müsste noch mit Frau Behrends abklären, was mit der Leiche ihres Mannes geschehen soll, wenn die Gerichtsmedizin ihn freigibt. Wäre doch schön, wenn wir uns auch um seine Beerdigung und das ganze Drumherum kümmern könnten."

Gut, der arme Bestatter konnte natürlich nicht wissen, dass er mit Gesine die schlechteste Wahl getroffen hatte, sein Anliegen loszuwerden. Jeder andere im Dorf hätte ihm seine Frage sicherlich bereitwillig beantwortet. Entsprechend irritiert war er, als Gesine mit einigen Sekunden Verzögerung plötzlich die Augen aufriss, lautstark nach Luft schnappte, ihre Tüten fallenließ und mit leichenblassem Gesicht Richtung Haustür und weiter Richtung Wohnzimmer torkelte – um im nächsten Moment wie ein gefällter Baum der Länge nach auf den Teppich aufzuschlagen.

Gerhard hatte beim Anblick seiner glücklich pfeifenden Schwester noch verkündet, er sehe sich nicht in der Lage, ihr die schrecklichen Neuigkeiten zu überbringen, und sich daraufhin schleunigst zur Terrassentür hinaus verdrückt. Doch so hatten sie nicht gewettet.

Therese nestelte ihr Handy aus der Tasche und tippte Gerhards Nummer ein. Sie wüsste nicht, warum man ihn jetzt, da sich seine Schwester in eine gnädige Ohnmacht geflüchtet hatte, aus seinen Bruderpflichten entlassen sollte. Irgendwer musste Gesine schließlich vom Teppich aufs Sofa hieven. Das mit dem Trösten und Mutzusprechen würde Therese dann schon übernehmen, denn dazu waren Männer ja sowieso ungeeignet.

„Sieh zu, dass du in Gesines Haus kommst und mir hilfst!", plärrte sie Sekunden später ins Handy. „Und bringe nach Möglichkeit noch jemanden mit, der keine Rückenprobleme hat und sich in der Lage sieht, gut zwei Zentner Lebendgewicht ein paar Meter weit zu tragen."

So. Therese beobachtete ihre Freundin, deren Lider nervös zuckten. Vermutlich würde es nicht mehr lange dauern, bis sie wieder zur Besinnung kam. Natürlich könnte sie ihr unterstützend ein paar Backpfeifen setzen oder ihr ein Glas eiskaltes Wasser über das Gesicht schütten; erfahrungsgemäß aber würde Gesine auch ohne diese Hilfsmittel wieder zu sich kommen. In emotional schwierigen Situationen verabschiedete sie sich gerne mal in die Bewusstlosigkeit, das kannte Therese schon. Kein Grund zur Sorge also.

Es klopfte an der noch immer offenstehenden Haustür, irgendjemand rief Hallo.

„Gerhard, bist du's?"

Keine Antwort. Therese linste um die Ecke und sah sich im nächsten Moment den beiden Kommissaren gegenüber, von denen sie allerdings die Namen vergessen hatte.

„Frau Oltmanns?", fragte der ältere und weniger schlanke der beiden. Er stellte sich und seinen Begleiter vor. „Falls

Sie es noch nicht bemerkt haben: Vor Ihrer Tür liegt allerhand Gemüse herum. Und ziemlich viele andere leckere Lebensmittel. Ist das hier so üblich?"

„Nee. Ich bin nicht Frau Oltmanns", erwiderte Therese. Sie nannte ihren Namen. Den Hinweis auf das Gemüse beschloss sie zu ignorieren, es gab Wichtigeres. „Gesine liegt da unten." Sie ließ die beiden eintreten und deutete auf den Teppich, auf dem ihre Freundin nach wie vor regungslos lag.

„Ist sie tot?", rief der jüngere Polizist, der sich als Hasenpflug oder so ähnlich vorgestellt hatte, erschrocken aus und eilte sofort zur Hilfe.

„Nee. Sie ist nur ohnmächtig. Wird gleich wieder zu sich kommen." Auf die skeptischen Blicke der Männer sagte sie: „Das macht sie öfter. Nicht so ausdauernd zwar, aber es kommt schon mal vor."

Büttner und Hasenkrug zögerten nicht lange. Sie hoben die Frau hoch und legten sie aufs Sofa. Gesine gab ein leises Stöhnen von sich, ansonsten aber zeigte sie keinerlei Regung. Hasenkrug griff nach seinem Handy und bestellte einen Krankenwagen.

„Nun übertreiben Sie mal nicht", meinte Therese Pupkes. „Glauben Sie mir, die ist gleich wieder bei uns. War wohl alles ein bisschen viel für sie."

„Was genau war denn zu viel für sie, Frau …?"

„Pupkes. Therese Pupkes." Sie erzählte vom unglückseligen Zwischenfall mit dem Bestatter. „Der arme Kerl konnte ja nicht wissen, dass Gesine gleich umkippt", schloss sie ihre Erläuterungen. „Da hat sie ihm aber einen ordentlichen Schrecken eingejagt. Er ist dann auch gleich weitergefahren."

„Oh", erklang es von der Tür her. „Nun hab ich extra Ibo mitgebracht, weil der gerade im Garten rumstand, aber nun brauchst du uns ja gar nicht mehr."

„Dürfte ich wissen, wer Sie sind?", fragte Büttner, nachdem er sich und seinen Assistenten vorgestellt und dem Neuankömmling seine Polizeimarke gezeigt hatte.

„Gerhard Oltmanns. Dies hier ist mein Nachbar Ibo Boos."

„Sie sind der Mann von Gesine Oltmanns?"

„Nee. Ihr Bruder."

„Gesine hat keinen Mann", mischte sich Therese ein. „Sie hat immer nur Klaas geliebt."

Nun, das deckte sich mit dem, was Conny Behrends gesagt hatte, konstatierte Büttner. Er beobachtete seinen Assistenten, der bei Gesine Oltmanns saß und ihr leichte Schläge auf die Wangen versetzte, um sie wieder wachzubekommen. Noch aber schien sie sich zu weigern, das volle Bewusstsein wiederzuerlangen, lediglich ihr Stöhnen wurde lauter.

„Eigentlich wollten wir mit Frau Oltmanns über Herrn Behrends sprechen", meinte Büttner. „Aber ich schätze, das müssen wir auf später verschieben."

„Kommen Sie gerade von Marianne?", fragte Ibo Boos, der nervös seine Mütze zwischen den Fingern knetete.

„Warum wollen Sie das wissen?", stellte Büttner die Gegenfrage.

„Hat sie irgendetwas gesagt, wegen der Kinder?" Als Büttner nur die Stirn runzelte, fügte er hinzu: „Also, ich weiß nicht, ob Marianne das erwähnt hat, aber sie will doch nächste Woche nach Nigeria fliegen und unsere Kinder abholen."

„Ach, Sie sind das."

„Also hat sie was gesagt?"

„Was genau soll sie denn gesagt haben?"

„Na, ob das jetzt noch klappt, nach allem, was passiert ist. Imke, also meine Frau, die macht sich nun natürlich Sorgen. Sie freut sich so auf die Lütten, kann es gar nicht abwarten, bis sie endlich da sind. Aber nun, wo doch Klaas tot ist ..." Ibo sah Büttner so flehend an, als könnte der auf der Stelle die Kinder herbeibeamen.

„Da fragen Sie Frau Behrends am besten selber", erwiderte Büttner. „Aber Sie können sich sicherlich vorstellen, dass sie gerade andere Sorgen hat."

„Das glaub ich nicht", entfuhr es Therese, die sich nun rasch die Hand vor den Mund schlug.

Büttner horchte auf. „Sie glauben nicht, dass Frau Behrends andere Sorgen hat?"

„Na ja, so hab ich es ja nun auch nicht gemeint." Therese Pupkes blickte betreten zu Boden. Dann jedoch reckte sie ihren Kopf wieder in die Höhe, schob ihr Kinn vor und sagte mit fester Stimme: „Aber wir müssen uns ja auch nichts vormachen. Klaas war ein schwieriger Mensch. Marianne hat weiß Gott nicht nur Spaß mit ihm gehabt. Könnte mir vorstellen, dass sich ihre Trauer in Grenzen hält. Wo sie doch nun endlich frei ist und ihr Leben genießen kann."

Auf diese wenig pietätvolle Bemerkung hin war außer einem gewimmertem *Klaas, Klaas, wo bist du?* aus dem Mund von Gesine erst mal nichts zu hören.

„Haben Sie denn irgendeine Idee, wer Ihren Nachbarn getötet haben könnte?", durchbrach schließlich Büttner die Stille.

„Also Brast[2] hatten ja viele auf ihn", meinte Gerhard, und Ibo nickte. „Der konnte einen schon zur Weißglut bringen."

„Und wen hat er zuletzt zur Weißglut gebracht?"

Allgemeines Schulterzucken. „Man kriegt ja auch nicht immer alles mit", sagte Therese, was Büttner ihr jedoch nicht so ganz abnehmen wollte. Im Gegenteil: Er war überzeugt davon, dass sie genau der Typ Frau war, der über alles, was in einer so kleinen Ortschaft wie Jennelt geschah, stets Bescheid wusste.

„Hatten Sie in letzter Zeit den Eindruck, dass sich Herr Behrends bedroht fühlte? Dass er zum Beispiel Angst hatte oder besonders nervös wirkte?", fragte Hasenkrug, der sich nun vom Sofa erhoben hatte. Gesine weigerte sich nach wie vor, in die Realität zurückzukehren, atmete nun jedoch ruhig und gleichmäßig, wie Büttner feststellte. In der Ferne war ein sich näherndes Martinshorn zu hören. Gesine würde also schon bald medizinisch versorgt und hoffentlich schnell wieder ansprechbar sein.

„Klaas hatte vor gar nichts Angst", erklärte Gerhard Oltmanns. „Und wenn, dann hätte er es nie zugegeben."

„Sehe ich genauso", nickte Ibo.

Büttner musterte den schmalen, blonden Mann prüfend. Ständig strich der sich eine Haarsträhne aus der Stirn und schaffte es kaum, auch nur für ein paar Sekunden ruhig zu stehen. Er fragte sich, ob es alleine die Sorge um die nige-

---

[2] Zorn, Wut

rianischen Kinder war, die ihn so zappeln ließ, oder ob sich hinter seiner Nervosität noch etwas anderes verbarg.

Therese Pupkes schien zunächst überlegen zu müssen, dann aber schüttelte auch sie den Kopf.

„Sie sind sich nicht sicher, Frau Pupkes?", hakte Büttner nach.

„Na ja", meinte sie und wiegte den Kopf hin und her. „Klaas war ja nun keiner, der irgendwie Gefühle gezeigt hat oder so. Ich meine, noch weniger, als Männer das sowieso machen. Nur wütend sein, das können sie ja ganz gut. Aber ich mein doch, dass bei Klaas zuletzt irgendwas anders war als sonst."

„Und was?"

„Das weiß ich nicht. Ist bloß so ein Gefühl. Wie er die Tage zum Beispiel den Pastor angegangen ist, das war schon heftig. So was hat er sonst nicht gemacht. Weil doch der Pastor eigentlich ein ganz Netter und Ruhiger ist. Über den kann man sich eigentlich gar nicht ärgern."

„Aber Herr Behrends hatte sich über ihn geärgert?" Büttner entging nicht, dass Gerhard Oltmanns mit unzweideutigen Gesten versuchte, Therese zum Schweigen aufzufordern, aber die ließ sich davon nicht beeindrucken.

„Ja. Das lässt sich nicht anders sagen. Irgendwas muss zwischen den beiden gewesen sein. Conny, was Klaas' Tochter ist, meint ja, das hätte was mit der Vergangenheit vom Pastor zu tun."

„Genaueres hat sie aber nicht gesagt."

„Nee. Ich glaub ja nicht, dass die überhaupt was weiß. Will sich immer wichtigmachen, so wie damals, mit Andreas. Weiß ja auch keiner, ob da wirklich was dran war."

„Sie meinen die angebliche Vergewaltigung?" Auf die er-

83

staunten Gesichter hin erklärte Büttner: „Ich habe sie und ihren Bruder Matthias ...“

„Der heißt Martin.“

„Ja. Ich habe die beiden gerade bei ihrer Mutter angetroffen.“ Zu seinem Bedauern musste er zunächst auf weitere Nachfragen verzichten, denn nun trafen Notarzt und Sanitäter ein und eilten auf Gesine zu. Die hatte inzwischen die Augen aufgeschlagen, wirkte jedoch verwirrt, denn sie trällerte ständig *Komm, tanz mit mir, komm tanz mit mir* vor sich hin.

„Frau Pupkes, ich würde Sie am Montagmorgen gerne auf dem Revier sprechen“, sagte Büttner. „Bitte kommen Sie im Laufe des Vormittags vorbei.“ Er drückte ihr seine Visitenkarte in die Hand.

„Ich ... ich geh dann mal“, verkündete Ibo Boos. „Muss mal nach Imke gucken. Macht sich bestimmt schon Sorgen, wo ich bleib.“

„Moment mal“, rief Büttner ihn zurück. „Auch mit Ihnen und Ihrer Frau würde ich gerne mal ausführlicher sprechen. Bitte halten Sie sich zu unserer Verfügung.“

„Was ist mit ihr?“, wandte sich Hasenkrug an den Notarzt, der seiner Patientin gerade eine Infusion legte.

„Sie steht wohl unter Schock. Wir bringen sie zur Beobachtung ins Emder Krankenhaus. Am besten setzen Sie sich später mit dem zuständigen Arzt in Verbindung.“ Er machte seinen Kollegen ein Zeichen, Gesine auf die Trage zu legen.

„Gut“, sagte Büttner zu Hasenkrug. „Sieht so aus, als könnten wir hier zurzeit nicht viel ausrichten.“ Er grüßte einmal in die Runde, dann verschwand er zur Tür hinaus, gefolgt von seinem Assistenten.

„Und jetzt?“, fragte Hasenkrug.

„Jetzt knöpfen wir uns mal diesen Andreas Uphoff vor. Mal sehen, was er uns zu seinem Verhältnis zum Mordopfer zu sagen hat. Sie scheinen ja nicht die dicksten Freunde gewesen zu sein."

„Ich habe mich in der Zwischenzeit auch ein wenig im Dorf umgehört", erklärte Hasenkrug. „Ist schon praktisch, wenn man gute Freunde hat, die sich hier auskennen."

„Mit welchem Ergebnis?"

„Als ich in der Gruft war, war auch ein Mann anwesend, den sie hier nur den tumben Thorsten nennen. Tatsächlich scheint er nicht die hellste Kerze auf der Torte zu sein, brabbelt sogar zeitweise ziemlich wirres Zeug."

„Vielleicht der kleine Bruder von Gesine Oltmanns", mutmaßte Büttner. „Die brabbelt auch wirres Zeug."

„Nee. Aber seine Eltern leben auch hier in Jennelt. Ein gewisser Edzard Mansen mit seiner Frau."

„Und?"

„Der tumbe Thorsten war nicht immer so tumb, sondern erst seit einem Autounfall, der ihn im letzten Sommer ereilte. Bis dahin war Thorsten ein ganz normaler Familienvater mit Frau und zwei Kindern."

„Autsch!" Büttner verzog gequält das Gesicht.

„Genau. Die Frau ist mit den Kindern auf und davon, Thorsten lebt wieder bei seinen Eltern."

„Und was hat das alles mit Klaas Behrends zu tun?"

„Angeblich hat er den Unfall verursacht. So zumindest die Meinung von Thorstens Eltern, die in dieser Sache keine Ruhe geben."

„Wenn Behrends den Unfall verursacht hat, müsste das doch bei den Ermittlungsbehörden bekannt sein."

„Sollte man meinen. Als die Kollegen am Unfallort eintrafen, behauptete jedoch ein ebenfalls anwesender Freund von Behrends, den Wagen gefahren zu haben. Dieser Freund war nüchtern, wohingegen Behrends fast zweikommanull Promille im Blut hatte."

„Und wie kommen diese Janssens …"

„Mansens."

„Wie kommen diese Mansens darauf, dass Klaas Behrends am Steuer saß?", fragte Büttner.

„Das sollten wir sie mal fragen", lautete Hasenkrugs Antwort.

Büttner nickte. „Dann rufen Sie jetzt bitte erst mal im Sekretariat an und bitten Frau Weniger, schon mal die Akten von Conny Behrends und Thorsten Mansen herauszusuchen. Mich interessiert, was in diesen Fällen tatsächlich protokolliert wurde. Und das gleichen wir dann mit dem ab, was uns die Herrschaften hier in Jennelt zu berichten haben."

9

Imke Boos beobachtete ihre Mutter, eine zarte Frau von dreiundsechzig Jahren, schon seit einer ganzen Weile. Wie sie in der Küche Ordnung schaffte, obwohl es nicht unaufgeräumt war; wie sie nach der trockenen Bettwäsche griff, diese glattstrich und zusammenlegte, obwohl sie sie zum Mangeln geben würde; wie sie den Besen aus der Kammer holte und den Küchenboden fegte, obwohl auf ihm nicht ein Krümel zu sehen war. Sie hatte es aufgegeben, ihre Mutter auf diese widersinnigen Handlungen hinzuweisen, denn selbst wenn sie die eine ließ, würde sie sofort mit einer anderen beginnen.

Früher war Hilka Mansen ganz anders gewesen. Eine Frau, die in sich ruhte und sich ihre Aufgaben als Hausfrau und Mutter stets so einteilte und organisierte, dass sie ihr möglichst nie zur Last wurden. Wann immer es ging, hatte sie sich mit Freunden getroffen, sich in der Kirchengemeinde engagiert und ältere Menschen bei der Bewältigung ihres Alltags unterstützt. Imke hatte ihre Stärke genauso bewundert wie ihre Gelassenheit.

Doch seit dem Unfall ihres Sohnes war alles anders. Ja, seit Imkes Bruder Thorsten nach monatelangen Klinikaufenthalten wieder bei den Eltern eingezogen und plötzlich ein ganz anderer Mensch war, kam Hilka nicht mehr zur

Ruhe. Es war, als würde sie von einer unsichtbaren Kraft getrieben, als würde sie jemand mithilfe einer Schnur immer wieder aufziehen. Imke befürchtete, dass es so nicht lange gutgehen würde. Eigentlich wartete sie stets nur auf die Nachricht ihres Zusammenbruchs. Nachdem die Sache mit Thorsten passiert war, versuchte Imke ihre Mutter zu überzeugen, sich einem Psychotherapeuten anzuvertrauen. Die einzige Reaktion, die sie daraufhin bekam, war ablehnendes Kopfschütteln. „Guck dir deinen Bruder an", sagte Hilka dann. „So viele Ärzte und Psychiater und Therapeuten haben an ihm herumgedoktert. Und was hat es gebracht? Nichts."

Imkes Einwand, Thorsten habe ja auch Hirnschäden zurückbehalten, während die Probleme ihrer Mutter rein seelischer Natur seien, ließ Hilka nicht gelten. Es sei doch alles derselbe Mist, sagte sie dann.

„Jetzt setz dich doch mal hin und trink einen Kaffee mit mir", startete Imke einen neuen Versuch. Zu ihrer Verwunderung hielt ihre Mutter tatsächlich in ihrer Bewegung inne und sah sie stirnrunzelnd an. Anstatt aber sofort weiterzumachen, nickte sie kurz, wischte ihre Hände an der Schürze ab und setzte sich zu ihrer Tochter an den Tisch. „Ist vielleicht ganz gut, dass Klaas jetzt tot ist", murmelte sie, bevor sie einen Schluck Kaffee nahm.

Imke hatte sich schon gedacht, dass Hilka sich gedanklich mit nichts anderem beschäftigte. Genauso wie es allen Einwohnern Jennelts erging. Denn wann wurde hier schon mal jemand das Opfer eines Mordes?

Sie legte ihre Hand auf die ihrer Mutter. „Nun kannst du endlich abschließen, Mama, kannst wieder zu dir kommen. Und Papa muss sich nicht mehr darum kümmern, dass Klaas seine gerechte Strafe bekommt." Sie deutete auf mehrere Aktenordner im Regal, auf denen jeweils das Wort *Anwalt* stand. Sie waren der Reihe nach durchnummeriert. Fast täglich setzte sich ihr Vater mit der Sache *Mansen ./. Behrends,* wie es als Betreff auf allen in den Ordnern abgehefteten Schriftstücken stand, auseinander. Auch wenn man ihm sagte, dass es aussichtslos sei, weiterhin auf eine Strafe für Klaas zu hoffen, so hatte er doch nie aufgegeben, seinen Nachbarn mit anwaltlichen Schreiben zu bombardieren. Imke wollte gar nicht wissen, wie viel Geld all das sinnlose Hin und Her bereits gekostet hatte, aber es mussten Unsummen sein.

Imke selbst hatte längst mit diesem Kapitel abgeschlossen. Natürlich fand auch sie den Gedanken unerträglich, dass Klaas für dieses Verbrechen an ihrem Bruder nie belangt werden würde. Aber wofür sollte es gut sein, sich dadurch sein ganzes Leben vergiften zu lassen? Ganz egal, was auch mit Klaas passierte, an Thorstens Schicksal würde es nichts mehr ändern. Also galt es, optimistisch in die Zukunft zu schauen. Und genau das tat Imke, indem sie sich auf ihr neues Leben mit den Kindern vorbereitete.

„Klaas hat Thorstens Leben zerstört. Dafür kann es keine gerechte Strafe geben. Nicht einmal den Tod." Hilka Mansen presste die Lippen zu einem schmalen Strich zusammen.

„Ich weiß, Mama", seufzte Imke, die diesen Satz schon mehrere Hundert Male von ihrer Mutter gehört hatte. „Aber dennoch müsst ihr jetzt damit abschließen. Klaas ist tot. Ganz egal, was ihr macht, es wird nichts mehr ändern. Ihr habt doch auch nur dieses eine Leben. Klaas ist es nicht wert, dass ihr es euch von ihm zerstören lasst. Im Leben nicht und schon gar nicht im Tod."

Als ihre Mutter sie nun mit unendlich traurigen Augen ansah, lächelte Imke aufmunternd. Dann zog sie einen Zettel hervor und legte ihn vor ihrer Mutter auf den Tisch. „Guck mal, Mama, hier steht es schwarz auf weiß: In der nächsten Woche kommen unsere Kinder. Marianne fliegt nach Nigeria und holt sie ab. Ist das nicht ganz fantastisch?"

Ohne dass sie den Zettel auch nur eines Blickes würdigte, umwölkte sich Hilkas Stirn und sie sagte: „Siehst du, selbst im Tod bringt Klaas noch Unglück."

„Wie meinst du denn das jetzt?", fragte Imke irritiert.

„Kind, nun denk doch mal nach. Wie soll denn das wohl gehen? Marianne kann doch jetzt hier nicht weg. Du weißt doch, die Beerdigung und das alles. Das mit den Kindern wird sie verschieben müssen."

Imke schluckte schwer. Mit zittrigen Händen zog sie den Zettel wieder zu sich zurück, ließ ihn jedoch auf dem Tisch liegen. Genau das hatte Ibo auch zu ihr gesagt, aber sie hatte es nicht hören wollen. Sie war extra hierhergekommen, weil sie auf Zuspruch ihrer Mutter hoffte. Irgendjemand musste ihr doch schließlich sagen, dass alles gutwerden würde. „Marianne wird uns nicht im Stich lassen", sagte sie leise. „Das kann sie uns und den Kindern doch nicht antun. Was, wenn es dann gar nicht mehr klappt?"

„Die Ausreisepapiere für die Kinder kann man doch bestimmt umschreiben", erwiderte ihre Mutter sachlich. Ohne ihre Tasse zu leeren, stand sie auf und begann sofort wieder damit, in der Küche herumzuwirbeln.

Imkes Augen füllten sich mit Tränen. Interessierte es denn niemanden, wie es ihr ging? Musste es denn wieder und wieder Rückschläge geben? So lange schon hofften Ibo und sie auf Kinder. Und nun, da endlich alles gut war, spielte das Schicksal ihnen schon wieder einen Streich? Warum? Was hatten sie denn getan?

„Jetzt heul nicht rum, Imke", hörte sie ihre Mutter ohne Mitleid in der Stimme sagen. „Es gibt ja nun wirklich Schlimmeres, als noch eine Woche länger warten zu müssen. Und außerdem: Wer weiß, wofür es gut ist."

„Wofür was gut ist?" Imke hob den Kopf und sah ihre Mutter aus tränenverschleierten Augen an.

„Na, dass die Kinder nun doch nicht kommen."

Imke glaubte, sich verhört zu haben. Konnte ihre Mutter das wirklich gesagt haben? Nein. Ausgeschlossen. Natürlich, sie hatte es gesagt, aber bestimmt hatte Imke es nur falsch verstanden. „Wie meinst du denn das jetzt?", hakte sie vorsichtig nach. Instinktiv drückte sie ihren Rücken durch und richtete sich auf, als müsse sie sich gegen einen Angriff wappnen.

„Na ja", meinte Hilka, „nun denk doch mal nach. Ich hab ja gleich gesagt, dass es in einem Dorf wie Jennelt schwierig sein wird, zwei schwarze Kinder großzuziehen. Man wird dann ja doch nur komisch angeguckt, auch wenn vordergründig alle so tun, als wäre nichts. Hinter deinem Rücken aber reden sie dann doch über dich. Das weißt du auch, aber trotzdem musst du ja immer so tun, als wäre das kein Problem."

„Die Kinder werden hier glücklich sein", presste Imke zwischen den Zähnen hervor. Alles drehte sich plötzlich in ihrem Kopf. Sie wollte nicht immer wieder mit diesen verdammten Vorurteilen konfrontiert werden. Irgendwann musste doch mal Schluss sein damit! Es waren Kinder, verdammt! Einfach nur Kinder! Wann würden diese elendigen Spießer das denn endlich begreifen?

Wortlos erhob sie sich von der Küchenbank. Sie würde sich diesen Mist nicht länger anhören. Viel wichtiger war es, Gewissheit zu haben. Also würde sie jetzt zu Marianne rübergehen und sie fragen, ob es bei ihrem Flug nach Nigeria blieb. Und wenn nicht, dann würde es sicherlich einen Weg geben, dass Imke selbst dorthin flog und die Kinder in Empfang nahm. Schließlich war nun sie ihre Mutter. Alle Papiere lagen vor, sämtliches Geld war bezahlt. Es gab also keinen Grund, ihr die Ausreise mit den Kindern zu verwehren.

„Erst vorgestern haben sich Edzard und Klaas wieder in der Wolle gehabt", sagte Hilka, ohne damit aufzuhören, Dinge aus dem Kühlschrank aus- und wieder einzuräumen.

„Papa und Klaas haben sich immer in der Wolle", antwortete Imke mechanisch. Sie konnte diesem ewigen Streit zwischen den Männern schon lange nichts mehr abgewinnen. „Wenigstens das ist nun vorbei."

„Aber sie haben sich nicht wegen Thorsten gestritten", erwiderte Hilka.

„Ach nein?" Imke griff nach ihrer Jacke, die über einer Stuhllehne hing.

„Nein. Diesmal ging es um die Kinder."

„Um welche Kinder?", fragte Imke abwesend, weil sie ihre Jackentaschen nach ihrem Smartphone durchwühlte. Vielleicht hatte Marianne ja längst versucht, sie zu erreichen.

Hilka sog tief die Luft ein. Sie griff nach dem Besen und stützte sich auf ihm ab. „Um welche Kinder wohl? Na, um deine natürlich. Dein Vater musste sie in Schutz nehmen, obwohl sie noch nicht mal hier sind. Mann, Mann, Mann, da ging es vielleicht heftig zur Sache, zwischen den beiden!"

„Was, bitte schön, hat denn Klaas mit meinen Kindern zu schaffen?", fauchte Imke. Ihre Traurigkeit verwandelte sich augenblicklich in Wut.

„Siehste, genau das meine ich", nickte Hilka. „Natürlich hat er nichts mit den Kindern zu schaffen. Aber denkst du vielleicht, der hält deswegen mit seiner Meinung hinter dem Berg?" Sie schnaubte aufgebracht, machte dann jedoch eine wegwerfende Handbewegung und sagte: „Na ja, was soll ich mich aufregen. Klaas ist ja jetzt tot, Gott sei Dank." Im nächsten Moment aber hob sie mahnend den Zeigefinger. „Aber glaub mal nicht, dass damit alles vorbei ist. Es finden sich bestimmt genug Leute, die in das gleiche Horn blasen wie Klaas. Und das sicher nicht nur in Jennelt. Was glaubst du denn, was passiert, wenn die Lütten in den Kindergarten kommen und später in die Schule? Ein Spaß wird das nicht für die, das kann ich dir schon jetzt prophezeien. Ich kann dir sagen …"

„Du sagst jetzt nichts mehr!", schnitt Imke ihr mit schneidender Stimme das Wort ab. „Du hast schon genug gesagt. Ihr alle habt schon genug gesagt! Ich will es nicht mehr hören, okay?!" Keuchend vor Wut verließ sie die Küche und schlug mit einem lauten Krachen die Tür hinter sich zu.

10

Die Haustür wurde ihnen von einer Frau um die vierzig geöffnet. Hauptkommissar David Büttner schüttelte bei ihrem Anblick innerlich den Kopf. Wie konnte ein Mensch sich nur derart gehen lassen? Dabei war es weniger ihre fettleibige Statur, die ihn störte, denn schließlich verfügte ja auch er selbst nicht gerade über den Körper eines Mister Universum. Nein, vielmehr stieß er sich an dem strähnigen, am Kopf klebenden Haar, an der großporigen Gesichtshaut, die nicht wenige Mitesser aufwies, und an dem fehlenden unteren Schneidezahn. Erschwerend hinzu kamen diverse Schweißflecken und Kleidung, auf der sich die Menükarte der letzten Woche widerspiegelte. Auf Nachfrage stellte sie sich ihnen als Thea Uphoff vor.

„Sie sind die Frau von Andreas Uphoff?", fragte Sebastian Hasenkrug, nachdem er ihr seinen Dienstausweis gezeigt hatte. Als sie es bestätigte, sagte er: „Mein Name ist Hasenkrug, mein Kollege heißt Büttner. Wir sind von der Kriminalpolizei und würden gerne mit Ihrem Mann sprechen."

„Das war ja klar." Thea Uphoff stemmte ihre Hände in die ausladenden Hüften und verzog spöttisch das Gesicht. „Hat Conny Sie hierhergeschickt?" Sie zeigte auf das Haus der Behrends, das dem ihren schräg gegenüber lag. „Ich habe sie vorfahren sehen, genau wie Martin. Bestimmt haben die beiden Ihnen das Märchen von der Vergewaltigung aufgebunden. Und wahrscheinlich behaupten sie nun, dass Andreas ihren Vater auf dem Gewissen hat. Aber wissen Sie was?" Sie tat, als würde sie vor sich ausspucken, wobei ihrem Mund feine Spucketropfen entwichen. „Die können uns mal!"

„Wenn wir dann bitte mit Ihrem Mann sprechen könnten." Büttner hatte nicht vor, sich von dieser ordinären Frau ihre Weltanschauung aufdrücken zu lassen. Gerne hätte er ihr vorgeschlagen, dass sie sich ja inzwischen ihrer Körperpflege widmen könne, doch verkniff er sich einen entsprechenden Kommentar. Wie sie sich ihren Mitmenschen präsentierte, ging ihn schließlich nichts an. Er hoffte nur, dass ihr Mann kein so ganz unangenehmes Kaliber war.

„Dann kommen Sie mal rein", erwiderte Thea Uphoff, und so, wie sie es sagte, klang es wie eine Drohung.

Büttner verzog angewidert das Gesicht, als sie gleich darauf die Wohnstube betraten. Hier roch es wie eine Woche nicht gelüftet. Kalter Zigarettenrauch hatte sich im Raum festgesetzt, auf dem dunklen Holztisch lag ein angebissenes Stück Pizza. Einen Teller dazu suchte man vergeblich. Vier leere Bierflaschen rundeten das Bild ab.

Nachdem sich seine Augen an das trübe Licht gewöhnt hatten, nahm Büttner auch die Gestalt wahr, die sich auf dem Sofa lümmelte. Er vermochte sein Erstaunen kaum zu verbergen, denn vor ihm saß nicht der korpulente Kerl in Schiesser-Feinripp-Unterhemd und ballonseidener Jogginghose, den er erwartet hatte, sondern ein drahtig gebauter Mann in Jeans und T-Shirt. Sein kurzgeschnittenes dunkles Haar war frischgewaschen, das Lächeln, mit dem er sie begrüßte, wirkte offen. Handelte es sich bei ihm womöglich gar nicht um Andreas Uphoff?

„Die kommen von der Polizei", krähte Thea Uphoff in den Raum hinein. „Bestimmt hat das Flittchen sie hergeschickt. Pass bloß auf, was du sagst!"

„Schon gut." Er erhob sich. „Moin. Andreas Uphoff mein Name", begrüßte er die Polizisten mit Handschlag und lächelte dabei. „Mögen Sie vielleicht einen Kaffee?"

„Nein, danke", sagten Büttner und Hasenkrug wie aus einem Munde. In diesem Messieloch würden sie ganz gewiss nichts zu sich nehmen, schließlich konnte man nie wissen, was man sich dabei einfing.

Während seine Frau noch abwartend dastand, winkte Uphoff seine Gäste in die Küche. „Das Wohnzimmer ist eigentlich Theas Raum", erklärte er. „Ich selbst halte mich da nur ungern auf, ist mir zu dunkel und zu muffig. Hab mir mein eigenes Zimmer hergerichtet. Aber ich denke, für Sie ist die Küche gerade richtig."

War das nun ein Kompliment oder eine Beleidigung? Büttner war sich nicht sicher. Als er aber im nächsten Moment die helle und erstaunlich saubere Küche betrat, beschloss er, es als neutrale Feststellung aufzufassen.

„Sie wundern sich über meine Frau", stellte Uphoff ungefragt fest. Ohne eine Antwort abzuwarten, fügte er hinzu: „Nun, das tue ich auch. War ein Missgeschick damals."

„Ach so?", war alles, was Büttner dazu einfiel. Er zog einen Stuhl heran und setzte sich, und auch Hasenkrug nahm Platz.

„Na ja, Thea wurde schwanger von mir, als wir noch sehr jung waren. Sie sechzehn, ich achtzehn. Unsere Eltern drängten auf Hochzeit, sie hatten Angst, sonst von den Nachbarn schräg angesehen zu werden. So ist es nun mal auf dem Dorf." Er zuckte ergeben die Schultern und setzte sich ebenfalls. Eine Erklärung, warum er bis zum heutigen Tag bei seiner Frau geblieben war, lieferte er nicht.

„Nun, das hat uns alles nicht zu interessieren", erwiderte Büttner rasch, um zu verhindern, dass sie noch mehr über diese unglückselige Verbindung erfahren mussten. „Warum wir hier sind: Man sagte uns, dass Sie seit geraumer Zeit keine besonders harmonische Beziehung zu Ihren Nachbarn pflegen. Angeblich hat Klaas Behrends Ihre Katze und Ihre Setzlinge vergiftet, weil Sie seine Tochter vergewaltigt haben."

Andreas Uphoff legte seinen Kopf in den Nacken und lachte. „War ja klar, dass das wieder kommen würde." Er beugte seinen Oberkörper vor und stützte sich mit seinen Händen auf den Knien ab. „Fakt ist, meine Katze und meine Setzlinge sind tot. Eine Lüge ist, dass ich Conny vergewaltigt habe. Diese Behauptung wird nicht dadurch wahrer, dass die Behrends sie ständig wiederholen."

„Und was ist damals wirklich vorgefallen?"

Uphoff verdrehte die Augen. „Können Sie das nicht in Ihren Akten nachlesen?" Als die Polizisten ihn nur stumm ansahen, sagte er: „Ich habe damals mit ihr geschlafen, ja. Aber es war einvernehmlich. Conny war schon immer in mich verschossen. Anscheinend aber hat sie sich falsche Hoffnungen gemacht. Als ich ihr hinterher sagte, dass aus uns nichts wird, hat sie drei Tage geheult, sich in die Sache reingesteigert und ist zur Polizei gerannt. Sie ist genauso hinterhältig wie ihr Vater. War sie schon im Kindergarten.

Ich hätte mich nicht auf sie einlassen sollen. Aber sie hat einfach einen zu geilen Körper, wenn Sie verstehen, was ich meine." Er grinste sie verschwörerisch an, doch Büttner erwiderte nur: „Ja, manchen Männern fällt es eben schwer, mit dem Hirn zu denken."

Büttner seufzte innerlich. Wie so oft in solchen Fällen stand Aussage gegen Aussage. Er selbst hatte nicht das Recht, sich auf eine Seite zu schlagen, denn schließlich war er nicht dabei gewesen. Was für alle anderen, die behaupteten, die Wahrheit zu kennen, natürlich auch galt; so manchem aber reichte erfahrungsgemäß die Erzählung aus dritter Hand, um gegen einen Menschen zur Hexenjagd zu blasen.

„Wie wir hörten, zieht sich die Feindschaft der Familien Behrends und Uphoff schon über einen längeren Zeitraum hin", wechselte Hasenkrug das Thema. „Auch Ihren Vater soll eine andauernde Feindschaft mit Klaas Behrends verbunden haben. Ist das richtig?"

Ein Schatten legte sich auf Uphoffs Gesicht. Er stand auf, ging zum Kühlschrank und schenkte sich ein Glas Milch ein. Er hob die Tüte. „Möchten Sie auch?"

„Nein, danke."

„Ja", sagte Uphoff. „Das Schwein hat meinen Vater mit seinen ständigen Schikanen in den Tod getrieben." Er schnaubte. „Da ist es doch nur gerecht, dass er jetzt auch tot ist, oder?"

„Nicht gerecht wäre es allerdings, wenn Sie bei seinem Tod nachgeholfen hätten", meinte Büttner. „Haben Sie?"

Uphoff grinste. Er setzte sich wieder, leerte sein Glas in einem Zug und wischte sich über den Mund. „Netter

Versuch, Herr Kommissar, aber ich muss Sie enttäuschen. Fragen Sie doch mal beim Pastor nach, der kann Ihnen vielleicht weiterhelfen."

Schon wieder der Pastor? Büttner runzelte die Stirn. In diesem Punkt schienen sich Conny Behrends und Uphoff ausnahmsweise mal einig zu sein. „Ich höre."

„Klaas und Hinderk hatten vor ein paar Tagen einen heftigen Streit. Ich kam zufällig vorbei, als sich die beiden verbal an die Gurgel gingen." Uphoff schürzte die Lippen. „Obwohl nicht viel gefehlt hätte, und sie wären auch handgreiflich geworden."

„Sind sie aber nicht?", fragte Hasenkrug.

„Nein. Aber auch nur, weil Edzard sie auseinandergetrieben hat."

„Edzard Mansen?", fragte Hasenkrug. „Was hatte er damit zu tun?"

„Nichts, denke ich. Wahrscheinlich hatte er nur Angst, dass Klaas dem Pastor die Rübe einschlägt. Edzard und Hinderk sind ganz dicke, müssen Sie wissen."

„Inwiefern?"

„Na ja, sie verstehen sich gut. Freunde eben."

„Könnte der Streit etwas mit der Vergangenheit des Pastors zu tun haben?", erinnerte sich Büttner an die Aussage von Conny Behrends.

„Keine Ahnung", sagte Uphoff.

„Oder handelt es sich nur um den üblichen Dorfklatsch?", fragte Hasenkrug. „Aus einem Gerücht entstehen ja oft die erstaunlichsten Geschichten."

Uphoff seufzte. „Wem sagen Sie das." Er kniff die Augen zusammen und überlegte kurz, bevor er sagte: „Gut möglich, dass der Streit zwischen dem Pastor und Klaas etwas mit dem Neubau zu tun hatte."

„Welcher Neubau?"

„Klaas wollte den Kindergarten aus dem Haus raushaben, in dem er jetzt ist. In dem er schon immer ist. Dafür könne man auf dem Grundstück der Kirche ein neues Gebäude bauen, meinte er. Ein größeres, moderneres und kindgerechteres."

Büttner versuchte sich zu erinnern, um welches Grundstück an der Kirche es sich handeln könne, doch stand ihm lediglich der Friedhof vor Augen. „Besitzt die Kirche denn Grundstücke?"

„Ja. Zur Kirche gehört unbebauter Landbesitz am Ortsrand." Uphoff deutete in eine bestimmte Richtung.

„Gibt es Hinweise, dass der jetzige Kindergarten für den Bedarf nicht ausreicht?", wollte Hasenkrug wissen.

Uphoff machte eine wegwerfende Handbewegung. „Ach was, natürlich ist da alles bestens. Hat auch kaum jemandem gefallen, der Vorschlag."

„Und welches Interesse könnte Klaas Behrends mit dieser Idee verfolgt haben?"

Uphoff zog eine Grimasse. „Klaas war ein Kontrollfreak. Es passte ihm nicht, dass Conny und Martin nicht in Jennelt wohnen. Also wollte er das Haus für die beiden kaufen und zwei Wohnungen reinbauen."

„Ist das die offizielle oder die inoffizielle Variante?", fragte Büttner, dem dieses Anliegen allzu durchschaubar schien. Wenn es Behrends tatsächlich um einen rein privaten Nutzen ging, war doch von vornherein klar, dass alle anderen dagegen sein würden. Zwei der Haupttriebwerke für Unstimmigkeiten in einer dörflichen Gemeinschaft waren bekanntlich Neid und Missgunst. Kaum vorstellbar also, dass jemand mit solch einem egoistischen Interesse bei seinen Nachbarn punkten konnte. Es sei denn, auch sie profitierten in irgendeiner Weise von dieser Idee. Aber das dürfte in diesem Fall ausgeschlossen sein.

„Sie sind auf Zack, Herr Kommissar", grinste Uphoff. „Das ist natürlich die inoffizielle Variante, aber zu neunundneunzig Prozent die zutreffende. Wenn Klaas etwas unter dem Segel des Gemeinwohls laufen ließ, dann hieß es aufzupassen. Ist ein bisschen wie in der Politik. Wenn die mit irgendwelchen angeblichen sozialen Wohltaten um die Ecke kommen, steckt in Wirklichkeit auch meist eine Mogelpackung dahinter, die die Armen noch ärmer macht und die Reichen noch reicher."

„Und wie hätte eine solche soziale Wohltat – also die offizielle Variante – im Fall Kindergarten aussehen sollen?", erkundigte sich Büttner. „Ich meine, dass es einen modernen Neubau geben sollte, ist ja schön und gut. Aber wie genau sollte denn laut Behrends die offizielle Nachfolgenutzung für den Kindergarten aussehen?"

„Angeblich so, dass man darin einen Gemeindesaal errichten könne, den wir ja in Jennelt nicht haben. Wenn Sie mich fragen, reicht der Raum an der Kirche dafür aber allemal aus. So sehen es auch die meisten anderen im Dorf. Außerdem hätte man, wenn es denn ein Neubau sein soll, auch das Gemeindehaus auf dem freien Grundstück errichten können. Wäre doch viel praktischer gewesen." Uphoff schnalzte mit der Zunge. „Aber, wie gesagt, darum ging es Klaas ja auch nicht. Er wollte billig an ein Haus für seine Kinder kommen."

„Ist das Gebäude im Besitz der Kirchengemeinde?"

„Ja. Und es steht unter Denkmalschutz."

„Dann wäre ein Umbau des Hauses für eine private Nutzung doch sowieso nicht so ohne weiteres möglich gewesen", stellte Büttner fest. „Da gibt es doch strenge Auflagen."

Andreas Uphoff lachte. „Glauben Sie mir, Herr Kommissar, diese Auflagen hätten für Klaas nicht gegolten. Irgendwie hätte er die zuständigen Ämter schon überzeugt, dass es für ihn eine Ausnahmegenehmigung geben muss."

„Sie reden von Bestechung", mutmaßte Hasenkrug.

Anstatt einer Antwort zuckte Uphoff nur die Achseln.

„Und wie hätte er es Ihrer Meinung nach anstellen sollen, dass das Gebäude plötzlich doch nicht Gemeindehaus wird, sondern Wohnraum für seine Kinder?"

„Tja, das kann ich Ihnen auch nicht sagen. Irgendeinen Weg hätte er schon gefunden. Klaas war in solchen Dingen sehr kreativ."

„Trotzdem verstehe ich nicht, warum Hinderk Willms sich derart in die Sache reinsteigert, wenn er doch die Dorfbewohner auf seiner Seite weiß. Vermutlich ist er doch auch derjenige, der einen Verkauf des Kindergartens bei den Kirchenvorderen anregen müsste. Wo also war sein Problem? Er hätte die Sache doch einfach aussitzen können."

Uphoff nickte. „Ja, das haben sich auch in Jennelt viele gefragt. Der ein oder andere hat Willms darauf angesprochen, aber er hat nur ausweichend geantwortet. Vielleicht ist der Pastor durch irgendetwas erpressbar. Klaas war recht gewitzt in solchen Sachen. Wenn er etwas herausfinden wollte, dann biss er sich solange fest, bis er fündig wurde."

„Müsste aber schon eine große Leiche in des Pastors Keller sein, um ihn in Panik zu versetzen", konstatierte Büttner. „Ich meine, wenn er dafür – wie es ja hier angeklungen ist – einen Mord begeht, dann handelt es sich beim Motiv für diese Tat vermutlich nicht um eine Bagatelle." Er konnte sich absolut nicht vorstellen, worum es sich bei dem möglichen Motiv des Pastors handeln könnte. Als viel wahrscheinlicher schien es ihm, dass sowohl Conny Behrends als auch Andreas Uphoff mit diesen Verleumdungen von sich selber ablenken wollten. Vielleicht steckten sie sogar unter einer Decke. Es wäre nicht das erste Mal, dass ein Täter einen Freund für seinen ärgsten Feind ausgab, nur um die Ermittler auf eine falsche Fährte zu locken. Sowieso waren ihm die Jennelter mit gegenseitigen Verdächtigungen viel zu schnell bei der Hand. Auch die Ausführlichkeit, mit der Andreas Uphoff ihnen gegenüber ins Plaudern geriet, machte ihn stutzig. Büttners Bauchgefühl sagte ihm, dass an seiner Variante der Geschichte irgendetwas faul war. Er beschloss, in dieser Angelegenheit noch genauer hinzugucken.

Die Tür zur Küche ging auf und eine übellaunige Thea Uphoff verkündete: „So. Ich brauch jetzt die Küche. Sie haben meinen Mann lange genug aufgehalten." Sie streckte den Arm aus. „Da ist die Tür. Auf Wiedersehen."

Als Andreas Uphoff nichts gegen diesen unverhohlenen Rauswurf unternahm, sondern nur unbeteiligt in die Runde blickte, verließen Büttner und Hasenkrug grußlos das Haus.

11

Was machte denn ihr Vater hier? Hatte er nicht gesagt, er würde in den Baumarkt fahren, um für die geplanten Hochbeete das benötigte Material zu besorgen?

Imke näherte sich mit schnellen Schritten dem Haus der Behrends', hielt jedoch abrupt im Laufen inne, als sie ihren Vater durch deren Vorgarten gehen sah. Sie wollte nicht, dass er sie bemerkte, denn erst am Abend zuvor hatte er ihr ins Gewissen geredet, Marianne mit ihren Problemen wenigstens so lange in Ruhe zu lassen, bis Klaas unter der Erde lag. Für ihn selbst schien das nicht zu gelten, denn ansonsten wäre er wohl kaum hier, oder? So eng befreundet, dass er Marianne unbedingt einen Beileidsbesuch abstatten musste, waren die beiden ganz bestimmt nicht. Vielmehr war Marianne ihm stets aus dem Weg gegangen, um keinen Knatsch zu provozieren.

Imke blieb hinter einem Baum in Deckung, bis ihr Vater ins Auto gestiegen und davongefahren war. Dann lief sie rasch weiter. Keine Minute länger würde sie diese Ungewissheit ertragen. Sie musste einfach von Marianne wissen, ob sie in der nächsten Woche nach Nigeria fliegen würde oder nicht.

„Ach, Imke, das ist ja eine Überraschung", begrüßte Marianne sie plötzlich. Imke hatte sie hinter der Hecke ihres Gartens gar nicht bemerkt. Trotz des andauernden Nieselregens stand sie in Regenjacke und in mit Kühen bedruckten Gummistiefeln im Gemüsebeet und stach mit dem Spaten irgendwelche unansehnlichen Strünke aus der Erde. „Gerade war auch dein Vater auf einen Kaffee da."

„Ich dachte, ihr redet nicht mehr miteinander", wunderte sich Imke.

Marianne machte eine wegwerfende Geste. „Schnee von gestern." Sie wischte sich mit dem Unterarm über die Stirn. „Wird Zeit, dass im Gemüsegarten mal was passiert", wechselte sie das Thema. „Klaas hätte sich längst darum kümmern sollen, aber er hatte ja immer Besseres zu tun. Jetzt sitz' ich damit."

Imke sah sich verstohlen um, dann beugte sie sich zu Marianne vor und raunte hinter vorgehaltener Hand: „Ich will ja nichts sagen, aber meinst du nicht, dass unsere Nachbarn es seltsam finden könnten, wenn sie dich hier im Garten ackern sehen? Jetzt, da dein Mann doch gerade erst gestorben ist."

„Was geht es die an, was ich mache? Sollen vor ihrer eigenen Haustür kehren, da sind sie über Jahre beschäftigt." Marianne rammte den Spaten, auf den gestützt sie dagestanden hatte, in den klebrigen Kleiboden, dann sagte sie: „Du willst sicher wissen, ob die Sache mit deinen Kindern klappt."

Imkes Herz schlug ihr plötzlich bis zum Hals. Sie war froh, dass Marianne es von sich aus ansprach. Denn obwohl die Frau sich so betont gut gelaunt gab, war sich Imke bis zuletzt unsicher gewesen, ob sie sie mit diesen Dingen behelligen sollte. Denn war es nicht unverzeihlich pietätlos, ihre eigenen Probleme über die einer trauernden Witwe zu stellen? Ja, dass Marianne trotz ihres vorgeblich fröhlichen Auftritts trauerte, stand für Imke außer Frage. Gewiss handelte es sich bei dem, was sie hier tat, nur um eine Übersprunghandlung, die sie davon ablenkte, über das Unumstößliche nachdenken zu müssen. „Ich … ja … na-natürlich, wenn du magst", stammelte sie und blickte verlegen zu Boden. „Aber", fügte sie rasch hinzu und machte dazu wischende Bewegungen mit den Händen, „wenn du gerade den Kopf nicht frei hast, dann natürlich nicht. Ich meine, ich komme gerne noch mal wieder, wenn es dir besser geht."

„Mir geht es gut. Komm einfach mit in die Küche. Ich mache uns einen Tee."

Imke hätte ihr gerne gesagt, dass sie ihr den Stand der Dinge auch über die Hecke hinweg mitteilen könne, aber das traute sie sich nicht. Sie schüttelte innerlich den Kopf. Was war sie doch nur für ein ignorantes Geschöpf! Bestimmt war Marianne froh, wenn man sich ein wenig um sie kümmerte, nach all dem Schrecklichen, das ihr widerfahren war. Also öffnete Imke das Gartentor und folgte ihrer Nachbarin ins Haus.

Marianne zog die mit Erdklumpen behafteten Gummistiefel aus und schälte sich aus der Regenjacke. Als auch Imke ihre Jacke an den Garderobenhaken hängte, bemerkte sie all die Kleidungsstücke von Klaas, die noch immer da waren. Sie schluckte. Es musste schrecklich sein, Kleidung und Gegenstände desjenigen auszusortieren, der nach langer Zeit plötzlich nicht mehr Teil des Lebens war und auch nie wieder zurückkommen würde. Wie viele Erinnerungen hingen an all den Dingen, die jetzt nicht mehr gebraucht wurden!

Während Imke es sich auf der Küchenbank bequem machte, schmiss Marianne den Wasserkocher an und stellte Tassen, Sahne und Kluntjes auf den Tisch. Imke betrachtete die Bilder an den Wänden, und ihr wurde ganz warm ums Herz. Wie schön würde es sein, im eigenen Haus die Bilder ihrer Kinder aufzuhängen und mit ihnen zu dokumentieren, wie sie sich über die Jahre zu glücklichen und selbstbewussten Persönlichkeiten entwickelten.

„Natürlich werde ich nächste Woche wie geplant nach Nigeria fliegen", verkündete Marianne so unvermittelt, dass Imke den Inhalt ihrer Worte erst einmal verarbeiten musste. Als sie begriff, was ihre Nachbarin gesagt hatte, schlug ihr Herz Purzelbäume und Tränen der Freude traten in ihre Augen. „Wirklich?", hauchte sie ergriffen.

Marianne goss den Tee auf. „Die Rechtsmedizin hat Klaas' Leichnam freigegeben, wie ich vorhin erfahren habe. Ich habe dann sofort beim Bestatter und beim Pastor angerufen, damit die Beerdigung rasch über die Bühne geht. Ich meine, worauf soll ich denn noch warten? Ich hab's ein bisschen dringend gemacht, weil ich mir gedacht habe, dass du wie auf Kohlen sitzt. Außerdem: Versprochen ist versprochen. Also ist am Dienstag die Beerdigung, und danach habe ich Zeit genug, mich auf die Reise vorzubereiten." Sie stellte die Kanne mit dem Tee aufs Stövchen und lächelte. „Alles wird gut, Imke, du wirst sehen."

Imke hielt nun nichts mehr auf ihrem Platz. Jubelnd sprang sie auf und fiel Marianne um den Hals. Mochte ja sein, dass diese Reaktion angesichts der Umstände unpassend war, aber sie konnte nicht anders. Zu groß war die Erleichterung nach all der Zeit des Bangens und Hoffens. „Das werde ich dir nie vergessen", schluchzte sie mit tränenerstickter Stimme. „Niemals. Du kannst immer auf mich zählen, wenn mal was ist, das verspreche ich dir."

„Schon gut", murmelte Marianne. Sie löste Imkes Hände sanft von ihren Schultern und schob die jüngere Frau auf Armeslänge von sich. „Es freut mich doch, wenn ich helfen kann." Sie warf einen Blick auf die Fotos. „Man glaubt gar nicht, wie viel Elend auf dieser Welt herrscht. Da ist das, was ich ausrichten kann, doch nur ein Tropfen auf dem heißen Stein."

„Mir gibst du damit mein Leben zurück", schluchzte Imke. „Und den Kindern schenkst du ein besseres. Es gibt keinen Grund, das kleinzureden."

Marianne schenkte Tee ein, ohne etwas auf Imkes Bemerkung zu erwidern. „Hast du was von Gesine gehört?", fragte sie unvermittelt.

Imke, die noch stundenlang über ihre beiden Babys hätte reden können, riss sich zusammen. Es war wirklich nicht einzusehen, warum sie Marianne damit mehr als nötig auf die Nerven gehen sollte. Nach einem Räuspern antwortete sie: „Nein. Ich weiß nur, dass sie noch im Krankenhaus ist. Muss sie ordentlich mitgenommen haben, diese schreckliche Sache. Therese sagt, Gesine sei ganz wirr im Kopf gewesen, als die Sanitäter sie in den Krankenwagen verfrachteten. Hoffentlich erholt sie sich schnell wieder."

Marianne führte ihre Tasse an den Mund. Der Dampf stieg ihr in die Augen, woraufhin sie sie zu schmalen Schlitzen zusammenkniff. „Kann ja auch sein", sagte sie,

„dass Gesine gar nicht wegen der Todesnachricht so schockiert war."

„Sondern?" Imke sah ihre Nachbarin verwundert an. Für sie lagen die Zusammenhänge, wie Therese Pupkes sie geschildert hatte, auf der Hand.

„Klaas war ziemlich wütend auf sie."

„War er das nicht irgendwie immer?"

„Nicht so wie an dem Tag vor seinem Tod."

Imke überlegte. „Wirklich? Ich glaube, davon habe ich gar nichts mitbekommen. Haben sie gestritten?"

Marianne schnaubte. „Gestritten?", fragte sie mit spöttischem Unterton. „Wie eine Furie muss Gesine auf ihn losgegangen sein." Sie tippte sich mit den Fingern auf die linke Wange. „Sogar Kratzer hatte Klaas im Gesicht. Sah aus, als hätte ihn eine Katze erwischt."

„Nicht dein Ernst." Imke bekam große Augen. Was war denn da nur vorgefallen?

„Doch. Selbst die Polizei hat mich gerade angerufen und gefragt, ob ich wüsste, woher die kämen. Natürlich sind sie der Rechtsmedizin nicht verborgen geblieben. Also habe ich es ihnen gesagt."

„Was hast du ihnen gesagt?"

Nachdem sie Kluntjes in die Tassen getan hatte, griff Marianne nach der Kanne und schenkte Tee nach. „Das mit dem Streit."

„Aber worum ging es denn nun bei dem Streit? Muss ja irgendetwas vorgefallen sein, was Gesine so wütend gemacht hat." Und das konnte bei Klaas alles Mögliche sein, fügte Imke in Gedanken hinzu.

„Genau weiß ich es auch nicht. Klaas war so sauer, als er

abends nach Hause kam, dass er kaum sprechen konnte. Hat irgendwas gefaselt von *Internetscheiß* und *Weiberscheiß* und *krimineller Scheiß*."

„Ist ziemlich viel Scheiß auf einmal", stellte Imke fest. „Was hat er denn damit gemeint?"

„Was weiß denn ich." Mariannes Blick verdunkelte sich. „Wäre ja das erste Mal gewesen, dass Klaas mit mir über seine Probleme geredet hätte." Sie warf resigniert die Hände in die Luft und ließ sie dann schwer wieder fallen. „Ach, was sag ich, Klaas hatte natürlich nie Probleme. War ja schließlich ein echter Kerl. Nie im Leben hätte er zugegeben, nicht alles im Griff zu haben."

In Gedanken versunken griff Imke nach einem Apfel, der in einer Schale lag, und biss hinein. Als sie ihren Fauxpas bemerkte, riss sie erschrocken die Augen auf und schlug sich die Hand vor den Mund. „Oh, entschuldige", murmelte sie mit vollem Mund. „Ich wollte nicht …"

Marianne winkte ab. „Iss nur. Dafür stehen sie ja da." Und dann sagte sie etwas, das Imke das Apfelstück im Hals stecken bleiben ließ: „Sollte mich nicht wundern, wenn Gesine meinen Mann auf dem Gewissen hat."

Imke verschluckte sich ganz fürchterlich und hustete, sodass ihr die Tränen aus den Augen liefen. Erst als Marianne ihr ein Glas mit Wasser gab, das sie in großen Schlucken hinunterstürzte, ließ der Anfall nach. „A-aber", krächzte sie, „wie kommst du denn nur darauf?" Es war allgemein bekannt, dass Gesine schon Schwierigkeiten hatte, eine Fliege zu erschlagen. Wie, um alles in der Welt, sollte sie dann einem gestandenen Kerl wie Klaas ein Messer in den Körper gerammt haben?

„Sie hat es getan, das habe ich im Gefühl", erwiderte Marianne nur, und ihre Stimme sank um mindestens eine Oktave.

Imke lief ein Schaudern durch den Körper. Noch nie hatte sie bei ihrer stets so optimistischen Nachbarin einen derart düsteren Blick gesehen oder sie mit derart dunkler Stimme reden hören. „Aber", wagte sie zögerlich anzumerken, „war Klaas nach dem Streit mit Gesine denn nicht noch mal zu Hause?"

„Doch. Er ist dann aber noch mal weg. Gleich nach dem Abendessen hat Klaas gesagt, dass er zu Gesine geht und sie zur Rede stellt. So ginge es nicht, sagte er immer wieder. Was auch immer er damit gemeint hat. Auf jeden Fall hat er vor lauter Wut kaum einen Bissen hinunterbekommen, und das ist für Klaas ja nun wirklich außergewöhnlich."

Da hatte sie recht, dachte Imke. Klaas aß immer für drei. Aber irgendwoher musste er die Energie für all die von ihm angezettelten Streitigkeiten ja auch nehmen. Vor lauter Schreck über diesen Gedanken biss sich Imke auf die Lippe. Es verbot sich, über Tote schlechte Dinge zu denken – auch wenn es manchmal schwerfiel. „Hast du … hast du der Polizei von deinem Verdacht erzählt?"

Marianne nickte. „Nicht so direkt. Aber ich mache es noch. Schließlich darf Gesine nicht damit durchkommen, wenn sie es war. Jahrzehntelang habe ich beide Augen zugekniffen, obwohl sie mit ihrer Nachstellerei oft die Schmerzgrenze überschritten hat. Aber das … nein, das ginge nun wirklich zu weit."

Imke wurde schwindlig. Was, wenn Marianne recht hatte? Was, wenn Gesine wirklich eine Mörderin war?

Sollten sie sich denn all die Jahre so in ihr getäuscht haben? Andererseits war es allgemein bekannt, wie sehr Klaas seine Mitmenschen zur Weißglut treiben konnte, selbst die geduldigsten unter ihnen. Dass einer dann vielleicht irgendwann keine andere Lösung mehr sah, als ihn für immer zum Schweigen zu bringen ... Wer konnte schon sagen, wo genau die Grenze zwischen Gut und Böse verlief?

„Was ich aber nicht verstehe", kam Imke auf den ursprünglichen Gedanken zurück. „Wenn Gesine Klaas auf dem Gewissen hat, warum wurde sie dann ohnmächtig, als sie von seinem Tod erfuhr? Schließlich konnte diese Tatsache sie dann ja nicht mehr schrecken."

„Natürlich nicht. Soweit hast du recht", bestätigte Marianne.

„Aber?"

„Vielleicht war sie ja nur so erschrocken, weil man Klaas gefunden hatte."

„Du meinst ..." Langsam begriff Imke, worauf Marianne hinauswollte. „Du meinst, sie hat nicht damit gerechnet, dass man ihn in der Gruft findet?"

„Wie sollte sie wohl damit rechnen? Schon seit Ewigkeiten wurde Dodos Sarg bei Führungen nicht mehr geöffnet. Gesine konnte getrost davon ausgehen, dass es auch weiterhin so sein würde. Es ist nur einem Zufall zu verdanken, dass man Klaas ..." Marianne brach die Stimme. Für sie musste das alles der reinste Horror sein, auch wenn sie versuchte, die Tapfere zu spielen.

Imke war bei Mariannes Worten blass geworden. Ihre Kehle fühlte sich plötzlich ganz furchtbar eng an, und sie griff sich reflexartig an den Hals. „Man hätte ihn nie gefunden. Wie furchtbar", hauchte sie erschüttert. „Und du hättest mit dieser Ungewissheit für den Rest deines Lebens …" Sie verbot sich, diesen Gedanken zu Ende zu denken, denn Gott sei Dank war es ja anders gekommen. „Wie unglaublich perfide von Gesine", murmelte sie. Fassungslosigkeit stand ihr ins Gesicht geschrieben.

„Na ja." Marianne schlug mit den flachen Händen auf den Tisch und brachte damit die Tassen zum Klirren. „Wir wissen ja gar nicht, ob es wirklich so gewesen ist. Kann ja auch sein, ich tue Gesine unrecht." Sie tätschelte Imke die Hand. „Tut mir leid, wenn ich dich beunruhigt habe."

Imke runzelte die Stirn, als ihr ein Gedanke kam. „Wie hätte Gesine ihn denn auch in den Sarg legen sollen? Alleine hätte sie doch niemals den schweren Deckel aufbekommen. Und auch Klaas war ja nun kein Fliegengewicht. Ich kann mir aber nicht vorstellen, dass sie so was wie einen Komplizen hatte. Kein Jennelter hätte sich dafür hergegeben."

Marianne nickte. „Du hast recht. Ich sag ja, vermutlich hab ich mich da in etwas reingesteigert." Sie stützte ihren Ellenbogen auf den Tisch und fuhr sich müde mit der Hand über das Gesicht. „Aber in solch einer Situation sucht man in seinem sich ständig drehenden Gedankenkarussell eben nach einem Schuldigen. Zu wissen, wer es war, würde es für mich erträglicher machen."

„Viele hier haben sicherlich auch meinen Vater in Verdacht", äußerte Imke einen Gedanken, der sie schon seit dem Fund der Leiche umtrieb.

Marianne hob den Blick. Sie sah plötzlich unendlich müde aus. „Edzard?" Sie schüttelte entschieden den Kopf. „Nein, das glaube ich nicht. Den Gedanken solltest du dir aus dem Kopf schlagen, Imke, bevor er dich krank macht." Wie eine alte Frau stemmte sie sich mit beiden Händen vom Tisch ab. Fast konnte man den Eindruck gewinnen, als sei ihr der eigene Körper plötzlich zu schwer. „So", sagte sie, „und jetzt gehe ich wieder in den Garten. Nach all den trüben Gedanken muss ich mich ein bisschen abreagieren."

Imke sprang auf und nahm ihre Nachbarin noch einmal in den Arm. „Danke für alles", flüsterte sie ihr ins Ohr. „Ich wünsche dir von Herzen, dass alles gut wird. Lass es mich auf jeden Fall wissen, wenn ich dich unterstützen kann." Sie lächelte Marianne aufmunternd zu und machte sich dann auf den Weg nach Hause. Kaum dass sie außer Hörweite war, fing sie an, ein fröhliches Lied zu trällern, und reckte lachend ihr Gesicht den zwischen den Wolken hervorbrechenden Sonnenstrahlen entgegen. So leid ihr Marianne auch tat, so konnte doch wenigstens sie selbst jetzt frohgemut in die Zukunft sehen.

12

Heinrich war nicht gut drauf. Vermutlich lag es an der trichterförmigen Halskrause, die er seit der Entfernung einer harmlosen Geschwulst tragen musste. Auch wenn Susanne extra einen Kragen aus weichem und leichtem Material angeschafft hatte, war Heinrich seit dem gemeinsamen Tierarztbesuch am gestrigen Nachmittag für sie nicht mehr zu sprechen. Selbst wenn sie ihm eines seiner Lieblingsleckerlis geben wollte, drehte er beleidigt den Kopf zur Seite. Den Höhepunkt des ganzen Theaters aber bildete die Verweigerung, am nächsten Morgen mit ihr Gassi zu gehen, nachdem er am Abend nur rasch in den Garten gehuscht war, um seine Blase zu erleichtern. Mit keinem Mittel hatte sie Heinrich dazu bewegen können, das Haus zu verlassen.

„Na prima, das ist nun der Dank dafür, dass man sich um ihn sorgt und ihn von diesem lästigen Geschwür unter der Haut befreit, an dem er ständig herumgeschleckt hat", seufzte Susanne. Soeben war ihr Mann in die Küche gekommen. Eigentlich hatte David Büttner sich vorgenommen, nur schnell einen Kaffee zu trinken und dann ins Kommissariat zu fahren, denn Hasenkrug hatte ihm bereits am frühen Morgen eine SMS gesendet, in der er ebenso interessante wie dringende Neuigkeiten ankündigte. Nun aber musste zunächst eine Entscheidung gefällt werden, wie mit dem depressiven Heinrich zu verfahren war.

„Am besten nehme ich ihn mit", entschied Büttner nach einem Blick auf seinen Hund. Der hatte beim Eintreten seines Herrchens den Kopf gehoben und schaute ihn aus tieftraurigen, vorwurfsvollen Augen an. Das war immerhin mehr Beachtung, als er Susanne angedeihen ließ, sodass die Hoffnung bestand, ihn doch noch aus seinem Korb locken und an die frische Luft bringen zu können. Ein Blick nach draußen sagte Büttner, dass dieser Sonntag ein ruhiger und sonniger Frühlingstag werden würde. Das ideale Wetter also, um Heinrich mit seinem Schicksal zu versöhnen, indem man ihm reichlich Auslauf verschaffte.

„Willst du nicht erst mal in Ruhe frühstücken?", fragte Susanne. „Ich könnte dir ein Rührei mit Speck machen."

Das klang verlockend, Büttner aber schüttelte nach kurzer Überlegung den Kopf. „Nee, ich erledige lieber schnell die Dinge, die getan werden müssen. Vielleicht können wir uns dann ja später noch einen gemütlichen Restsonntag machen." Er nickte bestätigend, als Heinrich nun aufstand und mit hängendem Kopf und eingezogenem Schwanz auf ihn zutrottete. Direkt vor Büttners Füßen blieb der Hund stehen. Noch immer hob er nicht den Kopf, sondern stupste stattdessen Büttners Schuhe auffordernd mit der Schnauze an. Einen gewissen Sinn für Dramatik konnte man ihm nicht absprechen.

„Er muss mal", stellte Büttner fest, während Heinrich wie festgetackert vor ihm stehen blieb. „Anscheinend hat er mich dazu auserkoren, ihm in seinem abgrundtiefen Leid tröstend zur Seite zu stehen. Na, das kann ja lustig werden." Mit ein paar Schlucken leerte er seine Tasse, dann ging er in die Diele und zog sich eine Jacke über. Heinrich folgte ihm mit hängenden Ohren und sah aus, als hätte ihm jemand soeben seinen ganz persönlichen Gang nach Canossa aufgetragen.

Kaum dass sie draußen waren, entledigte Heinrich sich seines Darminhalts. Büttner fragte sich, wie lange der Hund sein Geschäft in der Wohnung wohl noch zurückgehalten hätte, wenn er mit Susanne alleine gewesen wäre. Minuten? Stunden? Hätte er überhaupt jemals kleinbeigegeben? Büttners spontane Vermutung ging dahin, dass der Hund in der letzten Zeit einfach zu viel mit Susannes Mutter zusammen gewesen war, denn irgendetwas an der Halsstarrigkeit Heinrichs kam ihm sehr bekannt vor. Ob solch eine Charakterschwäche ansteckend war?

Büttner kramte einen knallroten Plastikbeutel aus der Tasche und sammelte die Hinterlassenschaften seines Hundes ein, um sie dann in den Mülleimer zu werfen. Worin wohl der Sinn lag, ein natürliches Produkt aus weitgehend natürlicher Umgebung zu klauben, um es dann mittels eines so umweltschädlichen Produkts wie einer Plastiktüte zu entsorgen? Seine Erfahrungen als deutscher Beamter sagten ihm, dass es wenig Sinn hatte, über dieses Paradoxon nachzudenken. So war es eben, das Volk der Dichter und Denker. Schließlich kaufte es ja auch in Plastikfolie eingeschweißtes Biogemüse, um dann an der Kasse vermeintlich umweltbewusst zur Papiertüte zu greifen oder gar den eigenen Korb mitzubringen. Warum also nicht in Kunststoff verpackten Hundekot in die Müllverbrennung schicken?

Heinrich begann eifrig, in den Beeten der Nachbarn zu schnüffeln, auch wedelte sein Schwanz fröhlich hin und her. Büttner hatte keine Ahnung, ob es daran lag, dass Susanne aus seinem Sichtfeld verschwunden war oder dass er den Schließmuskel nun nicht mehr bis zur Schmerzgrenze zusammenkneifen musste. Vermutlich war es eine Mischung aus beidem. Auf jeden Fall reagierte Heinrich freudig auf Büttners Pfiff und sprang gleich darauf ins Auto. „Geht doch", murmelte Büttner erleichtert. Er hatte schon befürchtet, dass das Schwiegermuttersyndrom den ganzen Tag anhalten würde.

„Ach herrje, was hat man denn mit dir gemacht?" Noch bevor er seinen Chef begrüßt hatte, lief Sebastian Hasenkrug auf Heinrich zu und kraulte ihn hinter den Ohren, was angesichts der mächtigen Halskrause gar nicht so einfach war. Heinrich ließ es sich gerne gefallen und setzte sogleich seinen unendlich traurigen Blick auf, den er so gut beherrschte, was dazu führte, dass Hasenkrug umgehend in seine Schreibtischschublade griff, um ein paar Leckerlis hervorzuholen. Das gleich darauf ertönende lautstarke Schmatzen verriet Büttner, dass Heinrichs morgendliche Appetitlosigkeit nichts mit etwaigen Problemen des Verdauungstraktes zu tun gehabt hatte, sondern lediglich mit dem vermeintlich himmelschreienden Unrecht, dass ihm Susanne unter Komplizenschaft des Tierarztes hatte zuteilwerden lassen.

„Nun kriegen Sie sich mal wieder ein, Hasenkrug", knurrte Büttner. „Der Hund saß weder für mehrere Monate in Folterhaft, noch hat man ihn auf Wasser und trocken Brot gesetzt. Er hatte lediglich eine klitzekleine

Operation, bei der man ihm eine noch klitzekleinere Geschwulst entfernt hat. Kein Grund also, ihn zu verwöhnen wie einen gerade dem Tod Entronnenen."

„Sieht aber furchtbar unbequem aus, die Halskrause", entgegnete Hasenkrug und zerrte an seinem offenstehenden Hemdkragen herum, als hätte er selbst plötzlich eine ihn würgende Krause um den Hals bekommen.

„Unbequem ist vielmehr, dass ich hier am Sonntag auftauchen muss", meinte Büttner. Er bedeutete Heinrich – der seine Leckerlis mehr inhaliert als gefressen hatte und mit bettelnd erhobenem Pfötchen vor Hasenkrug saß – auf seine Decke zu gehen und Ruhe zu geben, was der nur widerwillig tat. Büttner ging zu seinem Schreibtisch und setzte sich. „Zeit für mein Frühstück", murmelte er und zog einen Schokoriegel aus der Schublade. „So", schmatzte er gleich darauf, „und nun verraten Sie mir mal, warum ich den sonntäglichen Aufenthalt hier im Büro interessant finden sollte, Hasenkrug." Mit Bedauern stellte er fest, dass seine Sekretärin Frau Weniger nicht da war, um ihm einen Kaffee zu bringen. Also stand er noch einmal unter lautem Stöhnen auf und machte sich an der Kaffeemaschine zu schaffen. „Möchten Sie auch einen?"

„Gerne", antwortete Hasenkrug, der auf der Tastatur seines Computers herumtippte. „Bin noch gar nicht dazu gekommen, mir einen zu machen."

„Nun heischen Sie nicht nach Mitleid, Hasenkrug, sondern sagen Sie mir endlich, was Sie so Spannendes herausgefunden haben, was nicht bis Montag warten kann."

„Mir scheint, man hat uns in Jennelt ein wichtiges Detail verschwiegen", erklärte Hasenkrug.

„Ja, zum Beispiel wer der Mörder von Klaas Behrends ist", brummte Büttner.

„Das auch. Aber vielleicht kommen wir der Sache näher, wenn wir berücksichtigen, dass Thorsten Mansen nicht in seinem eigenen Auto verunglückt ist, denn der war an diesem Tag zur Inspektion in der Werkstatt."

„Und warum ist das von Belang?" Büttner schickte Heinrich, der verstohlen zu seinem Herrchen blickte und langsam in Richtung Hasenkrug schlich, mit einem Fingerzeig auf die Decke zurück.

„Thorsten Mansen hatte sich für diesen Tag das Auto von Andreas Uphoff geliehen."

„Ach was!" Büttner streckte den Rücken durch und kniff konzentriert die Augen zusammen. „Dann kann es also sein, dass der Unfall gar kein Unfall war, sondern ..."

„Absicht", nickte Hasenkrug. „Zumindest sollten wir an dieser Stelle nachhaken. Gut möglich, dass es sich bei dem angeblichen Unfall in Wirklichkeit um einen Racheakt von Klaas Behrends gehandelt hat. Nur leider hat es den Falschen erwischt."

„Ist dieses nicht ganz unwichtige Detail denn damals niemandem aufgefallen?", wollte Büttner wissen.

„Doch. Edzard Mansen, also Thorstens Vater, hat damals zu Protokoll gegeben, dass er davon ausgeht, dass es sich bei dem angeblichen Unfall seines Sohnes in Wahrheit um einen absichtlichen Racheakt von Klaas Behrends gegen Connys angeblichen Vergewaltiger Andreas Uphoff handele. Nachdem der Fall aber als Unfall zu den Akten gelegt worden war, wurde auch diesem Hinweis nicht weiter nachgegangen. Die Sache wurde von den Ermittlungsbehörden als Verkettung unglücklicher Umstände eingestuft und auch nach allen Protesten und Eingaben von Edzard Mansen nicht weiter verfolgt."

„Gut möglich also, dass Edzard Mansen seinen Nachbarn Klaas Behrends jetzt mittels Selbstjustiz zur Verantwortung gezogen hat", konstatierte Büttner.

„Vorstellbar wäre es", bestätigte Hasenkrug. „Denn wenn man sich all die Einlässe einmal genauer ansieht, die Mansen in den letzten Monaten getätigt hat, kann man getrost davon ausgehen, dass er mit der Sache noch lange nicht abgeschlossen hat. Aus seinen Schreiben an Polizei und Staatsanwaltschaft spricht der blanke Hass. Wiederholt hat er auch die Presse angeschrieben, aber die hatte irgendwann keine Lust mehr, darüber zu berichten."

„Also werden wir uns diesen Edzard Mansen mal vorknöpfen", beschloss Büttner. „Das hatten wir ja sowieso vor. Genauso wie Pastor Willms. Möchte mal wissen, was genau es mit dem Verkauf des Kindergartens auf sich hat."

„Ja. Außerdem haben wir ja Therese Pupkes vorgeladen."

„Die noch mal welche Rolle spielt?"

„Das ist die Dame, in deren Anwesenheit Gesine Oltmanns ohnmächtig geworden ist und die außerdem behauptet, Klaas Behrends habe sich in den Tagen vor seinem Tod auffällig aggressiv verhalten."

„Ach ja, die."

„Interessanterweise ist sie Thorsten Mansens Patentante."

Büttner verzog das Gesicht. „Ich kann diese ostfriesischen Dörfer nicht leiden", konstatierte er. „Immer ist da jeder mit jedem verwandt, und man weiß nie, bei wem man sich gerade in die Nesseln setzt, wenn man nur eine ganz einfache Frage stellt oder eine Feststellung macht." Er nahm einen herzhaften Biss von seinem Schokoriegel und spülte diesen mit einem Schluck Kaffee hinunter. „Hängt sie sehr an ihrem Patenkind? Könnte sie vielleicht ein Motiv haben, sich an Klaas Behrends zu rächen?"

„Das geht aus den Protokollen nicht hervor. Wir sollten sie fragen, wenn sie morgen hier ist."

„Was ist eigentlich mit diesem tumben Thorsten?", hakte Büttner nach. „Wäre er selbst womöglich in der Lage, sich zu rächen? Immerhin hat er sein früheres Leben verloren, Frau und Kinder und den Job. Da kann man schon mal wütend werden."

Hasenkrug überlegte kurz und schlug dann vor: „Vielleicht sollten wir ihm mal einen Besuch abstatten."

„Ich glaube kaum, dass wir bei einem Besuch erfahren werden, ob er zu einem Mord fähig ist", gab Büttner zu bedenken. „Wir sollten zunächst eine psychiatrische Expertise einholen, um zu wissen, mit wem wir es zu tun haben. Bevor wir irgendetwas übersehen, meine ich. Dass Thorstens Synapsen nicht mehr ganz synchron laufen, heißt ja nicht, dass er nicht mörderisch aggressiv werden kann. Oder meinetwegen auch im Affekt jemanden umbringen kann. Vielleicht bekommt er mehr mit, als alle annehmen, und ist tieftraurig über das Schicksal, das ihn ereilt hat." Nach einer kurzen Pause ergänzte er: „Nicht auszuschließen ist auch, dass ihn jemand für seine Zwecke missbraucht hat."

„Sie meinen, jemand schickt den tumben Thorsten zum Morden, weil man davon ausgeht, dass er nicht unter Verdacht gerät?"

„So ähnlich", nickte Büttner. „Veranlassen Sie bitte morgen früh gleich die psychiatrische Expertise. Ich glaube zwar nicht, dass Thorsten Mansen unser Mann ist, aber zum Glauben sind wir ja auch nicht hier. Noch irgendwelche Neuigkeiten?"

„Ich habe heute Morgen mit meinem Kumpel Geert telefoniert, der ja in Jennelt lebt", antwortete Hasenkrug.

„Und?"

„Die Witwe des Verstorbenen hat dessen Beerdigung für Dienstag festgelegt."

Büttner hob erstaunt die Brauen. „Für übermorgen schon? Die hat es aber eilig mit der Entsorgung."

„Sie will wie geplant nach Nigeria fliegen, um die Kinder für Imke und Ibo Boos abzuholen. Der Flug ist für Donnerstag geplant. Angeblich möchte sie die beiden nicht enttäuschen, nachdem in der Adoptionssache nach monatelangem Hin und Her endlich alles geklärt ist."

Zwischen Büttners Augen bildete sich eine steile Falte. „Ich weiß nicht, ob mir das gefällt. Vermutlich haben wir bis dahin unsere Ermittlungen noch nicht abgeschlossen."

„Falls wir bis dahin nicht weitergekommen sind, können wir ihren Flug ja immer noch stoppen", zeigte sich Hasenkrug diplomatisch.

„Das werden wir dann auch tun. Schließlich können wir nicht einfach jemanden außer Landes fliegen lassen, der womöglich gerade einen Gattenmord begangen hat."

„Sie halten Marianne Behrends für verdächtig?"

„Natürlich. Solange wir nichts anderes wissen, ist sie nicht weniger verdächtig als alle anderen. Das sollten Sie eigentlich wissen, Hasenkrug, schließlich machen Sie diesen Job nicht erst seit gestern."

„Ich sehe bei ihr kein Motiv", gab Hasenkrug zu bedenken. Büttner sah ihn spöttisch an. „Ehefrauen haben immer ein Motiv, ihren Gatten um die Ecke zu bringen, Hasenkrug. Und umgekehrt genauso. Eine solche Beziehungstat ist praktisch der Klassiker unter den Mordfällen. Auch das sollten Sie eigentlich wissen."

„Na gut", gab sich Hasenkrug geschlagen. „Aber erst mal sollten wir uns um Gesine Oltmanns kümmern. Ich habe vorhin im Krankenhaus nachgefragt. Heute behalten sie sie auf jeden Fall noch da. Aber wir könnten gerne mit ihr sprechen, hieß es, da sie schon wieder bei klarem Verstand sei."

„Wer jahrzehntelang einem einzigen und noch dazu unerreichbaren Mann hinterhergehechelt und sich genauso lange jeder anderen Beziehung verweigert, kann nicht bei klarem Verstand sein", ätzte Büttner. Er warf einen Blick auf die Uhr. „Aber gut, dann fahren wir jetzt mal in die Klinik. Die dortige Cafeteria hat bestimmt schon geöffnet. Ich würde jetzt wirklich gerne mal frühstücken."

13

Als Pastor Hinderk Willms am Sonntagvormittag die Kirche betrat, wartete zu seiner Überraschung bereits sein Nachbar und Kirchenratsmitglied Edzard Mansen auf ihn. Edzard hatte auf einem der blauen Stühle Platz genommen, die seit der Renovierung die alten hölzernen Kirchenbänke ersetzten, und sah ihm stumm, aber mit wachem Blick entgegen.

„Was machst denn du hier so früh?", fragte Willms, der eigentlich noch ein wenig Zeit für sich hatte haben wollen, um noch einmal über seine Predigt nachzudenken. Zwar hatte er sich sehr viel Mühe bei der Wortwahl gegeben, doch war es angesichts der Ereignisse in Jennelt besonders wichtig, den richtigen Ton zu treffen. Wobei man sich natürlich die Frage stellen musste, ob das in Anbetracht der erhitzten Gemüter überhaupt möglich war. Ganz egal, was er heute sagen würde, er konnte es nur falsch machen. Für die einen würde es zu viel Zuspruch sein, für die anderen zu wenig. Dem einen zeigte er zu viel Mitgefühl mit dem Opfer und seiner Familie, dem anderen zu wenig. Es war wahrlich nicht immer einfach, der Seelsorger einer Kirchengemeinde zu sein.

„Find' ich nicht gut, dass die Taufe abgesagt wurde", meinte Edzard, als Willms neben ihm stand. „Ich meine, das eine hat doch mit dem anderen nichts zu tun."

„Nun, das sehen die Eltern des Täuflings anders. Ich kann sie gut verstehen. Vermutlich hätte ich unter den gegebenen Umständen genauso gehandelt. Von feierlicher Stimmung kann momentan ja nun wirklich nicht die Rede sein." Willms legte seine Unterlagen auf dem Altartisch ab. „Bist du hergekommen, um mir das zu sagen?"

Edzard schüttelte den Kopf. „Nee. Ich wollte dich warnen."

Der Pastor sah ihn erstaunt an. „Warnen? Mich? Wovor denn das?"

„Mir scheint, die hecken hier 'ne Intrige gegen dich aus."

„Eine Intrige? Gegen mich?" Willms konnte sich ein Grinsen nicht verkneifen. Edzard gehörte zu den Menschen, die immer und überall Gespenster sahen. Seine Hartnäckigkeit, den Unfall seines Sohnes betreffend, kam nicht von ungefähr. Wo auch immer er eine Gefahr oder ein Komplott zu wittern glaubte, war er mit allerlei Hirngespinsten und Verschwörungstheorien zur Stelle. „Ich glaube, dich nimmt das alles zu sehr mit, Edzard. Ich sehe nicht, warum ausgerechnet ich das Ziel einer Intrige sein sollte. Und wen meinst du mit *die*?"

„Du solltest das nicht auf die leichte Schulter nehmen", ließ Edzard nicht locker. „Hier wird viel geredet im Dorf. Und was so geredet wird, das hört sich nicht gut an."

Der Pastor setzte sich eine Reihe vor Edzard auf einen Stuhl und sah ihn herausfordernd an. „Na, dann erzähl mal", sagte er, obwohl er überhaupt keine Lust hatte, sich mit Edzards Marotten auseinanderzusetzen. Hätte der damit nicht wenigstens bis nach dem Gottesdienst warten können?

„Viel zu erzählen gibt es da nicht. Sollst nur aufpassen, das ist alles, was ich dir sagen wollte."

„Ein wenig konkreter bräuchte ich es aber schon", seufzte Willms. „Zumindest sollte ich doch wissen, worauf oder auf wen ich achten soll, meinst du nicht?" Manchmal glaubte der Pastor, dass vermutlich niemand das ewige Herumdrucksen so sehr beherrschte wie die Ostfriesen. Zwar waren sie nicht gerade als Freunde der vielen Worte bekannt; jemanden mit vagen Andeutungen bis ins Unerträgliche auf die Folter zu spannen, beherrschten sie jedoch aus dem Effeff.

„Sie wollen dir den Mord anhängen", sprudelte es nun ohne Verzögerung aus Edzard heraus, als habe er auf diese Aufforderung nur gewartet. Hinderk Willms indes zuckte bei diesen Worten kurz zusammen, denn mit solch einem schwerwiegenden Vorwurf hatte er nun doch nicht gerechnet. Sollte es tatsächlich möglich sein, dass sich die Gemeinde gegen ihn verschwor, nur weil er in der letzten Zeit ein paarmal mit Klaas Behrends aneinandergeraten war? Er versuchte, sich nichts von seinem Schrecken anmerken zu lassen, als er mit leicht krächzender Stimme erwiderte: „Du weißt doch, wie das ist in Jennelt. Für alles muss so schnell wie möglich ein Schuldiger her. Und nun haben sie eben mich am Wickel, weil ihnen dieser Verdacht, warum auch immer, am plausibelsten erscheint. Ich würde auf dieses Gerede nicht allzu viel geben."

„Ich wollte dich nur gewarnt haben." Edzard senkte den Kopf und hob abwehrend die Hände. „Hab's ja nur gut gemeint."

Genau daran hegte Willms so seine Zweifel. Er wurde das Gefühl nicht los, dass es sich bei Edzards Bemerkung weniger um eine wohlmeinende Warnung als um eine versteckte Drohung handelte. Oder war nun er es, der Gespenster sah? Denn was sollte Edzard für einen Grund haben, ihm zu drohen? Willms schluckte, als ihm ein Gedanke heiß in den Kopf schoss. Hatte Edzard ihn womöglich vor ein paar Tagen mit Klaas … Der Pastor verbot sich, diesen Gedanken weiterzuspinnen. Nein, es war völlig ausgeschlossen, dass ihn jemand dabei beobachtet hatte. Völlig ausgeschlossen!

Gerne hätte Willms noch ein wenig nachgebohrt, doch öffnete sich genau in diesem Moment die Kirchentür und die ersten Kirchgänger traten ein. Es waren Therese Pupkes und Gerhard Oltmanns. Ein Blick auf die Uhr sagte dem Pastor, dass es auch für deren Kommen eigentlich zu früh war. Normalerweise kamen sie allenfalls eine Viertelstunde vor Gottesdienst, nun aber war noch rund eine halbe Stunde Zeit.

„Moin", grüßten die beiden und sahen skeptisch von einem zum anderen. „Was wird denn das hier? Beichtstunde oder was?", fügte Gerhard Oltmanns hinzu. Über Edzards Anwesenheit schienen er und auch Therese wenig erfreut zu sein, wie man ihrer Mimik unschwer anmerkte.

„Was sollte ich wohl zu beichten haben?", fuhr Edzard ihn ungewohnt heftig an. „Guck du mal lieber, was bei dir so alles schiefläuft."

Anscheinend lagen bei allen die Nerven blank. Was natürlich kein Wunder war, befand der Pastor, denn schließlich wussten alle, dass unter ihnen vermutlich ein Mörder weilte. Nicht einmal die Polizei nahm an, dass der Mörder von außerhalb kam. Zumindest deutete der Ansatz ihrer Ermittlungen darauf hin. Es war eine für alle Einwohner belastende Situation, daran gab es nichts schönzureden. Aber mussten sie sich deshalb gleich derart angiften?

„Wie geht es denn Gesine?", fragte der Pastor schnell, als Oltmanns nun zu einer Erwiderung ansetzte. Dessen Gesichtsausdruck war anzusehen, dass diese nicht besonders freundlich ausfallen würde. Willms fragte sich, was zwischen Edzard und Gerhard vorgefallen war, schließlich hatten sie sich bislang immer ganz gut verstanden. „Kommt sie bald aus dem Krankenhaus? Ich überlege nämlich, sie dort zu besuchen, wenn sie länger bleiben muss." Leider lief sein Ablenkungsmanöver ins Leere, denn noch bevor Gerhard auf seine Frage antworten konnte, meldete sich Therese zu Wort: „Ist ja ganz praktisch für dich, dass Klaas jetzt tot ist, oder Hinderk?" Sie musterte ihn provozierend aus schmalen Augen.

„Was meinst du damit?" Der Pastor spürte einen Kloß im Hals, der ihn nun zum Räuspern zwang. „Doch wohl nicht diesen banalen Streit um den Kindergarten?"

Therese lachte gackernd auf. „Du und ich wissen doch genau, dass es bei eurer Meinungsverschiedenheit nicht nur um den Kindergarten ging." Ihre Stimme klang nun schneidend. „Genauso, wie es noch so manch anderer im Dorf weiß. Vielleicht sollten wir der Polizei einfach mal einen entsprechenden Hinweis geben, was meinst du?"

Gerhard hielt sie am Ärmel ihres Blazers zurück, als sie nun einen Schritt auf den Pastor zuging. „Nun lass mal gut sein, Therese, das führt doch zu nichts."

Doch ließ die nicht locker. „Wenn Klaas ihn bei den Kirchenoberen angeschwärzt hätte, wäre er die längste Zeit Pastor gewesen, das ist ja wohl klar", keifte sie und schüttelte Gerhards Hand ab. „Deswegen wird es ihm ganz gut in den Kram passen, dass Klaas jetzt tot ist. Und wer weiß schon zu sagen, was er mit seinem Tod zu tun hat."

„Weiß gar nicht, was eigentlich in dich gefahren ist", schlug sich wider Erwarten Edzard Mansen auf des Pastors Seite, als der seine Erschütterung nach diesem Frontalangriff nicht verbergen konnte. „Was soll das denn, hier so rumzuzicken und irgendwelches wirres Zeug zu quaken? Geht's noch?"

Therese schnaubte verächtlich und schob ihr Kinn vor. „Wird höchste Zeit, dass hier mal jemand für Klarheit sorgt. Man sieht ja, wohin es führt, wenn alle die Klappe halten."

„Für Klarheit sorgt? Und das willst ausgerechnet du sein? Dass ich nicht lache." Edzard straffte seinen Körper, als wappnete er sich für Thereses Gegenangriff.

„Manchmal ist es einfach gesünder, die Klappe zu halten", murmelte Gerhard. „Siehste ja an Klaas."

Der Pastor löste sich aus seiner Erstarrung, ihm wurde es jetzt zu bunt. „Wenn ihr unbedingt streiten wollt, dann macht das bitte draußen. Ihr habt wohl vergessen, wo ihr euch befindet! Dieses ist das Haus Gottes und nicht der Bundestag!" Zur Unterstreichung seiner Worte hatte er den Arm ausgestreckt und deutete auf die Tür.

„Als wäre dir dieser Ort jemals heilig gewesen", giftete Therese zurück. Sie machte eine ausladende Bewegung mit den Armen. „Du nutzt das alles hier doch auch nur als Mittel zum Zweck."

„Was, bitte schön, soll denn das jetzt heißen?" Willms wusste, dass er sich nicht provozieren lassen sollte, aber

nun platzte ihm doch der Kragen. „Ich würde es begrü-
ßen, wenn du jetzt gehen würdest, Therese. Zwar weiß ich
nicht, welche Laus dir über die Leber gelaufen ist, aber es
muss wohl eine sehr große gewesen sein. Sieh zu, dass du
sie wieder loswirst, aber lasse deinen Frust bitte nicht an
uns aus."

„Weiß deine Frau eigentlich, was du so treibst?", ließ Therese nicht locker.

„Raus hier, sonst …!" Es war lange her, seit der Pastor
seine Stimme derart erhoben hatte, und er war über die
Heftigkeit seiner Reaktion selbst erschrocken. Aber was zu
weit ging, ging zu weit.

„Was sonst? Willst du mich sonst auch umbringen? Wir
sprechen uns noch." Therese stolzierte wie ein Pfau hinaus.
An der Tür angekommen, drehte sie sich noch einmal um
und fragte: „Kommst du mit, Gerhard?"

„Nee, nee, lass mal", winkte der ab. „Komm du erst mal
wieder runter. Eine Tasse Tee würde dir sicher guttun."

„Was bist du doch für ein erbärmlicher Feigling", zischte
Therese, gleich darauf verschwand sie zur Tür hinaus.

Der Pastor blickte von einem zu anderen. „Kann mir
einer von euch sagen, was in sie gefahren ist?"

Edzard und Gerhard zuckten nur mit den Schultern.
Der Pastor ging davon aus, dass beide ganz genau wussten,
was Therese umtrieb, doch anscheinend waren sie zu perplex – oder eingeschüchtert? –, um es auszusprechen.

Hinderk Willms beschloss, dass es wohl besser sein
würde, zu diesem Zeitpunkt nichts mehr in dieser Angelegenheit zu sagen. Später würde er darüber nachdenken,
wie man die aufgeheizte Stimmung in Jennelt wieder beru-

higen konnte. Zunächst einmal aber hatte er einen Gottesdienst abzuhalten, und auf genau den gedachte er sich jetzt zu konzentrieren. Wie in jeder anderen Gemeinde auch ließ sich die Zahl der Kirchgänger an zwei Händen abzählen. Und das waren die guten Tage. Vielleicht würden es heute ein paar mehr werden, suchten doch in schweren Zeiten erfahrungsgemäß mehr Menschen den Schutz der Kirche. Und dass dies für Jennelt schwere Zeiten waren, stand wohl außer Frage.

„Wir gehen dann mal eine rauchen", verkündete Edzard, nachdem er und Gerhard sich mit einem Blick verständigt hatten. „Zum Gottesdienst sind wir wieder da." Genau in dem Moment, als beide sich Richtung Tür in Bewegung setzten, begannen die Kirchenglocken zu läuten.

Als es schließlich soweit war, hatte Hinderk Willms Schwierigkeiten, sich auf den Gottesdienst zu konzentrieren. Bei der Predigt verhaspelte er sich mehrmals und verlor des Öfteren den Faden. So etwas war ihm seit seinen Anfängen als Pastor nicht mehr passiert, und die lagen immerhin fast dreißig Jahre zurück. Natürlich blieben ihm die irritierten Blicke der Gottesdienstbesucher nicht verborgen, doch versuchte er, sie soweit es eben ging zu ignorieren.

Es waren deutlich weniger Kirchgänger gekommen, als er erwartet hatte, was auch daran liegen mochte, dass es nun doch keine Taufe gab. Auch schien das Bedürfnis nach Zusammenhalt nicht so groß zu sein wie vermutet. Anscheinend musste Schlimmeres passieren als ein Mord, um die Menschen von ihrem sonntäglichen Frühstückstisch in den Schoß der Kirche zu treiben.

Ein wenig verwundert war der Pastor darüber, dass Edzard Mansen und Gerhard Oltmanns nach ihrer Zigarettenpause nicht wie angekündigt zurückgekommen waren – was dazu führte, dass an diesem Gottesdienst nicht ein einziges Mitglied des Kirchenrates teilnahm. Auch das hatte es schon lange nicht mehr gegeben.

Als der Pastor ankündigte, den abschließenden Segen sprechen zu wollen, machte sich in den Gesichtern der Anwesenden eine gewisse Erleichterung breit. Und auch er war froh, den Job für heute erledigt zu haben.

14

Nachdem Therese Pupkes dreimal geklingelt hatte, klopfte sie an die Tür, doch nichts geschah. Marianne schien nicht zu Hause zu sein. Sie drückte die Klinke der Haustür hinunter. Wie zu erwarten, hatte Marianne nicht abgeschlossen, denn das tat sie höchstens, wenn sie für längere Zeit verreist war.

„Marianne? Bist du da?" Therese lauschte, bekam jedoch keine Antwort, was sie sehr bedauerte. Zu gerne hätte sie jetzt mit ihrer Freundin eine Tasse Tee getrunken. Die Aufregung der letzten Tage saß ihr in den Knochen. Zuerst der Mord an Klaas, dann der Zusammenbruch von Gesine und nun auch noch der Streit mit dem Pastor. Da musste sich ja nun wirklich keiner wundern, wenn man am Ende seiner Kräfte war und sich einfach mal ein Päuschen gönnte.

Ob Marianne zur Kirche gegangen war? Kaum dass sie sich diese Frage gestellt hatte, schüttelte Therese auch schon den Kopf. Nein, in diesem Fall hätten sie sich unweigerlich über den Weg laufen müssen. Außerdem war Marianne alles andere als eine eifrige Kirchgängerin. „Marianne?", rief sie noch einmal, als sie nun die Küche betrat. Nichts. Sie lief weiter ins Wohnzimmer, das ihr an diesem Tag noch düsterer vorkam als sonst. Die Sonne würde erst am frühen Nachmittag hoch über der Terrasse stehen und diesem Raum ein wenig Freundlichkeit zuteilwerden lassen.

Schon immer hatte sich Therese gefragt, wie man sich in solch einem Zimmer wie diesem wohlfühlen konnte. Dunkle Möbel, dunkle Wände, schwere, ebenfalls dunkle Vorhänge, dunkler Teppichboden. Eine Einrichtung so düster wie Klaas' Gemüt. Wenn sie an Mariannes Stelle gewesen wäre, dann wäre sie längst trübsinnig geworden. Umso erstaunlicher, dass ihre Freundin auch nach mehr als vierzig Jahren in diesem Mausoleum ein so fröhliches und ausgeglichenes Temperament mitbrachte. Wo sie bloß steckte?

Therese ging in die Küche zurück, die eine nicht ganz so erdrückende Aura hatte, da um diese Tageszeit bereits die Sonne hineinschien. Ihre Freundin würde sicherlich kein Problem damit haben, wenn sie sich einen Tee kochte, während sie auf sie wartete. Das hatte sie schon öfter gemacht. Marianne war da ganz offen.

Während sie darauf wartete, dass das Wasser anfing zu kochen, ließ Therese ihren Blick durch die Küche schweifen. Er blieb an den Fotografien hängen. Sie bewunderte Marianne für ihr soziales Engagement zutiefst. Wie sie im Dienst der guten Sache ihre Kontakte nach Afrika pflegte, Spenden für die Ärmsten sammelte, Überzeugungsarbeit leistete und auch immer wieder selbst dorthin flog, um dafür zu sorgen, dass Kinder in Deutschland ein neues Zuhause fanden. Und das alles gegen den Widerstand ihres Mannes, dem die Zuneigung seiner Frau zu diesen dunkelhäutigen Menschen immer suspekt gewesen war. Nun, das Problem hatte sich ja jetzt erledigt.

Therese seufzte schwer, als sie den Tee aufgoss. Immer wenn sie über Mariannes Tatkraft nachdachte, kam ihr das eigene Leben so sinnlos vor. Als ihr Mann noch lebte, war sie mit ihm viel auf Reisen gewesen, meist hatte es sie nach Skandinavien gezogen. Nach seinem Tod vor drei Jahren aber saß sie nur noch zu Hause herum und wusste nichts so recht mit sich anzufangen. Sie konnte nicht mehr zählen, wie oft Marianne sie aufgefordert hatte, sich ihr anzuschließen. Doch dafür fehlten Therese die Kraft und auch der Mut. Sie wusste, dass sie die Verbindlichkeit, die für Marianne bei ihrem Tun so selbstverständlich war, nie hätte aufbringen können. Therese liebte es, in den Tag hineinzuleben, Verpflichtungen waren ihr ein Graus. Leider gab es nicht viele Tätigkeiten, auch nicht im Ehrenamt, in denen man selbst entscheiden konnte, wann man wo zum Dienst erscheinen würde. Also machte sie lieber gar nichts.

Therese sah in den Schränken nach, ob Marianne vielleicht irgendwo Schokolade bunkerte. Sie liebte es, zum Tee eine Süßigkeit zu essen. Schon nach kurzem Suchen wurde sie fündig. Zufrieden setzte sie sich mit einer Tafel ihrer Lieblingssorte an den Tisch, den sie für zwei Personen eingedeckt hatte. Bestimmt würde Marianne bald zu ihr stoßen und sie könnten sich gegenseitig ein wenig von ihrem Kummer ablenken.

Für eine ganze Weile war kein Geräusch zu hören, außer dem Ticken der Wanduhr, deren Zeiger im immer gleichen monotonen Rhythmus voranschritten. Minute um Minute verging, in denen Therese in den Frauenzeitschriften blätterte, die bei Marianne zuhauf herumlagen. Zwar war ihre Freundin völlig uneitel, was ihr Äußeres betraf, doch liebte sie es aus irgendeinem Grund, sich über die neuesten Mode- und Kosmetiktrends zu informieren. Therese konnte alldem nicht viel abgewinnen, doch irgendwie musste man die Wartezeit ja totschlagen. Als sie irgendwann aufstand, um eine weitere Kanne Tee aufzugießen, kündigten die Kirchenglocken das Ende des Gottesdienstes an.

Prompt fiel ihr wieder der Streit mit dem Pastor ein, und sie spürte den Ärger erneut in sich aufsteigen. Es wurmte sie, dass Hinderk Willms mit seinem Tun einfach so durchkam. Wie empört Hinderk reagiert hatte, als Klaas ihn dieser Tage mit den Tatsachen konfrontierte! Außer sich war er gewesen, der Pastor, doch hatte er die Anschuldigungen bis heute nicht entkräften können. Klaas und Therese hatten es gar nicht glauben wollen, als sie per Zufall darauf stießen. Alles in allem reichte ihr Wissen aus, um den Pastor aus dem Kirchendienst entfernen zu lassen. Sie mussten nur an den richtigen Stellen mal das ein oder andere Wort fallen lassen und dann …

Leider aber war Klaas ermordet worden, bevor er irgendetwas in dieser Sache hatte unternehmen können. Ein dummer Zufall war das ganz sicher nicht. Nein, nach allem, was in den letzten Wochen geschehen war, musste jeder klardenkende Mensch unweigerlich zu dem Schluss kommen, dass der Pastor in der Sache mit drin hing. Nur leider konzentrierte sich die Polizei bislang auf andere angebliche Spuren. Therese grinste siegesgewiss. Nun, das würde sich morgen ändern. In den geschützten Räumen des Kommissariats würde sie auspacken, das war sie Klaas und Marianne schuldig. Und dann, das war gewiss, würde es für den Pastor kein Morgen mehr geben.

Was war denn das? Therese horchte auf, als sie draußen im Garten Stimmen vernahm. Streitende Stimmen. Worum es ging, konnte sie nicht verstehen, deshalb beschloss sie, ins Wohnzimmer zu gehen und die Terrassentür zu öffnen. Sie musste nur aufpassen, dass niemand sie beim Lauschen erwischte.

Ein Blick zum Wohnzimmerfenster hinaus sagte ihr, dass es sich bei den Streithähnen um Andreas Uphoff und Ibo Boos handelte. Was war denn in sie gefahren? Waren sie denn nicht eigentlich beste Freunde? Mit hochroten Köpfen standen sie am Zaun, der den Garten der Behrends von dem der Uphoffs trennte, und drohten einander mit geballten Fäusten.

Als Therese ihre Hand auf den Griff der Terrassentür legte, hoffte sie, dass diese beim Öffnen nicht quietschen oder sonstige Laute von sich geben würde. Vorsichtig, die Lippen vor Anspannung zusammengepresst, zog sie an der Tür, bis sie sich lautlos nach innen öffnen ließ. Die Stimmen wurden lauter, doch leider war Thereses Gehör nicht mehr so gut, dass sie jedes Wort hätte verstehen können.

Gerne hätte sie sich den beiden noch ein Stück genähert, doch traute sie sich nicht so recht. Früher, also vor Klaas' gewaltsamen Tod, hätte sie damit kein Problem gehabt. Nun aber wusste man nie, ob man nicht die Aufmerksamkeit oder gar den Ärger des Mörders auf sich zog, wenn man sich zu nah an jemanden herantraute. Gerade vor den jungen Männern, die so groß und kräftig gebaut waren, hatte sie ordentlich Respekt. Aber selbst, wenn sie ihr nichts täten, so stand doch zu befürchten, dass sie ihren Streit abbrechen und sich trennen würden, sobald sie sie erblickten. In diesem Fall würde sie nie erfahren, worum es ging. Und das wäre doch nun wirklich zu schade.

Therese versteckte sich hinter einem der scheußlichen Vorhänge und hielt die Luft an, weil sie glaubte, dass selbst die Geräusche ihres eigenen Atems sie daran hindern würden, den Inhalt der Auseinandersetzung vollständig zu erfassen.

„Noch ein dreckiges Wort über Imkes Vater, und ich zeige dir, zu welchen Geräuschen dein Kiefer fähig ist, wenn er zerbröselt!", schrie Ibo gerade. „Ich kann diese ganzen Scheißbeschuldigungen nicht mehr hören! Wenn du glaubst, was zu wissen, dann liefere die Beweise. Ansonsten aber halt einfach nur dein dreckiges Maul!"

„Jeder außer euch weiß doch, dass Edzard Klaas auf dem Gewissen hat!", brüllte Andreas zurück. „Nur weil Imke es nicht sehen will, heißt das ja noch lange nicht, dass es nicht wahr ist."

Therese atmete geräuschvoll aus, um gleich darauf nach Luft zu schnappen und dann erneut den Atem anzuhalten. Sie fragte sich, was Andreas plötzlich dazu trieb, sich für den Mörder von Klaas zu interessieren. Erst gestern hatte er ihr nämlich im Vorbeigehen gesteckt, dass er verdammt froh über dessen Tod sei und dass es ihnen einen Dreck interessiere, wer ihn umgebracht habe. Er wisse nur, dass er demjenigen für den Rest seines Lebens dankbar sein werde.

Warum also legte er sich deswegen jetzt mit Ibo an, zumal er doch wissen musste, dass der von den andauernden Verdächtigungen, die gegen seinen Schwiegervater ausgesprochen wurden, längst die Schnauze voll hatte? Es hieß, Imke sitze den ganzen Tag zu Hause und heule Rotz und Wasser deswegen. Was Therese sich allerdings nicht so richtig vorstellen konnte, hatte sie die junge Frau doch gestern noch fröhlich vor sich hin trällernd an ihrem Haus vorbeigehen sehen. Aber in einem Dorf wie Jennelt wusste man ja nie, was die Leute sich ausdachten und was der Wahrheit entsprach.

„Sollte mich nicht wundern, wenn du mit all dem Geschwafel nur von dir selbst ablenken willst", fauchte Ibo jetzt mit sich überschlagender Stimme. „Oder hast du nach dem Tod deines Vaters vielleicht nicht Stein und Bein geschworen, dass du dich an Klaas rächen würdest, he?! Und nun gib mir endlich den verdammten Umschlag!"

Statt einer Antwort war von Andreas zunächst nur ein raues, wenig fröhliches Lachen zu hören, dann ein Schrei. Ein zugleich wütender und überraschter Schrei. Und dann … nichts mehr. Was war denn nun los?

Neugierig linste Therese hinter dem Vorhang hervor … und presste sich schnell die Hand vor den Mund, als ihrer Kehle reflexartig ein erstickter Laut entwich. Oh, du lieber Gott im Himmel! Hatte Ibo seinen Widersacher etwa niedergestreckt? Zumindest lag Andreas am Boden und rührte sich nicht mehr. Ibo kniete über ihm und schlug ihm rechts und links auf die Wange, was Andreas jedoch keinerlei Regung entlockte. Oh je, das sah aber gar nicht gut aus! Was … was machte Ibo denn jetzt? Therese beugte sich vor, um noch ein bisschen besser sehen zu können. Irgendetwas zog Ibo aus Andreas' Hose! Es sah aus wie ein Umschlag. Vermutlich war es der Umschlag, von dem Ibo gerade noch gesprochen hatte. Was mochte er wohl enthalten?

Gerade als Therese beschloss, die Terrassentür nun doch lieber wieder zu schließen und sich schleunigst aus dem Staub zu machen, blickte Ibo genau in ihre Richtung. Sein Gesicht verzerrte sich zu einer Fratze, als er sie entdeckte. Seine Lippen formten irgendwelche Sätze, doch vermochte sie nicht zu sagen, was er ihr mitteilen wollte. Zu sehr rauschte es in ihren Ohren, und alles um sie herum drehte sich plötzlich.

Ohne die noch immer offenstehende Terrassentür auch nur eines Blickes zu würdigen, rannte sie zur Haustür, riss sie auf und wäre beinahe über einen Packen Papier gestolpert, der zur Hälfte versteckt unter der Fußmatte lag. Therese hielt abrupt inne. Sie war sich sicher, dass er vorhin noch nicht dort gelegen hatte. Irgendwer musste ihn in der Zwischenzeit hier abgelegt haben. Aber warum war derjenige denn nicht einfach hereingekommen? Therese hatte in ihrer Neugier längst vergessen, dass sie eigentlich von hier hatte fliehen wollen. Sie bückte sich, um den Packen aufzuheben, und beim Anheben löste sich ein Zettel aus dem Stapel. Therese stutzte. Das sah doch aus wie ein …

Sie brachte den Gedanken nicht mehr zu Ende, denn wie aus dem Nichts spürte sie plötzlich einen dumpfen Schmerz. Dann wurde es Nacht um sie.

15

Gesine Oltmanns saß aufrecht im Bett, als die Polizisten nach kurzem Klopfen ihr Krankenzimmer auf der psychiatrischen Station betraten. Ihr Gesicht war tränenüberströmt, die Augen gerötet, die Nase verquollen. Ohne die Hereinkommenden auch nur eines Blickes zu würdigen, schnäuzte sie sich in ein Papiertaschentuch, das sie daraufhin achtlos zu Boden fallen ließ.

„Sie kann nicht aufhören zu weinen", erklärte eine Krankenschwester ungefragt. Auf ihren Armen balancierte sie ein Tablett, auf das sie nun mit einer Kopfbewegung deutete. „Essen tut sie auch kaum. Selbst Süßigkeiten rührt sie nicht an, was für sie schon sehr außergewöhnlich ist."

„In einem solchen Fall würde ich mir bei so manch anderem auch Sorgen machen", meinte Sebastian Hasenkrug mit einem Blick auf seinen Chef, doch der gedachte nicht, auf diesen Seitenhieb zu reagieren.

„Frau Oltmanns war schon öfter hier auf Ihrer Station zu Gast?", fragte David Büttner, der sich über die Redseligkeit der Schwester wunderte. Immerhin wusste sie gar nicht, mit wem sie es zu tun hatte, denn sie hatten sich ihr nicht vorgestellt. Aber er beschloss, sie nicht darauf hinzuweisen. Als Polizist wusste er auskunftsfreudige Menschen durchaus zu schätzen.

„Frau Oltmanns ist ab und zu schon mal hier gewesen", klärte die Schwester ihn auf. „Immer wieder hatte sie in den letzten Jahren mit Depressionen zu kämpfen. Aber das wissen Sie ja sicherlich."

Auch das ließ Büttner einfach mal so stehen. „Sie ist aber in der Lage, sich ein wenig mit uns zu unterhalten?", erkundigte er sich.

Die Schwester zwinkerte ihm zu. „Wenn Sie mit ihr über einen gewissen Klaas reden, dann sicherlich. Diesen Namen brabbelt sie nämlich ohne Unterlass vor sich hin."

„Nun, das kommt uns entgegen. Über den reden wir derzeit ganz besonders gerne."

Als die Schwester das Zimmer verlassen hatte, traten Büttner und Hasenkrug näher an das Bett heran, doch immer noch zeigte Gesine keinerlei Reaktion. „Moin, Frau Oltmanns", begrüßte Büttner sie und stellte sich und seinen Assistenten vor. „Wir sind von der Kriminalpolizei und würden Ihnen gerne ein paar Fragen stellen. Es geht um den Mord an Klaas …"

Er schaffte es nicht einmal mehr, den Nachnamen auszusprechen, denn Gesine warf nun ihre Hände über den Kopf und heulte wie eine Sirene los. „Klaas", rief sie mit erstickter Stimme aus, „mein lieber Klaas. Nun hat sie ihn wirklich umgebracht."

Büttner horchte auf und auch Hasenkrug beugte sich interessiert vor. „Sie wissen, wer den Mord an Klaas Behrends verübt hat?", hakte Büttner nach.

„Natürlich weiß ich das", antwortete Gesine, und ihre Stimme klang plötzlich trotzig. Sie zog die Augenbrauen zusammen und schaute finster von einem zum anderen. „Marianne war's, wer denn sonst?"

„Sie meinen seine Frau? Aber warum hätte sie das tun sollen?"

„Damit ich ihn nicht bekomme, warum denn wohl sonst."

Büttners Hoffnung auf ein Motiv oder gar eine konkrete Zeugenaussage sackte augenblicklich in sich zusammen. Dennoch fragte er: „Worauf stützen Sie denn Ihre Vermutung, dass Frau Behrends ihren Mann umgebracht hat? Haben Sie es gesehen? Oder hat sie womöglich etwas Entsprechendes geäußert?"

„Weder noch. Ich weiß es einfach. Außerdem war es doch klar, dass es irgendwann so kommen würde. Schließlich hat Klaas immer nur mich geliebt und nicht sie. Und nun hat sie ihn mir einfach genommen." Auf diese Feststellung hin brach Gesine wieder in Tränen aus, ihr Körper wurde von Schluchzern geschüttelt. Ein weiteres Papiertaschentuch fand seinen Weg zum Boden.

Schade. Diese Aussage reichte wohl kaum, um Marianne Behrends lebenslänglich hinter Gitter zu bringen, dachte Büttner. Es wäre ja auch zu schön gewesen, den Fall auf so einfache Weise abschließen zu können. „Ist Ihnen denn sonst etwas aufgefallen?", fragte er also weiter. „Hatte Herr Behrends Streit mit jemandem oder wurde er vielleicht bedroht?"

„Wenn überhaupt, dann hatten andere Streit mit Klaas. Er selbst war ein so liebenswürdiger und umgänglicher Mensch, was andere natürlich gleich ausgenutzt haben. Am meisten Marianne. Kein Wunder, dass er dann manchmal wütend geworden ist."

„Heißt das, er hat sich oft mit seiner Frau gestritten?"

„Natürlich. Das kann ja nicht anders sein, so wie sie drauf ist. Nie war sie zufrieden mit dem, was er gemacht hat. Dabei war Klaas immer so sanftmütig zu allen."

„Mitbekommen haben Sie von den Streitigkeiten zwischen den Eheleuten aber nichts", vergewisserte sich Büttner.

„Das muss ich nicht mitbekommen, das weiß ich auch so."

Büttner und Hasenkrug tauschten einen einvernehmlichen Blick, der wohl so viel bedeuten sollte wie *Ein chronischer Fall von Liebe macht blind.*

„Kann natürlich auch eine Verschwörung gewesen sein", kam es gedämpft hinter dem Taschentuch hervor, das sich Gesine vor die Nase presste.

„Eine Verschwörung?"

„Ja, da denke ich die ganze Zeit drüber nach. Gut möglich, dass sie sich zusammengetan haben, um mir Klaas wegzunehmen."

Büttner zog sich einen Stuhl heran und setzte sich. Irgendwie lag ihm die Buttercremetorte, die er sich in der Krankenhauscafeteria gegönnt hatte, schwer im Magen. Vielleicht wäre ein ordentliches Frühstück mit Susanne doch die bessere Wahl gewesen. „Wie genau müssen wir uns eine solche Verschwörung vorstellen?"

Gesine senkte das Taschentuch und sah ihm erstmals direkt ins Gesicht. „Sie kennen *Mord im Orient-Express?*"

„Von Agatha Christie?" Büttner ahnte Böses. „Sie glauben an einen gemeinschaftlichen Mord der Jennelter?"

„Nein. Ich glaube, dass Marianne ihn umgebracht hat", bestand Gesine auf ihrer ersten Variante und zog einen Schmollmund. „Aber Sie wollen ja unbedingt, dass es anders war. Also hab ich gedacht, dass es dann vielleicht nicht nur Marianne alleine war, sondern alle anderen ihr dabei geholfen haben, wie bei …"

„Agatha Christie, ja, ich weiß", seufzte Büttner. „Ist das nicht ein bisschen weit hergeholt?"

„Nee. Natürlich hat Marianne das Ganze angezettelt, wer denn wohl sonst."

„Okay." Büttner hatte gerade beschlossen, dass Gesine Oltmanns noch immer unter Schock stand und eine weitere Befragung daher nichts bringen würde, als sich Hasenkrug zu Wort meldete: „Wie war denn Ihr persönliches Verhältnis zu Klaas Behrends? Wie man hört, hat es zwischen Ihnen beiden am Tag seines Todes eine heftige Auseinandersetzung gegeben. Sie haben ihm dabei sogar das Gesicht zerkratzt, wie wir aus der Gerichtsmedizin wissen. Worum genau ging es denn da?"

„Es wäre ihm peinlich, hat er gesagt." Ihre bebenden Lippen kündigten den nächsten Heulanfall an, und tatsächlich schluchzte sie gleich darauf laut auf und griff nach einem weiteren Taschentuch. „Dabei habe ich es doch nur gut gemeint", jammerte sie. „Nur gut gemeint habe ich es. Aber er wollte nichts davon wissen. Weiß gar nicht, was ihn so sehr daran gestört hat. Aber bestimmt wollte er nur nicht zugeben, dass es ihm gefallen hat. Männer haben es ja nicht so damit, ihre Gefühle zu zeigen, wissen Sie?"

„Sie geben also zu, dass Sie sich mit Klaas Behrends gestritten haben?"

„Er war doch nur verlegen. Aber das hätte er doch gar nicht sein müssen", wich sie einer konkreten Antwort aus.

„Was hat ihn denn so verlegen gemacht?", mischte sich

nun auch Büttner wieder ein. „Worauf bezog sich denn Ihr ... Gespräch?"

„Facebook."

„Facebook?"

„Facebook."

„Könnten Sie uns das mal näher erklären?"

Gesine Oltmanns nahm ihr Taschentuch vom Gesicht und sah ihn aus großen Augen an. Für einen Moment vergaß sie sogar zu heulen. „Sie kennen Facebook nicht?"

Büttner holte tief Luft. Das gab es doch alles gar nicht! Mit dieser Frau zu reden war wirklich die Höchststrafe. „Doch, natürlich kenne ich Facebook" ... zumindest vage, fügte er in Gedanken hinzu. Hasenkrug hingegen nickte wissend. Also bedeutete er seinem jüngeren Kollegen, der Sache weiter auf den Grund zu gehen. Der zögerte nicht lange und fragte: „Könnten Sie uns Ihr Facebook-Profil mal zeigen?"

„Nein."

„Nein?"

„Ich hab keinen Rechner. Und kein Smartphone oder so. Ist alles bei mir zu Hause." Sie schaute selig lächelnd von einem zum anderen. „Aber ich glaube, es würde Ihnen gefallen, was ich da als Geschenk für Klaas gemacht habe."

„Auweia, das klingt nicht gut", murmelte Hasenkrug kaum hörbar.

„Aber Klaas hat es nicht gefallen?", fragte Büttner, der sich gerade ausmalte, wie solch ein „Geschenk" an Klaas aussehen könnte. Er erinnerte sich an Conny Behrends' Worte, die es nicht für ausgeschlossen hielt, dass Gesine für ihren Vater in der Wohnung einen Schrein errichtet hatte. Was, wenn dieser Schrein nicht in der Wohnung, sondern im Internet seinen Platz gefunden hatte?

„Ach, jetzt habe ich doch glatt was vergessen. Bitte entschuldigen Sie uns für einen Augenblick, Frau Oltmanns." Büttner winkte seinem Assistenten, mit ihm vor die Tür zu kommen. „Wir müssen unbedingt in Frau Oltmanns Wohnung und uns Zugang zu ihren Computern und sonstigen Geräten verschaffen", sagte er, als die Tür hinter ihnen ins Schloss gefallen war.

„Es wird nicht ganz einfach werden, einen Durchsuchungsbefehl zu bekommen", gab Hasenkrug zu bedenken.

„Da fällt uns schon was ein. So fixiert wie die auf den Kerl ist, sollte es mich nicht wundern, wenn sie es war, die ihn in einem Anfall von Eifersucht umgebracht hat."

„Mir ist sie auch unheimlich", stimmte Hasenkrug zu. „Wäre nicht die Erste, die aus unerwiderter Liebe einen Mord begeht. Und die hier scheint mir ganz besonders gaga zu sein."

„Also wissen wir, was wir gleich morgen früh zu tun haben. So, und nun gehen wir noch mal rein und verabschieden uns."

Hasenkrug hielt ihn zurück. „Bleibt immer noch das Problem, dass sie einen Komplizen gehabt haben muss. Auch sie wird die Leiche nicht alleine in den Sarkophag …"

„Konnten Sie Frau Oltmanns ein wenig beruhigen?" Gerade als Büttner die Türklinke hinunterdrücken wollte, stand die Krankenschwester wieder vor ihm. „Manchmal reicht ein wenig Besuch ja schon aus, um unsere Patienten in eine positivere Stimmung zu versetzen. So wie gestern, als diese Frau hier war."

„Frau Oltmanns hatte gestern schon Besuch?", wunderte sich Büttner.

„Ja, sicher. Ihre Schwester war da."

„Sie hat gar keine Schwester", stellte Hasenkrug fest.

„Ach so?" Die junge Frau zuckte die Achseln. „Dann muss ich mich wohl getäuscht haben."

„Wissen Sie denn, wie diese Frau hieß?", fragte Hasenkrug.

„Nein, tut mir leid." Sie zog die Stirn kraus. „Oder doch, klar. Frau Oltmanns war noch völlig durcheinander und hat sie nicht erkannt. Die Besucherin sagte dann immer wieder: ‚Aber ich bin es doch! Therese!'"

„Therese Pupkes." Hasenkrug nickte, wartete jedoch ab, bis die Schwester im nächsten Zimmer verschwunden war, bevor er auf Büttners fragenden Blick hin hinzufügte: „Ihre Freundin aus Jennelt, bei der sie ihren Ohnmachtsanfall bekommen hat. Wir können sie morgen ja mal darauf ansprechen, wenn sie bei uns ist."

„Scheint mir jetzt nicht so außergewöhnlich zu sein, dass die hier auftaucht", meinte Büttner.

„Aber warum gibt sie sich als ihre Schwester aus?"

„Vermutlich hat sie befürchtet, dass man sie nicht zu ihr lässt, wenn sie keine Angehörige ist", mutmaßte Büttner. „Vielleicht weiß Frau Pupkes ja etwas über diese Facebook-Sache. Frauen tauschen sich doch aus über so was."

„Wenn Gesine Oltmanns auf Facebook ist, dann kann es nicht so schwer sein, an ihr Profil heranzukommen", stellte Hasenkrug fest. „Ich kann nachher mal über meinen Account versuchen, sie zu finden. Schwierig wird es nur, wenn sie einen geheimen Account hat. Was ich allerdings nicht glaube, denn sie hat ja einen gewissen Mitteilungsdrang. Da wird sie ihre Posts schon öffentlich gestellt haben."

„Wie auch immer", erwiderte Büttner, der nur Bahnhof verstand. „Jetzt schauen wir erst mal, dass ..." Weiter kam er nicht in seinem Satz, denn nun fing Hasenkrugs Smartphone lautstark an zu bimmeln. Das, was dieser dann hörte, schien ihn nicht zu begeistern, denn sein Gesichtsausdruck wurde sekündlich ernster. „Gut. Danke. Wir sind schon unterwegs", sagte er schließlich und legte auf.

Büttner, der um seinen Feierabend fürchtete, sagte: „Doch hoffentlich keine neue Leiche."

Hasenkrug zuckte die Schultern. „Leider doch. In Jennelt."

Büttner seufzte schwer und schüttelte den Kopf. „Und das am Tag des Herrn, Hasenkrug, und das am Tag des Herrn. Haben die Leute denn vor gar nichts mehr Respekt?"

16

Sonntägliche Leichen sind nichts Schönes. Zu diesem Schluss kam Hauptkommissar David Büttner, als er gemeinsam mit Sebastian Hasenkrug in Jennelt vorfuhr und vor lauter Leuten keinen Platz mehr zum Parken vor dem Haus der Behrends fand. Zwar waren seine uniformierten Kollegen bereits dabei, den Tatort weiträumig abzusperren, doch erwiesen sich die Jennelter als ziemlich renitent und wollten sich nur ungern von ihrem Logenplatz im sonnendurchfluteten Vorgarten vertreiben lassen. Wochentags wäre das in diesem Ausmaß ganz sicher nicht passiert – mal vorausgesetzt, dass ein guter Teil der Dörfler berufstätig oder schulpflichtig war.

„Das war's dann wohl mit unserer für morgen anberaumten Zeugenbefragung", stellte Hasenkrug fest, als es ihnen schließlich gelungen war, eine Bresche durch die gaffende Meute zu schlagen.

„Sie meinen, das ist …" Büttner beugte sich vor, um das Gesicht der toten Frau erkennen zu können, deren Körper in unnatürlich verdrehter Haltung vor ihnen lag.

„Therese Pupkes", bestätigte Hasenkrug.

„Wie passt das jetzt ins Bild?" Büttner kratzte sich an der Schläfe.

„Ich fürchte, das müssen wir noch herausfinden."

„Ich kann Menschen nicht leiden, deren Todesursache sich mir nicht gleich erschließt", knurrte Büttner.

„Nun, da kann ich Ihnen helfen", bot sich die Gerichtsmedizinerin Dr. Wilkens an. „In diesem Fall scheint mir die Todesursache eindeutig zu sein." Sie richtete ihren Finger auf eine klaffende Wunde am Kopf der Toten, dann auf einen blutverschmierten Spaten, der neben der Leiche lag. „Der Spaten hat ihren Schädel gespalten."

„Das meinte ich nicht", erwiderte Büttner. „Mich würde vielmehr interessieren, warum Frau Pupkes hat sterben müssen."

„Sie meinen das Motiv."

„Richtig. Wenn Sie mir das bitte auch noch mitteilen könnten …"

Dr. Wilkens grinste breit. „Immer zu Scherzen aufgelegt, der Herr Hauptkommissar. Aber wenn ich das hätte herausfinden wollen, wäre ich Polizistin geworden."

„Wer hat sie gefunden?"

„Edzard Mansen", antwortete ein junger Kollege von der Spurensicherung. „Er ist im Haus, genauso wie Frau Behrends, also die Eigentümerin. Der Pastor ist bei ihnen."

„Sie meinen Herrn … ähm …?" Büttner schnippte mit den Fingern.

„Willms", sagte Hasenkrug.

„Sie meinen Herrn Willms?"

„Genau."

„Na gut, dann gehen wir jetzt mal rein." Bevor er durch die Haustür trat, sah sich Büttner noch einmal um. Trotz eines rasch aufgespannten Sichtschutzes standen immer noch etliche, mit Smartphones bewaffnete Gaffer diesseits der polizeilichen Absperrung oder versuchten gerade, sie erneut zu durchbrechen. Um dem Voyeurismus endgültig ein Ende zu bereiten, rief er in die Menge: „Jedem Einzelnen von Ihnen, der in einer Minute noch hier herumsteht, werde ich ein Verfahren wegen Behinderung polizeilicher Ermittlungen an den Hals hängen. Glauben Sie mir, das wird dem Richter gefallen. Er liebt es, Zecken wie Ihnen, die ihm die Zeit stehlen, mal so richtig eins überzubraten."

Hasenkrug schob die Unterlippe vor und nickte anerkennend. „Denen haben Sie's aber gegeben, Chef. Ich schätze mal, die brauchen keine Minute zum Verschwinden."

„Ups, wo sind sie denn alle hin?" Dr. Wilkens zwinkerte Büttner verschwörerisch zu, als sie Sekunden später aufschaute und auch von den penetrantesten Gaffern nur noch die Rücken zu sehen waren.

„Kroppzeug", brummte Büttner. „Hätte nicht wenig Lust, ihre elenden Smartphones zu konfiszieren und im nächsten Gully zu versenken."

Im Hausflur waberte ihnen der Duft frisch aufgebrühten Kaffees entgegen. Offensichtlich hatte man hier die Gelegenheit der unerwarteten Zusammenkunft genutzt, um es sich ein wenig gemütlich zu machen. Büttner hoffte sehr, dass auch für ihn eine Tasse abfallen würde.

„Moin." Er grüßte in die Runde, nachdem er nach kurzem Klopfen in die Küche trat. Marianne Behrends und Edzard Mansen saßen mit betretenen Gesichtern am Tisch, während der Pastor mit geschlossenen Augen und gefalteten Händen am Fenster stand und anscheinend ein Gebet vor sich hin murmelte. Als würde das jetzt noch was nützen, dachte Büttner und schüttelte unmerklich den Kopf.

Auf seine Begrüßung hin reagierten die anderen nur mit einem stummen Nicken. Wenigstens stand Marianne Behrends auf und nahm zwei weitere Tassen aus dem Schrank. Auch der Pastor beendete nun das Zwiegespräch mit seinem Schöpfer und gesellte sich zu ihnen an den Tisch. Er war aschfahl im Gesicht, seine Hände zitterten. „Einfach furchtbar", sagte er kopfschüttelnd. „Zwei Morde innerhalb so kurzer Zeit. So etwas Schreckliches haben wir in Jennelt noch nie erlebt. Und schon wieder ein Mitglied des Kirchenrates. Ich ... Es ist ... es ist wirklich unfassbar."

Büttner zog nachdenklich die Brauen zusammen, und auch Hasenkrug sah so aus, als hätte das Stichwort Kirchenrat etwas in ihm ausgelöst. Dieser Aspekt erweiterte ihre Ermittlungen womöglich um einen ganz neuen Gesichtspunkt. Auf jeden Fall sollten sie ihn nicht aus den Augen verlieren.

„Wie viele Mitglieder hat denn Ihr Kirchenrat?", erkundigte sich Büttner.

„Fünf", antwortete Edzard. „Jetzt nur noch drei. Mich eingeschlossen." Auch er sah mitgenommen aus, zudem schien er reichlich nervös zu sein, denn er rieb sich immer wieder mit den Händen über die Oberschenkel.

Büttner für seinen Teil hoffte inständig, dass die Morde nichts mit den Posten im Kirchenrat zu tun hatten. Ansonsten wären drei weitere Leichen zu befürchten, auf die er nun wirklich keine Lust hatte. Leider gab es der Stand ihrer Ermittlungen nicht her, die verbliebenen drei Personen unter Polizeischutz zu stellen. Blieb zu hoffen, dass der Mörder ein anderes Ziel als die Ausrottung dieses Gremiums verfolgte.

Die Einzige, die bislang noch kein Wort verloren hatte, war Marianne Behrends. Sie schenkte Kaffee ein, musste jedoch die Porzellankanne mit zwei Händen halten. Das Klappern des Deckels konnte sie dennoch nicht verhindern. Ihr Gesicht glich einer starren, wächsernen Maske, ihre Bewegungen wirkten mechanisch. Was nicht verwunderlich war, denn schließlich fand bestimmt auch sie nicht alle Tage die blutüberströmte Leiche einer Freundin auf der Fußmatte des eigenen Hauses.

„Sie sagen, dass Therese Pupkes Mitglied des Kirchenrates war." Hasenkrug schaute von einem zum anderen. „War sie denn heute im Gottesdienst?" Er zog die Stirn in Falten. „Oder war heute gar kein Gottesdienst? Ich meine, hier in der Gegend gibt es ja einige Kirchen, in denen nicht mehr unbedingt wöchentlich gepredigt wird."

Hinderk Willms' Lippen verengten sich zu einem schmalen Strich. „Sie ... also Therese ... ja, sie war da. Ich ... Sie ... also, sie kam viel zu früh." Er blickte hilfesuchend zu Edzard, der aber wich seinem Blick aus, indem er den Kopf senkte und zu Boden starrte.

„Dann war sie also im Gottesdienst", schlussfolgerte Hasenkrug.

„Nein."

„Nein?"

Der Pastor griff nach seiner Tasse und schüttete den Kaffee wie ein Verdurstender in sich hinein. Kalter Schweiß stand ihm auf der Stirn. „Ich ... ich hab sie weggeschickt", sagte er heiser.

„Du hast sie rausgeschmissen", behauptete Edzard Mansen, ohne aufzublicken.

Büttner hob verwundert die Brauen. „Sie schmeißen Leute aus der Kirche? Gab es dafür einen Grund?"

Zum Erschrecken aller schlug der Pastor nun so heftig mit der Faust auf den Tisch, dass der Kaffee aus den Tassen schwappte. „Natürlich gab es dafür einen Grund!", donnerte er. „Oder glauben Sie vielleicht, ich mache so was aus Jux und Tollerei?"

„Ich hab's nicht so mit dem Glauben", entgegnete Büttner doppeldeutig. „Aber dennoch würde ich gerne erfahren, wie es soweit hat kommen können." Er fragte sich, ob Hinderk Willms womöglich nur vordergründig harmlos wirkte, tatsächlich aber zur Spezies der Choleriker zu zählen war. Immerhin schien ihm der ein oder andere in Jennelt sogar einen Mord zuzutrauen. Er sollte ihn im Auge behalten.

Hinderk Willms stützte sich mit den Ellenbogen auf den Knien auf und raufte sich die Haare. „Sie ist mich angegangen", sagte er. „Richtig hysterisch ist sie geworden. Sie … Irgendwie hatte sie sich wohl in die wahnwitzige Idee verrannt, ich könne irgendetwas mit dem Mord an Klaas zu tun haben."

„Damit steht sie nicht alleine da", bemerkte Büttner. „Aber das hat man Ihnen ja sicherlich schon gesteckt. Mir scheint, dass die Jennelter nicht nachlässig sind, wenn es darum geht, Gerüchte zu streuen." Er drehte sich zu Edzard Mansen. „Sie waren also bei dem Rausschmiss dabei? Haben Sie am Gottesdienst teilgenommen?"

Edzard Mansen biss ich auf die Lippen. „Nein", presste er hervor. „Ich bin mit Gerhard – also Gerhard Oltmanns – eine rauchen gegangen. Wir wollten zum Gottesdienst, aber …"

„Aber?"

„Irgendwie hatte uns Thereses Auftritt die Stimmung vermiest. Wir sind dann lieber nach Hause gegangen."

„Aha." So viel zu treuen Kirchgängern. „Das heißt, Herr Oltmanns war auch nicht im Gottesdienst."

Edzard Mansen nickte stumm, während der Pastor nun verzweifelt aufschluchzte und flehentlich die Hände zum Himmel erhob. „Bestimmt würde Therese noch leben, wenn ich sie nicht rausgeschmissen hätte", jammerte er. „Ich weiß nicht, wie ich mit dieser Schuld leben soll."

Büttner lag auf der Zunge, dass es ein paar *Vaterunser* schon wieder richten würden, biss sich jedoch rechtzeitig auf die Lippen. Sein Sarkasmus schien ihm an dieser Stelle deplatziert.

„Und Sie, Frau Behrends?", wandte sich Sebastian Hasenkrug an die Hausherrin, die abwesend in ihrem Kaffee rührte, aber bisher noch keinen Schluck getrunken hatte. „Haben Sie eine Vorstellung, was Therese Pupkes in Ihrem Vorgarten wollte? Haben Sie ihren Besuch erwartet?"

Als Marianne für einen langen Moment nicht antwortete, fürchtete Büttner schon, dass aus ihr nichts herauszubekommen sein würde, doch dann schüttelte sie plötzlich kaum merklich den Kopf. „Ich weiß nicht, was sie hier wollte." Ihre Stimme klang blechern. „Womöglich wollte sie sich nur bei mir ausheulen. Das macht sie immer, wenn sie Ärger hat." Sie warf dem Pastor einen so kalten Blick zu, dass der wie unter Peitschenhieben zusammenzuckte. Es war unzweifelhaft, dass sie ihm eine Mitschuld am Tod ihrer Freundin gab. Ob zu Recht oder zu Unrecht, wollte Büttner an dieser Stelle nicht beurteilen. Fakt war jedoch, dass es wie ein Ritt durch die Hölle sein musste, innerhalb von zwei Tagen Ehemann und beste Freundin zu verlieren.

Hasenkrug sah Marianne prüfend an. „Haben Sie denn nicht gehört, dass sie kam? Hat sie nicht geklingelt?"

„Ich war nicht zu Hause." Sie deutete mit lahmer Geste auf eine Tasse, die neben dem Herd stand. „Sie muss hier drin gewesen sein. Hat sich einen Tee gemacht."

„Und wo waren Sie?"

„Bei meiner Tochter. Wegen der Beerdigung. Es muss doch alles besprochen werden."

„Und da geht Frau Pupkes einfach so in Ihr Haus und macht sich einen Tee?", wunderte sich Büttner.

„Das ist nicht außergewöhnlich. Sie wusste, dass ich damit kein Problem habe. Sie wird auf mich gewartet haben."

„Erschlagen wurde sie jedoch vor der Haustür, also draußen. Entweder, weil sie die Warterei leid war oder weil sie draußen etwas gehört hat", dachte Büttner laut nach. „Vielleicht hat jemand geklingelt?"

Marianne Behrends zuckte die Schultern. „Woher soll ich das wissen. Ich war ja nicht da."

„Die Terrassentür stand offen", warf Edzard Mansen nun ein. „Marianne ist sich sicher, sie zugemacht zu haben, bevor sie ging."

„Natürlich habe ich sie zugemacht. Hätte doch schließlich reinregnen können. Man weiß ja nie, wie schnell Regen aufzieht. Hier an der Küste kann das ruckzuck gehen."

„Aber welchen Grund könnte es geben, dass Frau Pupkes die Terrassentür geöffnet hat?", fragte Büttner. „Und vor allem: Warum hat sie sie nicht wieder geschlossen?"

Auf ein allgemeines Schulterzucken hin meinte Hasenkrug: „Wir sollten die Nachbarn befragen, vielleicht haben sie etwas gesehen. Oder sogar mit Frau Pupkes gesprochen."

„Was wollten denn Sie hier bei Frau Behrends? Ich meine, Sie haben Frau Pupkes hier gefunden, nicht wahr?", fragte Büttner an Edzard Mansen gewandt.

„Ich bin hier nur zufällig vorbeigekommen und hab sie vor der Haustür liegen sehen. Eigentlich wollte ich zu Gerhard zum Frühschoppen. Hat er kurzfristig anberaumt, nachdem wir den Kirchgang geschwänzt hatten."

„Und Sie haben gleich die Polizei gerufen?"

Edzard Mansen sah ihn irritiert an. „Natürlich. Was glauben Sie denn? Dass ich erst noch zum Frühschoppen gehe?"

„Kann man nie wissen", erwiderte Büttner. Ein Blick aus dem Fenster sagte ihm, dass sich Dr. Wilkens wieder auf den Weg machte. Bevor auch die Spurensicherung sich entschließen sollte, ihre Arbeit hier abzuschließen, sagte er zu Hasenkrug: „Bitte geben Sie draußen Bescheid, dass sich die Spusi auch hier drinnen umschauen soll. Vor allem sollen sie sich die Terrassentür … ähm … Wo genau ist die?"

„Im Wohnzimmer."

„Sie sollen sich die Terrassentür näher ansehen und natürlich auch Zimmer und Garten."

Als Hasenkrug nach draußen ging, wandte sich Büttner wieder Marianne zu: „Sie sind sich aber sicher, dass außer Therese Pupkes niemand hier gewesen ist?"

„Zumindest stand hier nur die eine gebrauchte Tasse, mehr kann ich nicht sagen. Ich glaube aber kaum, dass sie hier ein Kaffeekränzchen abgehalten hat. Das hätte sie ja auch zu Hause machen können."

„Gut, das war's dann erst mal." Büttner trank seinen Kaffee aus, dann stand er auf. „Ich nehme an, Sie fliegen unter diesen Umständen jetzt doch nicht nach Afrika?"

„Wohl nicht, fürchte ich", antwortete Marianne tonlos.

„Darum würde ich Sie bitten", nickte Büttner. „Bis wir wissen, was genau hier passiert ist, verlassen Sie das Land bitte nicht. Das Gleiche gilt auch für Sie, Herr Mansen, denn wir haben ein paar dringende Fragen an Sie, was den Mord an Klaas Behrends angeht. Halten Sie sich also zu unserer Verfügung. Mit Ihnen, Herr Pastor, müssen wir sowieso noch mal sprechen. Rechnen Sie also bitte kurzfristig mit uns."

„Der Pastor kann ja nun sowieso nicht weg", versuchte Edzard Mansen einen Scherz. „Der hat die nächsten Tage alle Hände voll zu tun." Lacher kassierte er auf diese Bemerkung hin keine.

17

Thea Uphoff ging erneut zum Kühlschrank, nahm einen weiteren Kühlakku aus dem Gefrierfach und wickelte ihn in ein Geschirrhandtuch. Ihrem Mann Andreas entfuhr ein Stöhnen, als sie den Akku gleich darauf wenig zärtlich auf seine Wunde am Hinterkopf presste. Ibo hatte ganze Arbeit geleistet, stellte sie fest, als sie die Wunde noch einmal inspiziert hatte. Nicht nur hatte sich ein veritables Horn am Schädel gebildet, sondern gleich daneben auch noch eine Platzwunde, aus der in unregelmäßigen Abständen Blut sickerte. Vermutlich musste diese Wunde genäht werden, denn sie hatte sich als tiefer entpuppt als zunächst gedacht.

Andreas' Gesicht, auf das er sich ebenfalls einen Kühlakku drückte, sah aus wie einmal in der Knetmaschine gewalkt. Ibo hatte mit der Faust seine Nase und das linke Auge erwischt und damit eine ganz schöne Schwellung verursacht, die langsam einen ungesunden blauen Farbton annahm. Thea vermutete, dass die Nase und womöglich auch das Jochbein gebrochen waren, doch wollte ihr Mann davon nichts wissen. Er weigerte sich standhaft, über einen Arztbesuch auch nur nachzudenken. Einen konkreten Grund dafür nannte er nicht, außer den, dass er schließlich keine Memme sei und nicht vorhabe, sich in der Notaufnahme zu blamieren.

Nun, das sah Thea ganz anders. Selbst einem Laien konnte bei Andreas' Anblick nicht entgehen, dass er sich bei seinem Sturz schwer verletzt hatte. Anstatt auf den Rasen war der Idiot mit dem Hinterkopf auf einem der Begrenzungssteine aufgekommen, mit denen er seine Beete einfasste. Es bestand keinerlei Zweifel daran, dass er genauso gut hätte tot sein können, wenn es anstatt seines Schädels das Genick erwischt hätte. Für eine kurze Bewusstlosigkeit mit sich anschließender Gehirnerschütterung hatte es allemal gereicht; Andreas klagte nicht nur über Kopfschmerzen, sondern auch über Übelkeit.

Thea fragte sich, was in dem ominösen Umschlag, dessen Verlust Andreas bereits mehrmals beklagt hatte, wohl so Interessantes gewesen sein mochte, dass es wert war, darüber in eine Prügelei zu geraten. Auch hierzu schwieg sich ihr Mann aus. Fakt war, dass Ibo den Umschlag an sich genommen und sich aus dem Staub gemacht hatte, bevor Andreas aus seiner Ohnmacht erwacht war. Thea hatte ihren Mann darauf aufmerksam gemacht, dass ein solch schäbiges Verhalten strafrechtlich unter den Tatbestand der unterlassenen Hilfeleistung fallen dürfte. So zumindest hatte sie es dutzende Male in einer Gerichtsshow im Fernsehen gesehen. Aber eine Anzeige bei der Polizei lehnte Andreas ab.

Thea selbst hatte von dem ganzen Theater zunächst nichts mitbekommen, lief zu dieser Zeit doch eine ihrer Lieblingssitcoms, bei denen sie in der Regel alles andere um sich herum vergaß. Schließlich gab es nicht vieles in ihrem Leben, für das es sich lohnte, in der Realität zu verweilen. Ein kleiner Ausflug in amüsantere Welten konnte man sich da ruhig mal gönnen.

Erst als Andreas irgendwann in die Wohnung getaumelt kam und in seiner Wut ankündigte, Ibo sei so gut wie tot, hatte sie seinen erbärmlichen Zustand registriert. Wie lange Andreas bewusstlos gewesen war, konnte er nicht sagen.

„Ist besser, du legst dich ins Bett", sagte Thea, als Andreas zum wiederholten Male zu würgen anfing. „Aber nimm einen Eimer mit, damit du nicht alles vollkotzt. Kannste dann selber wegwischen, nur damit das klar ist." Vor rund zehn Minuten erst war er plötzlich aufgesprungen und zur Toilette gerannt, um sich zu übergeben. Aschfahl, das Gesicht von kaltem Schweiß überzogen, hatte er sich danach stumm wieder auf seinen Küchenstuhl sinken lassen und nach neuen Kühlakkus verlangt.

„Ganz sicher werde ich mich nicht ins Bett legen", brummte Andreas. „Wenn dieser Bastard glaubt, dass ich einfach so kleinbeigebe, dann hat er sich geschnitten. Dem werde ich gleich solange die Fresse polieren, bis ihn seine eigene Mutter nicht mehr erkennt."

„Ist klar." Thea schnaubte verächtlich. „Bestimmt zittert Ibo vor Angst, wenn du auf ihn zukommst. Sieht ja schließlich jeder, wie fit du bist." Sie schlug sich mit der flachen Hand vor die Stirn. „Hallo? Bleib mal auf dem Teppich, Andreas. Alles, was du vermutlich fertigbringst, ist, ihm auf die Füße zu kotzen." Sie hielt ihm den Kühlakku vor die Nase und sagte: „Hier, kannste selber auf die Wunde drücken. Ich gehe fernsehgucken, hab wegen dir sowieso schon viel zu viel von der Folge verpasst. Wenn du wieder zur Vernunft kommst, kannste ja Bescheid sagen."

Von Andreas kam daraufhin lediglich ein unwilliges Knurren, dann stand er auf und schwankte zur Tür hin-

163

aus. Wenig später hörte Thea die Tür des Schlafzimmers zuschlagen. Anscheinend hatte er sich nun doch fürs Bett entschieden. Schnell machte sie sich einen heißen Kakao und nahm eine Schachtel mit Keksen aus dem Schrank. So ausgestattet ging sie ins Wohnzimmer zurück, um sich vor den Fernseher zu setzen.

Als ihr Blick jedoch durchs Fenster auf das Nachbarhaus fiel, runzelte sie die Stirn. Was war denn bei den Behrends los? Der ganze Garten wimmelte nur so von Figuren in weißen Schutzanzügen, auch lief ein ihr fremder Mann auf der Terrasse auf und ab und telefonierte. Hatte sie was verpasst?

Thea presste ihr Gesicht an die verschmierte Scheibe ihrer Terrassentür und kniff ihre extrem kurzsichtigen Augen zusammen. Konnte es sein, dass vor Mariannes Tür ein Leichenwagen stand? Hatten sie Klaas wieder nach Hause gebracht, um ihn hier aufzubahren? Thea schüttelte den Kopf. Es war kaum vorstellbar, dass Marianne darauf bestand, den Leichnam ihres Mannes im Haus zu haben. Vielmehr war sie sicherlich froh, endlich ihre Ruhe vor diesem Kotzbrocken zu haben. Was also hatte es zu bedeuten, dass nun zwei in Schwarz gekleidete Männer einen Sarg zum Haus trugen? Noch dazu einen, der ganz offensichtlich aus Zink und nicht aus Holz war? Und wonach suchten die ganzen Leute im Garten? Hatte diese Aktion womöglich irgendetwas mit der handgreiflichen Auseinandersetzung zwischen Andreas und Ibo zu tun? Ihr lief es eiskalt den Rücken hinunter, als ihr der Gedanke kam, dass es hierbei womöglich nicht nur einen Verletzten, sondern auch einen Toten gegeben haben könnte.

Kurzentschlossen öffnete Thea die Terrassentür und lief zum Gartenzaun hinüber, der ihr Grundstück von dem der Behrends abtrennte. „Hallo?", rief sie, doch niemand reagierte. „Hallo?", rief sie erneut. „Können Sie mir vielleicht sagen, was hier los ist?"

Zwei der in Weiß gekleideten Menschen schauten kurz auf, konzentrierten sich jedoch sogleich wieder auf ihre Arbeit. Derweil trugen die Männer vom Bestattungsinstitut den Sarg, der nun schwerer zu sein schien als zuvor, wieder zu ihrem Fahrzeug zurück.

„Ist jemand gestorben?", murmelte Thea halblaut vor sich hin.

„Therese ist tot", kam prompt die Antwort, woraufhin sich Thea irritiert umdrehte. Sie stemmte die Arme in die Hüften und hob erstaunt die Brauen, als sie Imke vor sich stehen sah. „Was machst du denn hier?", fragte sie wenig begeistert. „Schickt Ibo dich? Der soll sich hier bloß nicht mehr blicken lassen, so wie er Andreas zugerichtet hat. Eins kann ich dir sagen ..." Sie stockte, weil ihr plötzlich klarwurde, was Imke gerade zu ihr gesagt hatte. Sie schob den Kopf vor. „Sagtest du, Therese ist tot?"

Imke nickte. Tränen rannen ihr übers Gesicht. „Ermordet", schluchzte sie. „Genauso wie Klaas."

Thea schaute zu den Behrends hinüber, dann wieder zu Imke zurück. „Was hat denn Marianne damit zu tun? Ich meine, warum sind die denn alle bei ihr und nicht bei Therese?"

„Man hat Therese dort gefunden. Bei Marianne vor der Haustür."

„Wer hat sie gefunden?"

„Mein Vater."

„Edzard?" Thea zog eine Grimasse. „Sollt mich nicht wundern, wenn der sie umgebracht hat und nun so tut, als wäre er zufällig vorbeigekommen."

„Wie meinst du denn das jetzt?" Imke starrte sie entsetzt an und vergaß dabei sogar das Schluchzen. „Du willst doch wohl nicht behaupten, dass mein Vater …"

„Wer einen Mord begeht, schreckt auch vor einem zweiten nicht zurück", erklärte Thea mitleidlos. „Wieso bist du eigentlich hier?", nutzte sie die auf ihre Worte hin entstandene Schrecksekunde, in der Imke sich wie eine Erstickende an die Kehle griff. Thea deutete auf einen blutverschmierten Stein. „Schickt Ibo dich, damit du dich für ihn entschuldigst?"

„Was?" Imke schien ehrlich perplex. Wenn Thea nicht alles täuschte, dann schwankte sie leicht. „Wofür denn entschuldigen? Was redest du da eigentlich?"

„Du weißt natürlich von nichts", stellte Thea fest und lachte rau auf. „Das sieht Ibo ähnlich, dass er zu feige ist, dir davon zu erzählen. Vermutlich geht ihm der Arsch auf Grundeis, und das zu Recht. Andreas wird ihn anzeigen, wegen schwerer Körperverletzung und unterlassener Hilfeleistung, das ist ja wohl klar. Und natürlich wegen Diebstahls."

Imke wurde kreidebleich. „Ich … Aber davon weiß ich doch gar nichts. Ich … ich wollte nur mit dir … Weil doch Marianne nun … Ich hab dich hier stehen sehen, und da dachte ich …" Sie sackte in sich zusammen wie eine Marionette ohne Fäden.

Thea verzog das Gesicht, als hätte sie Zahnschmerzen.

„Geht es schon wieder um deine blöden Kinder? Zerfließt du schon wieder in Selbstmitleid, weil Marianne nun ganz sicher nicht mehr nach Nigeria fliegt? Und da kommst du ausgerechnet zu mir? Nicht wirklich, oder?" Thea stöhnte gequält auf. „Mein Gott, Imke, wann wirst du endlich erwachsen? Das Leben ist kein Wunschkonzert. Glaub mir, keiner weiß das besser als ich. Lass mich also mit deinem Scheiß in Ruhe, okay? Ich brauche niemanden, der mir die Ohren vollquengelt. Deine Luxusprobleme möchte ich haben, ehrlich."

Mit diesen Worten ließ Thea ihre Nachbarin einfach stehen und ging ins Haus zurück. Ihr war schlecht. Sie ertrug Imke nicht, hatte sie noch nie ertragen. Was nicht zuletzt daran lag, dass Imke fast schon widerlich gut aussah mit ihrer schlanken Figur, dem blonden, fast hüftlangen Haar, dem herzförmigen Gesicht und den strahlend weißen Zähnen. Neben ihr kam sich Thea vor wie der letzte Trampel. Fett, unförmig, ungepflegt, hässlich. Leider hatten ihre Mitmenschen ein ebenso niederschmetterndes Bild von ihr wie sie selbst. Dabei hatte sie als junges Mädchen gar nicht so schlecht ausgesehen, bis sie sich auf Andreas eingelassen hatte, der sie schon bei ihrem ersten Date schwängerte. Sie hatte ihn geliebt und gehofft, dass er ihre Gefühle erwiderte. Doch hatte er für sie schon damals nur Verachtung übriggehabt und ihr diese mit jedem seiner Blicke und seiner Gesten entgegengeschleudert – und es wurde täglich schlimmer. Also hatte sie sich in ihr Schneckenhaus zurückgezogen und sich einen Panzer angefressen, von dem sie hoffte, dass der sie weniger verletzlich machen würde. Das Gegenteil war der Fall. Sie fühlte sich mit jedem Tag ihres erbärmlichen Lebens schrecklicher. Selbst ihr Sohn, den sie immer vor den unberechenbaren Launen seines Vaters zu beschützen versucht hatte, ließ sich, seit er erwachsen war, höchstens noch aus schlechtem Gewissen bei ihnen blicken. Es war nicht zu übersehen, dass er sich für den Anblick seiner Mutter schämte. Es war das reinste Trauerspiel. Warum also sollte ausgerechnet sie Mitleid mit Imke haben, der nichts fehlte, außer einem Kind? Was hätte Thea dafür gegeben, mit ihr tauschen zu können. Nichts im Leben war doch schließlich wichtiger, als ein unabhängiger Mensch zu sein. Und Unabhängigkeit hatte Imke nun wahrlich im Überfluss. Wie blöd musste man eigentlich sein, diese für zwei Rotzlöffel, die noch nicht mal ihre eigenen waren, aufgeben zu wollen?

„Hast du gewusst, dass Therese tot ist?", fragte sie ihren Mann, der aus irgendeinem Grund aus dem Schlafzimmer herausgekommen war und ihr an der Terrassentür entgegensah. Vermutlich hatte er Imke bei ihr stehen sehen. Thea wusste, dass er scharf auf sie war. So wie er auf alle Frauen scharf war, die mindestens hundert Kilo weniger wogen als seine Ehefrau.

„Geert hat mich gerade angerufen und es erzählt. Angeblich wurde sie mit einem Spaten erschlagen." Andreas' Worte kamen nur schleppend. Immer noch schien er gegen seinen Würgereiz anzukämpfen, quasi nach jedem dritten Wort presste er sich die Hand auf den Mund. Auch stützte er sich mit der Schulter am Rahmen der Terrassentür ab, was sie bei ihm noch nie gesehen hatte.

„Hast du was damit zu tun? Schließlich hast du dich ja genau um die Zeit draußen herumgetrieben", meinte Thea und erfreute sich an seiner Reaktion, als er seinen Mageninhalt nun in hohem Bogen auf die Terrasse reiherte. Gott sei Dank stand sie weit genug entfernt. Natürlich glaubte sie nicht wirklich daran, dass ihr Mann irgendetwas mit dem Mord zu tun haben könnte. Aber es machte Spaß, ihn ein wenig zu provozieren.

Als nun ein paar Männer der Spurensicherung neugierig zu ihnen herüberblickten, schlug Andreas rasch die Tür zu, ohne sich um seine Hinterlassenschaften zu kümmern. Er würdigte Thea, die schmunzelnd draußen stehen blieb, keines Blickes, bevor er vermutlich wieder in seinem Schlafzimmer verschwand. Schade eigentlich. Sie hätte gerne noch ein wenig mit ihm gestritten.

18

Hauptkommissar David Büttner startete am Montagmorgen gerade sein Auto, als ihn ein Anruf seiner Sekretärin Frau Weniger ereilte. Normalerweise gab sie ihm Neuigkeiten erst bekannt, wenn er im Büro auftauchte, da sie der Ansicht war, dass kaum etwas so dringlich sein könnte, als dass ihr Chef deswegen beim Frühstück gestört werden musste. Ein Blick auf die Uhr sagte ihm, dass es etwas Wichtiges sein musste. Er nahm das Gespräch an.

„Wer ist Frau Mansen?", fragte er, nachdem Frau Weniger ihm gesagt hatte, dass eine solche ihn dringend zu sprechen wünsche.

„Die Frau eines gewissen Thorsten Mansen", klärte sie ihn auf. „Er lebt nach einem Autounfall im letzten Jahr angeblich wieder bei seinen Eltern."

Büttner nickte. Der tumbe Thorsten. „Wir sind an ihm dran. Hasenkrug konnte bereits einen kurzen Eindruck von seinen ... hm ... Einschränkungen gewinnen. Er läuft im Kopf wohl nicht mehr ganz rund seit dem Unfall."

„Das sagte Frau Mansen auch", bestätigte Frau Weniger. „Sie befürchtet, dass er für die Morde in Jennelt verantwortlich sein könnte."

„Ach so? Und wie kommt Frau Mansen auf diese Idee?"

„Das würde sie Ihnen gerne selbst und ausführlich erläutern. Und das möglichst schnell, um, wie sie sagte, Schlimmeres zu verhindern. Allerdings kann sie nicht ins Kommissariat kommen, wegen ihrer Kinder."

„Um Schlimmeres zu verhindern? Das hört sich nicht gut an", stellte Büttner fest. „Wo wohnt die Frau? Ich fahre sofort hin."

Frau Weniger nannte ihm eine Adresse in Pewsum.

„Ist Hasenkrug schon im Büro?", wollte Büttner wissen.

„Ja. Er war heute sehr früh da. Anscheinend hat er gestern noch interessante Erkenntnisse zu einer gewissen Gesine Oltmanns gewonnen, die er mittels unserer Akten verifizieren wollte."

„Die Dame ist aktenkundig?", wunderte sich Büttner.

„Ja. Gegen sie liegt eine Anzeige vor, die erst in der letzten Woche hier eingegangen ist."

„Wer hat sie angezeigt?"

„Klaas Behrends."

„Ups. Und weswegen?"

„Das versucht Herr Hasenkrug gerade herauszufinden. Ich denke, dass er sich mit Ihnen in Verbindung setzen wird, sobald er fündig geworden ist."

„In Ordnung. Bitte sagen Sie ihm, dass ich mich erst mal um Frau Mansen kümmere und danach direkt ins Büro komme." Er legte auf.

Die Wohnung der Familie Mansen lag in einem Mehrfamilienhaus und wirkte eher wie eine provisorische Bleibe als ein echtes Zuhause. Beim Eintreten konnte Hauptkommissar Büttner sein Befremden darüber anscheinend nicht verbergen, denn die Frau, die sich ihm als Britta Mansen vorstellte, setzte sogleich zu einer Rechtfertigung an: „Entschuldigen Sie bitte, es ist alles andere als wohnlich hier. Wir, also ich und die Kinder, hoffen immer noch, dass wir bald wieder in unser Haus in Manslagt zurückkehren können." Sie führte Büttner in die funktionell eingerichtete Küche und bot ihm einen Stuhl an. Dann setzte sie sich neben ihn.

„Sie haben ein Haus in Manslagt?", erkundigte sich Büttner. „Darf ich fragen, warum Sie es derzeit nicht bewohnen?"

Britta Mansen strich sich die dünnen blonden Haare aus dem bleichen Gesicht und blickte Büttner aus müden Augen an. „Ich musste da raus. Zu viele Erinnerungen." Ihre Augen füllten sich mit Tränen, die sie sofort wegwischte. „Wir waren dort sehr glücklich. Mein Leben war genauso, wie ich es mir immer gewünscht hatte. Bis zu Thorstens Unfall. Es ist, als hätte man die Hälfte meines Ichs amputiert." Den Kopf zwischen die Schultern gezogen, als würde sie frieren, schaute sie sich in der Küche um. „Es tut mir jeden Tag aufs Neue weh, meine Kinder in dieser tristen Umgebung aufwachsen zu lassen. Aber ich finde einfach nicht die Kraft, die Wohnung gemütlich einzurichten. Und, wie gesagt, ich hoffe immer noch darauf, dass ich eines Tages in der Lage sein werde, in unser Haus zurückzukehren, ohne sofort in Depressionen zu versinken. Wenn ich dort bin, ist es … Es ist, als wäre Thorsten tot."

„Und Sie sehen keine Möglichkeit, dass Sie mit Ihrem Mann auch weiterhin zusammenleben?", fragte Büttner, der sich, als sie nun zu zittern begann, in die Rolle eines Seelenklempners gedrängt sah. Natürlich konnte er die Frau, die ganz offensichtlich Gesprächsbedarf hatte, nicht vor den Kopf stoßen. Also würde er das Gespräch behutsam in die richtige Richtung lenken müssen.

„Haben Sie Thorsten kennengelernt?", fragte Britta Mansen statt einer Antwort.

Büttner schüttelte den Kopf. „Nein. Nicht wirklich. Mein Kollege ist ihm nur kurz begegnet."

„Er ist wie ein kleines Kind, nur dass es keine Chance gibt, dass er jemals erwachsen wird." Sie stand auf und lief ziellos in der Küche auf und ab.

„Wo sind Ihre Kinder jetzt?", fragte Büttner.

„Sie schlafen noch, nachdem sie in der Nacht ein paarmal wach wurden. Der Große wollte heute nicht in den Kindergarten. Das kommt in letzter Zeit häufiger vor. Er vermisst seinen Vater sehr und weint oft. Natürlich versteht er nicht, warum Thorsten sich plötzlich so anders verhält als früher. Der Kleine war erst wenige Monate alt, als Thorsten verunglückte. Vermutlich hat er keinerlei Erinnerung an ihn in besseren Zeiten. Das macht es für ihn leichter. Er ist unser Sonnenschein." Ein Lächeln huschte über ihr Gesicht, das jedoch sofort wieder verschwand.

„Mein Kollege hatte nicht den Eindruck, dass Ihr Mann zu Gewalt neigt", kam Büttner auf sein Anliegen zu sprechen. „Nun sagte mir meine Sekretärin, dass Sie ihn anscheinend mit den Jennelter Morden in Verbindung bringen. Wie kommen Sie darauf?"

Britta Mansen setzte sich wieder, zog ihre Strickjacke vor ihrem Körper zusammen und senkte den Kopf. Dann sah sie ihn von unten herauf an. „So hab ich es nicht gemeint. Ich verdächtige ihn nicht wirklich. Aber ..." Sie stockte.

„Aber?"

„Ich finde, Sie sollten es zumindest wissen."

„Was sollte ich wissen?"

„Vordergründig macht Thorsten einen harmlosen Eindruck", erläuterte sie nach kurzem Zögern. „Wir waren alle froh, dass er sich nach dem Koma als so harmlos entpuppte, schließlich war es schon schlimm genug, dass er überhaupt Hirnschäden zurückbehielt und plötzlich ein ganz anderer Mensch war. Die Ärzte hatten Schlimmeres befürchtet." Ihr Blick flog zu einem Foto, das auf einer billig aussehenden Anrichte stand. Büttner entdeckte es erst in diesem Moment. Es zeigte Thorsten und Britta Mansen in Rafting-Ausrüstung vor einem wild sprudelnden Gewässer. Beide strahlten glücklich in die Kamera. Mit dem tumben Thorsten, der ihm von Hasenkrug geschildert worden war, hatte dieser Mann nur wenig gemein.

„Und was passierte dann?", fragte Büttner vorsichtig, als sie nun abwesend auf die gegenüberliegende, lediglich mit einer einsamen Kinderzeichnung verzierten Wand starrte. Offensichtlich waren ihre Gedanken in bessere Zeiten abgedriftet.

Britta Mansen schüttelte sich, bevor sie sagte: „Thorsten hat Aussetzer." Ihre Hand ging zur Schläfe und sie machte mit dem Zeigefinger eine drehende Bewegung. „Es war, als hätte jemand von einer Sekunde auf die andere einen Schalter in seinem Hirn umgelegt. Er schoss dann schreiend und mit erhobenen Händen auf mich zu und traktierte mich mit Schlägen."

Büttner runzelte die Stirn. „Wie häufig kam das vor?"

„Mehrmals innerhalb einer Woche. Ich hatte darauf bestanden, dass er nach seinem Reha-Aufenthalt wieder zu mir zog. Damals glaubte ich noch, der neuen Situation gewachsen zu sein." Sie hob und senkte resigniert die Schultern.

„Hat er nur Sie angegriffen oder auch andere Personen? Zum Beispiel Ihre Kinder?"

„Die Kinder nicht. Aber seine Eltern und manchmal auch andere Personen."

„Dennoch haben seine Eltern ihn wieder aufgenommen."

„Ja. Er hat Medikamente bekommen, die diese Anfälle verhindern oder wenigstens abmildern sollten", erklärte Britta Mansen. „Angeblich ist seither nichts mehr vorgefallen."

„Angeblich?", hakte Büttner nach.

„Hilka, also Thorstens Mutter, würde nie zugeben, wenn es anders wäre. Sie … sie schafft es nicht, die Realität zu akzeptieren, und tut häufig so, als sei der Unfall nie passiert. Sie ist eine Meisterin im Verdrängen." Britta schaute auf und legte ihre Hand aufs linke Auge. „Kürzlich war ihr Auge geschwollen. Ganz blau war es. Angeblich hatte sie sich an einer Schranktür gestoßen. Edzard hat mir jedoch gesteckt, dass Thorsten völlig unerwartet wieder einen seiner Anfälle gehabt hatte."

„Edzard ist Ihr …?"

„Mein Schwiegervater. Hilkas Mann."

„Richtig." Büttner nickte. „Und nun gehen Sie davon aus, dass Thorsten es auch auf Klaas Behrends und Therese Pupkes abgesehen hatte?"

Britta Mansen machte eine unbestimmte Bewegung mit dem Kopf. „Nein", sagte sie dann leise. „Nein, eigentlich nicht."

Büttner nickte. „Es hört sich auch für mich eher so an, als entstehe das Verhalten Ihres Mannes aus dem Affekt heraus. Wenn diese Anfälle, von denen Sie sprachen, quasi aus dem Nichts kommen, bliebe zumindest beim Tod von Klaas Behrends die Frage, wer ihn anschließend in die Gruft verfrachtet hat. So, wie Sie Ihren Mann schildern, ist ein derart planvolles Vorgehen kaum vorstellbar. Oder sehen Sie es anders?"

Das Kopfschütteln kam prompt. Vielleicht ein bisschen zu prompt für Büttners Geschmack. „Nein, völlig ausgeschlossen", stieß Britta Mansen hervor. „Wenn Thorsten die beiden auf dem Gewissen hat, dann ist es im Affekt geschehen. Er schafft es ja nicht einmal mehr, seinen Tagesablauf auch nur ansatzweise zu organisieren."

„Er hätte ein Motiv, Klaas Behrends zu töten", bemerkte Büttner.

„Ja."

„Sie glauben also auch, dass Behrends an dem Unfall die Schuld trug?"

„Natürlich. Aber ich glaube kaum, dass Thorsten sich überhaupt noch an den Unfall erinnert – oder, nein", korrigierte sie sich, „dass er überhaupt etwas von dem Unfall weiß. Genauso wie er sein früheres Leben nicht mehr präsent hat. Es ist alles fort, wie weggewischt. Thorsten lebt nun ein Leben, das mit seinem früheren nichts mehr zu tun hat. Nicht mal in seiner Erinnerung. Warum also sollte er Rachegedanken gegenüber Klaas verspüren?"

„Und Therese Pupkes?"

Britta Mansen lachte auf, doch klang es nicht fröhlich. „Thorsten hat Therese immer geliebt. Sie war seine Patentante. Ein Motiv, ihr einen Spaten über den Kopf zu ziehen, hatte er ganz bestimmt nicht."

„Sie wissen von dem Spaten?", fragte Büttner lauernd.

„Weiß irgendjemand in der Krummhörn nicht von dem Spaten?", konterte sie gelassen.

„Nein. Vermutlich nicht", musste Büttner zugeben. „Nach allem, was Sie mir erzählt haben, scheint es mir jedoch nach wie vor sehr unwahrscheinlich, dass Ihr Mann etwas mit den Tötungsdelikten zu tun hat."

„Ich wollte Sie nur ... Na ja, eigentlich ... eigentlich habe ich einen anderen Verdacht", erwiderte Britta Mansen.

„Ach ja?"

„Ja. Vielleicht ... vielleicht sollten Sie sich auch mit meinem Schwager Ibo mal näher befassen."

„Ihr Schwager Ibo?", fragte Büttner, um Zeit zu gewinnen. Er wusste zwar, dass er auch diesen Namen im Zusammenhang mit den Jennelter Morden schon mal gehört hatte, konnte ihn jedoch nicht spontan einem Gesicht zuordnen. Zu blöd, dass Hasenkrug nicht da war.

„Ibo ist mit Thorstens Schwester Imke verheiratet", half die Frau ihm auf die Sprünge.

„Richtig", täuschte Büttner tatsächliches Wissen vor, während er verzweifelt versuchte, die Familienverhältnisse der Mansens in ein System zu bringen. Es war sinnlos. Also fragte er: „Was hat Ihrer Meinung nach Ihr Schwager Ibo mit der Sache zu tun?"

„Er spekuliert auf Thorstens Erbe."

„Aha." Jetzt wurde es kompliziert. „Welches Erbe denn? Seine Eltern leben doch noch." Oder hatte er etwas falsch verstanden?

„Ja, natürlich leben sie noch. Aber kurz bevor Thorsten verunglückte, hatte Edzard angekündigt, ihm seine Firma zu überschreiben." Auf Büttners fragenden Blick hin fügte sie hinzu: „Die Schreinerei. Thorsten hat seinen Meister gemacht und wollte sie von seinem Vater übernehmen. Das stand schon immer fest. Edzard ist zwar noch nicht im Rentenalter, wollte jedoch kürzertreten. Er sprach sogar häufiger davon, sich ganz aus dem Berufsleben zurückziehen zu wollen."

„Und Ihr Schwager Ibo hat auch ein Interesse an dieser Schreinerei?", fragte Büttner.

„Ja. Ibo ist auch Schreiner. Er hat lange bei meinem Schwiegervater gearbeitet. So haben Imke und er sich auch kennengelernt. Irgendwann hat er dann den Betrieb gewechselt, weil für ihn keine Aussicht bestand, die Firma seines Schwiegervaters eines Tages zu übernehmen. Nun kommt ihm Thorstens … hm … Unpässlichkeit natürlich nicht ungelegen."

„Okay", fasste Büttner zusammen, „es gibt also Erbstreitigkeiten in Ihrer Familie, beziehungsweise in der Ihres Mannes. Was aber hat das mit den Morden an Klaas Behrends und Therese Pupkes zu tun?"

„Klaas steckte finanziell in der Schreinerei mit drin."

„Wie das?"

„Er hat Edzard mal aus der Klemme geholfen, als es wirtschaftlich eng wurde. Meines Wissens ist das Privatdarlehen, das Klaas Edzard damals gewährte, nie zurückgezahlt worden."

„Was der Erbe der Schreinerei vermutlich nachholen müsste", schlussfolgerte Büttner.

„Exakt."

„Um welche Summe handelt es sich denn?"

„Zwanzigtausend Euro, soviel ich weiß."

„Ist viel Geld, erscheint mir dennoch ein wenig schwach als Mordmotiv. Zumal die Schreinerei ja wohl ganz gut im Geschäft ist."

„Ich wollte es nur erwähnt haben."

„Und Therese Pupkes? Hatte sie auch ihre Finger in diesem Geschäft?", wollte Büttner wissen.

„Nein."

„Was sollte Ihr Schwager dann für ein Motiv haben, sie umzubringen?"

„Das habe ich mich auch gefragt."

„Und?"

„Mir ist nichts eingefallen."

Büttner nickte und stand auf. „Gut, Frau Mansen, dann lasse ich Sie mal wieder allein. Sollte Ihnen noch etwas einfallen, dann geben Sie uns bitte Bescheid." Er legte ihr seine Visitenkarte auf den Tisch. „Vielen Dank, dass Sie mich informiert haben."

„Da nich für", murmelte Britta, schien jedoch in Gedanken schon längst wieder woanders zu sein.

19

Ein Notruf hinderte Hauptkommissar David Büttner daran, unmittelbar nach seinem Besuch bei Britta Mansen ins Büro zu fahren. Nicht einmal in seinen kühnsten Träumen aber hätte er sich das Theater ausmalen können, das sein Hund Heinrich gerade zu Hause aufführte. Als Büttner die Küche betrat, lagen sowohl der Hund als auch seine Frau der Länge nach auf dem Boden. Heinrich unter der Anrichte, Susanne davor. Der Hund trug nach wie vor seine Halskrause. Mochte der Himmel wissen, wie er es trotz dieser geschafft hatte, sich unter das Möbelstück zu flüchten. Die einzige logische Erklärung war, dass er sich im Rückwärtsgang darunter geschoben hatte. Susanne hielt irgendetwas in der Hand und versuchte, Heinrich damit aus seiner wenig komfortablen Trotzstellung hervorzulocken. Und das anscheinend seit Längerem ohne Erfolg, wie man ihren gezischten Flüchen und Heinrichs kläglichem – oder höhnischem? – Winseln entnehmen konnte.

„Warum ist es so wichtig, dass Heinrich wieder hervorkommt?", fragte Büttner leicht angesäuert. Er konnte es nicht leiden, wenn man ihn in seinen beruflichen Abläufen störte. Schon gar nicht, wenn dies hieß, sich einem renitenten Hund und einer kurz vor einem hysterischen Anfall stehenden Frau widmen zu müssen. „Ich verstehe das ganze

Trara nicht. Lass ihn doch einfach da, wo er ist. Sobald er Hunger oder Durst hat, wird er sich schon überlegen, ob er weiterhin einen auf sterbenden Schwan machen will."

Susanne kam wieder in die Aufrechte und klopfte sich Staub und Hundehaare von den Klamotten. „Du erkennst das Problem nicht." Der Tadel in ihrer Stimme war nicht zu überhören. So ungefähr musste sie sich anhören, wenn sie in der Schule einen ihrer begriffsstutzigen Schüler zurechtwies.

„Dann erläutere mir doch bitte das Problem", seufzte Büttner. Er ging zur Kaffeemaschine und setzte sie in Gang. Heinrich schien erst jetzt mitbekommen zu haben, dass sein Herrchen zurück war, denn plötzlich gerierte er sich unter der Anrichte wie ein Wahnsinniger – zumindest in dem Maße, in dem es seine beengte Umgebung zuließ. Da sich sein Bewegungsspielraum in Grenzen hielt, geriet er schließlich in Panik und winselte und strampelte zum Gotterbarmen.

„Siehste, das meine ich", verkündete Susanne mit triumphierendem Unterton. „Der hat sie doch nicht mehr alle." Ihr starr auf den braunen Mischlingsrüden gerichteter Blick schwankte zwischen genervt sein und Mitleid.

Büttner ließ seinen Kaffee stehen und sagte: „Wir müssen die Anrichte anheben."

„Ach, tatsächlich." Susanne stemmte die Hände in die Hüften und schaute ihn finster an. „Was glaubst du, warum ich dich herbeordert habe?" Sie zeigte auf den immer noch zappelnden Heinrich. „Ich dachte ja, er ist schlau genug, auch zum Hervorkommen den Rückwärtsgang einzulegen. Aber leider kann ich dir eine Enttäuschung nicht ersparen, David." Sie drehte sich zu ihrem Mann um. „Ich bedaure, dir mitteilen zu müssen, dass du einen Trottel adoptiert hast."

Heinrich gebärdete sich wie toll, nachdem er wenig später durch Anheben der Anrichte aus seinem Gefängnis befreit worden war. Anscheinend gab er Susanne die Schuld an seinem erlittenen Martyrium, denn sobald sie sich ihm näherte, wich er aus und suchte hinter seinem Herrchen Schutz. „Ich nehme ihn dann wohl besser mit ins Büro", verkündete Büttner, nachdem er seinen Kaffee getrunken hatte. Alles, was seine Frau dazu anzumerken hatte, war ein Schnauben. Büttner nahm sich vor, seinem Hund im Laufe des Tages gut zuzureden und ihm klarzumachen, dass er sich seinem Frauchen gegenüber in höchstem Maße unfair verhielt. Er war der Ansicht, dass Heinrich den Sinn der Worte schon verstehen würde, wenn man achtsam und geduldig mit ihm kommunizierte. Na ja, zumindest hoffte er auf Heinrichs Einsicht, denn auf weitere Tage Missstimmung im Hause Büttner konnte er ganz gut verzichten.

Im Kommissariat angekommen, gab Heinrich erneut das Leiden Christi. Er erinnerte sich wohl daran, dass er mit dieser Masche am Tag zuvor ganz gut gefahren war; was Büttner in der Annahme bestärkte, einen eigentlich ganz cleveren Hund zu haben, auch wenn Susanne dazu neigte, Heinrichs kognitive Kompetenzen kleinzureden.

Nachdem er mit seiner Mitleidsnummer bei Sebastian Hasenkrug Erfolg gehabt hatte, zog sich Heinrich mit einem Kauknochen auf seine Decke zurück. Zwar störte die Halskrause ihn erheblich dabei, den Knochen mit den

Pfoten festzuhalten, doch schien er plötzlich wieder ganz guter Dinge zu sein, denn sein Schwanz wippte kontinuierlich auf und ab, während er seine Mahlzeit mit den Zähnen zermalmte.

„Irgendetwas Neues in Sachen Thorsten Mansen?", erkundigte sich Hasenkrug, nachdem sein Chef sich an den Schreibtisch gesetzt hatte. „Hat seine Frau tatsächlich Hinweise darauf, dass er etwas mit den Morden zu tun haben könnte?"

Büttner sah seinem Assistenten an, dass der genauso wenig an den tumben Thorsten als Mörder glaubte wie er selbst. In wenigen Sätzen berichtete er von seinem Gespräch mit Britta Mansen und fragte dann nach Hasenkrugs Erkenntnissen.

„Auf eine neuerliche Begutachtung von Thorsten Mansen können wir wohl verzichten", antwortete dieser, hielt einen Ordner hoch und ließ ihn dann wieder auf den Schreibtisch sinken. „Diese Akte ist voll von gerichtlich angeordneten medizinischen Gutachten jedweder Art. Die für uns relevanten kommen zu dem Ergebnis, dass bewusst gesteuerte Handlungen bei Thorsten Mansen praktisch ausgeschlossen sind. Auch ist er nur bedingt in der Lage, das umzusetzen, was andere ihm sagen."

„Er lebt also in den Tag hinein, ohne zu wissen, was er tut", fasste Büttner es in einem Satz zusammen.

„So könnte man sagen, ja. Wenn überhaupt, dann hat er Klaas Behrends und Therese Pupkes im Affekt getötet. Woran ich aber nicht so recht glauben will."

„Ich auch nicht", pflichtete Büttner ihm bei. „Dann schon eher dieser Ibo Boos, der auf das Erbe seines Schwiegervaters scharf ist. Grundsätzlich aber halte ich derzeit immer noch alle Einwohner Jennelts für verdächtig. Eine vertrackte Situation, wenn man davon ausgeht, dass es vermutlich nur einen Schuldigen und eventuell einen Mittäter gibt – immer vorausgesetzt, wir schließen die Mord-im-Orient-Express-Theorie von Gesine Oltmanns aus."

„Gegen eine Nachahmung Agatha Christies würde auch sprechen, dass wir es inzwischen mit zwei Leichen zu tun haben", ergänzte Hasenkrug. „Dass sich der Rachefeldzug eines ganzen Dorfes gegen zwei so unterschiedliche Personen richten sollte, erscheint mir wenig realitätsnah."

„Es sei denn, man hätte sich in Jennelt tatsächlich dazu entschlossen, künftig auf seinen Kirchenrat verzichten zu können", gab Büttner mit erhobenem Zeigefinger und einem verschmitzten Lächeln zu bedenken.

Hasenkrug überging diese Bemerkung seines Chefs und wechselte das Thema. „Zu Gesine Oltmanns. Ich würde Ihnen da gerne was zeigen, Chef. Ich spiele es Ihnen mal auf den Bildschirm."

Noch ehe Büttner sich's versah, wich das Schwarz seines Bildschirms einem farbenfrohen Bild, an dessen oberen Ende ein blauer Streifen mit einem weißen f zu sehen war.

„Wir sind jetzt in Gesine Oltmanns Facebook-Profil", erklärte Hasenkrug, als sein Chef ihn fragend ansah. „Vielleicht scrollen Sie einfach mal runter, dann wird sich Ihnen so einiges offenbaren." Er verschränkte die Arme vor seinem Körper und lehnte sich in seinem Stuhl zurück, während er Büttner erwartungsvoll ansah.

Der nahm die Maus in die Hand und tat, wie ihm geheißen. „Ach, du mein lieber Gott", entfuhr es Büttner, nachdem ihm die Gesichtszüge mit jedem Mausklick ein bisschen mehr entglitten waren. „Jetzt wundert es mich nicht mehr, dass Klaas Behrends sie angezeigt hat." Er schaute auf. „Ich nehme doch an, dass dies hier der Grund für die Anzeige war?"

„Ja. Behrends' Anwalt plädiert auf eine grobe Verletzung von Persönlichkeitsrechten", antwortete Hasenkrug. „Ich möchte mal behaupten, dass er damit gar nicht so falsch liegt."

„Allerdings." Büttner besah sich die Fotos, die Gesine Oltmanns in den letzten Wochen und Monaten gepostet hatte, noch mal genauer. Sie alle zeigten nur einen Mann: Klaas Behrends. Und das in allen Lebenslagen. Verziert waren die Bilder mit allerlei Herzchen sowie Kussmündern und -smileys. Es war entsetzlich. „Mir scheint, dass sie in der Psychiatrie gar nicht so schlecht aufgehoben ist", konstatierte er, nachdem er seine Sprache wiedergefunden hatte.

„Ich bezweifle, dass da strafrechtlich irgendetwas zu machen gewesen wäre", nickte Hasenkrug. „Jeder Richter, der klar bei Verstand ist, würde sie in Behandlung schicken, sobald er diesen Facebook-Auftritt gesehen hat. Sie muss Behrends geradezu gestalkt haben, nur so ist die Masse an Fotos zu erklären. Im letzten halben Jahr ist kaum ein Tag vergangen, an dem sie kein Bild mit Liebeserklärung gepostet hat. Und das immer öffentlich, sodass es auch Menschen sehen können, die auf Facebook nicht mit ihr befreundet sind."

„Man könnte fast Mitleid bekommen", meinte Büttner. „Wie einsam die Frau sein muss, um auf solch eine Idee zu kommen. Nur leider ist es nicht unsere Aufgabe, Mitleid zu haben. Dass sie anscheinend total irre ist, schließt ja nicht aus, dass sie zur Mörderin wurde."

„Zumal anzunehmen ist, dass Klaas Behrends auf diese Art Zurschaustellung nicht gerade mit einem Eheversprechen reagiert hat", sagte Hasenkrug. „Wie wir von Gesine Oltmanns selbst wissen, sind sie kurz vor seinem Tod heftig in Streit geraten, was vermutlich dieser Sache hier geschuldet war. So wie sie tickt, wird sie von seiner Reaktion auf die Bilder heftig enttäuscht gewesen sein. Schließlich hat sie es nur gut gemeint und wollte ihm dadurch ihre Liebe beteuern. Gut möglich also, dass sie vor lauter Enttäuschung in Wut geriet und seinem Leben ein Ende gesetzt hat."

„Mich würde interessieren, wie Behrends von diesen Bildern erfahren hat", meinte Büttner. „Oder war er selbst auf Facebook unterwegs?"

Hasenkrug grinste. „Ganz sicher nicht. Es sollte mich wundern, wenn er überhaupt jemals mit Computern zu tun hatte, so stockkonservativ wie der war. Bestimmt waren die neuen Medien für ihn nichts als Teufelszeug."

„Können Sie diese Vermutung auch untermauern?", fragte Büttner. „Nachher täuschen wir uns, und er gehörte zu denen, die ihre Finger nicht vom Internet und den sozialen Medien lassen konnten."

„Ich würde jederzeit eine Wette darauf abschließen, dass dem nicht so ist, aber überprüfen sollten wir es zumindest", erwiderte Hasenkrug. „Überhaupt würde mich interessieren, ob seine Frau von alldem wusste. Kaum vorstellbar, dass es ihr gefallen hat, ihren Ehemann auf dem Profil der ewigen Nebenbuhlerin mit Herzchen überschüttet zu sehen."

„Was mich verwundert, ist, dass die Sache anscheinend erst kürzlich ans Licht kam." Büttner tippte auf seinen Bildschirm. „Ich meine, Gesine Oltmanns veranstaltet dieses Theater seit mehr als einem halben Jahr. Sie wird doch nicht die Einzige aus Jennelt oder ihrem weiteren Bekanntenkreis gewesen sein, die bei Facebook unterwegs ist. Warum also erfährt Behrends erst jetzt davon?"

„Ganz im Gegenteil", erwiderte Hasenkrug. „Ich habe ihre Freundesliste gecheckt. Halb Jennelt steht darin. Es ist also völlig ausgeschlossen, dass irgendjemand von denen nicht über die Machenschaften der verschmähten Frau Bescheid wusste. Schließlich unterliegen die Einwohner Jennelts nicht dem Beichtgeheimnis, sondern verfügen über ein bestens funktionierendes Netz an Buschtrommeln. Nur haben sie Behrends gegenüber anscheinend alle sehr lange den Mund gehalten. Selbst seine Kinder."

„Die sind auch auf Facebook?"

„Ja. Und mit Gesine befreundet. Da fragt man sich wirklich, was dahintersteckt."

„Wie schade, dass Therese Pupkes nicht mehr unter uns weilt", stellte Büttner fest. „Ich bin sicher, sie hätte die ganzen Nähkästchen der Jennelter geplündert, um uns über deren Geheimnisse aufzuklären."

„Womöglich ist ihr genau diese Plauderlaune zum Verhängnis geworden", spekulierte Hasenkrug. „Denn das Problem der Schnattertaschen ist es doch, dass sie selbst dann nicht die Klappe halten können, wenn es dringend angesagt wäre."

„Sie meinen, sie hat im Dorf mit ihrem angeblichen Wissen bezüglich des Mordes angegeben?"

„Bei ihrem Geltungsbedürfnis ist es jedenfalls nicht auszuschließen."

„Boah, was ist denn das?!" Anstatt auf die Worte seines Assistenten einzugehen, hielt sich Büttner plötzlich die Nase zu und verzog mit einem Blick auf den völlig entspannt daliegenden Heinrich angewidert das Gesicht. „Kommen diese Ausdünstungen etwa von Ihren Knochen, Hasenkrug?", näselte er.

„Wohl kaum", witzelte der mit einem breiten Grinsen. „Höchstens von dem Kauknochen, den ich ihm vorhin gegeben habe."

„Darauf steht fristlose Kündigung, Hasenkrug. Das ist Ihnen doch wohl hoffentlich klar."

„Mit welcher Begründung?"

„Behinderung der Ermittlungen durch Benebelung der Sinne", antwortete Büttner prompt.

„Um dem Tod durch Ersticken zu entgehen, sollten wir nach Jennelt fahren und dort ein wenig frische Luft schnappen", schlug Hasenkrug vor, als die übelriechende Wolke nun auch ihn erreichte und er sich reflexartig Daumen und Zeigefinger auf die Nasenflügel presste. „Sorry, Chef", näselte er, bevor er aufstand und nach seiner Jacke griff, „das war nicht meine Absicht."

„Was genau wollen Sie denn in Jennelt?" Auch Büttner erhob sich nun von seinem Stuhl, all seine Sinne schrien nach Flucht.

„Ich würde gerne meinen Kumpel Geert befragen, was es mit der Facebook-Lovestory auf sich hat. Ich denke, dass ich von ihm am ehesten eine ehrliche Antwort bekomme. Außerdem wird es Zeit, dass wir uns sowohl den Pastor als auch Edzard Mansens und dessen Schwiegersohn zur Brust nehmen, nach allem, was wir über sie erfahren haben. Bestimmt sind wir nach den Gesprächen ein ganzes Stück schlauer."

„Das würde ich Ihnen wünschen", brummte Büttner, bevor er nach Heinrich pfiff. „Denn Sie haben weiß Gott etwas gutzumachen."

20

Im sonnigen und frühlingshaft milden Jennelt eingetroffen, gingen David Büttner und Sebastian Hasenkrug zunächst zu Marianne Behrends, um herauszufinden, ob sie früher als ihr Mann von dem Facebook-Auftritt Gesine Oltmanns' gewusst hatte. Als sie jedoch auch nach mehrmaligem Klingeln und Klopfen nicht öffnete, entschieden sie sich, die Reihenfolge zu ändern und zuerst Geert Harms aufzusuchen, von dem Hasenkrug unterwegs in Erfahrung gebracht hatte, dass er zu Hause war.

Kurz überlegte Büttner, den immer noch unter Blähungen leidenden Heinrich ins Auto zurückzuschicken. Die Vorstellung aber, der Hund könne in der Zwischenzeit an seinen eigenen Ausdünstungen ersticken, behagte ihm gar nicht. Also beschloss er, ihn zu Harms mitzunehmen, auch auf die Gefahr hin, dass man ihn ruckzuck des Hauses verweisen würde, wenn Heinrichs Unpässlichkeit offenbar wurde.

Die Nase immer am Boden lief Heinrich ihnen voran und zu Büttners Verwunderung geradewegs auf das Haus zu, das auch sie ansteuerten. „Woher weiß er denn, wohin wir wollen?", murmelte er, als Heinrich schließlich schwanzwedelnd vor der Haustür der Harms' stehen blieb und diese in offensichtlich freudiger Erwartung anstarrte.

Es dauerte nicht lange, bis ihm die Antwort in Form einer schwarzweiß gescheckten Hündin quasi frei Haus geliefert wurde. Noch bevor Büttner in irgendeiner Weise reagieren konnte, zischte Heinrich einmal quer durch die Wohnung hinter der Hündin her und tollte im nächsten Moment mit seiner neuen Freundin im Garten herum. Es war wohl Liebe auf den ersten Blick.

„Entschuldigen Sie bitte, ich …", setzte Büttner zum Reden an, doch Geert Harms winkte mit einem Lachen ab. „Es ist gut, dass Sie Ihren Hund mitgebracht haben. So ist Bonnie wenigstens abgelenkt und in Bewegung. Die ganze Zeit schon wollte sie unbedingt Gassi gehen, hat mich kaum in Ruhe gelassen mit ihrem Gewinsel." Er deutete auf die offenstehende Terrassentür der Küche, in der sie nun Platz nahmen. „Ich kann Bonnie ja verstehen. Bei diesem fantastischen Wetter bekommt sie natürlich Frühlingsgefühle."

„Heinrich ist kastriert", beeilte sich Büttner zu sagen.

„Bonnie auch", grinste Geert. „Kein Grund also, über später womöglich zu zahlende Alimente nachzudenken. Tee oder Kaffee?", fragte er im gleichen Atemzug.

„Kaffee", antworteten Büttner und Hasenkrug unisono, woraufhin sich Geert sogleich an einer teuer aussehenden Maschine zu schaffen machte und drei Steingutbecher auf den Tisch stellte.

„Ist Alida nicht da?", fragte Hasenkrug.

„Sie ist mit Finn beim Kinderarzt zur Vorsorge."

„Dann sag ihr später schön Grüße."

„Ziemlich blöd, das mit Therese", kam Geert auf die Morde zu sprechen, als alle mit Kaffee versorgt waren. „Bei

Klaas kann man sich ja noch vorstellen, dass ihn jemand nicht leiden konnte. Eigentlich hatte in Jennelt fast jeder ein Hühnchen mit ihm zu rupfen. Aber Therese?" Er schob die Unterlippe vor und schüttelte den Kopf.

„Uns ist da was in die Hände gefallen." Hasenkrug drückte seinem Freund sein Smartphone in die Hand. Auf dem Display war das Facebook-Profil von Gesine Oltmanns zu sehen. Geert scrollte ein wenig hin und her und sagte dann: „Ja, ein wenig zum Fremdschämen, wenn ihr mich fragt. Aber zu Gesine passt es."

„Sie haben davon gewusst?", fragte Büttner.

„Ganz Jennelt wusste davon."

„Bis auf Klaas Behrends", wagte Hasenkrug einen Schuss ins Blaue. „Unseres Wissens hat er erst in der letzten Woche, also wenige Tage vor seinem Tod, davon erfahren."

„Ja. Er war tatsächlich der Letzte, der davon erfuhr", gab Geert unumwunden zu. „Ich dachte, er läuft Amok, als er realisiert hat, was Gesine da in aller Öffentlichkeit gemacht hat. Mit erhobener Faust ist er fluchend und zeternd durchs Dorf zu Gesines Haus gerannt, um sie zur Rede zu stellen. Er traf sie vor der Haustür an, sodass alle mit anhören konnten, was er ihr zu sagen hatte."

„Und was hatte er ihr zu sagen?", hakte Büttner nach.

„Allerhand. Nichts Freundliches. Irgendwann ist er dann wieder zurück nach Hause. Hat sich ordentlich abreagiert, das muss man schon sagen. Sie hat noch stundenlang danach geheult."

„Handgreiflich geworden ist er aber nicht?"

„Nein. Klaas hatte andere Mittel, um seinen Mitmenschen die Meinung zu geigen."

„Wusstest du, dass Behrends Gesine Oltmanns wegen dieser Sache angezeigt hat?", fragte Hasenkrug.

„Ja. Gleich, nachdem er davon erfahren hatte. Das war noch vor seinem Streit mit Gesine, glaube ich. Natürlich war er im Recht. Kein Mensch muss es sich gefallen lassen, zum Gespött der ganzen Welt gemacht zu werden." Er zog die Stirn kraus, bevor er hinzufügte: „Aber genaugenommen wurde weniger er auf Facebook zum Gespött als Gesine selbst. Ein klassisches Eigentor. Aber ich glaube, sie hat es in ihrer Verblendung nicht einmal gemerkt."

„Den Eindruck habe ich auch", stimmte Hasenkrug ihm zu. „In den Kommentaren musste sie sich einiges gefallen lassen. Verteidigt hat sie sich nie. Vermutlich war es ihr tatsächlich egal, was die Welt über sie denkt, und sie hat Facebook lediglich als Ventil für ihre überbordenden Gefühle genutzt."

„War sie schon immer so … weltfremd?", wollte Büttner wissen.

Geert schüttelte den Kopf. „Nein. Natürlich hat sie Klaas schon lange schöne Augen gemacht. Aber diese seltsamen Dinge", er tippte auf Hasenkrugs Smartphone, „das war auch für uns Jennelter neu."

„Könnte es für ihr plötzlich umschlagendes Verhalten einen Auslöser gegeben haben?"

„Keine Ahnung. Ich glaube, es kam gar nicht so plötzlich, eher war es ein schleichender Prozess. Zumindest kann ich mich an keine Gelegenheit erinnern, zu der irgendjemand sagte, Gesine sei plötzlich seltsam geworden."

„Wer war es denn eigentlich, der Klaas Behrends auf die Facebook-Einträge aufmerksam gemacht hat?", fragte Hasenkrug.

„Gute Frage. Die haben wir uns auch gestellt."

„Mit welchem Ergebnis?"

„Mit keinem. Wir wissen nicht, wer es war, und Klaas hat nichts dazu gesagt."

„Gab es denn vorher so etwas wie eine Absprache, ihm nichts davon zu sagen?", fragte Büttner. „Ich meine, einer quatscht doch normalerweise immer. Darüber hinaus ist Facebook ja auch nicht nur unter Jenneltern beliebt, sondern weltweit. Und ganz egal, wohin Klaas Behrends kam, soll ihn niemand auf diese Peinlichkeit angesprochen haben? Das ist nicht nur schwer vorstellbar, sondern widerspricht auch jedweder voyeuristischen Veranlagung, die der Mensch nun mal in sich trägt."

Geert zuckte die Achseln und schwieg.

„Wusste Marianne Behrends davon?", ließ Büttner nicht locker. Er wurde das Gefühl nicht los, dass Geert Harms ihm irgendetwas verschwieg. Doch noch bevor der antworten konnte, klopfte es an der Tür, und im nächsten Moment betraten ein Mann und eine Frau die Küche. Der Mann kam Büttner bekannt vor.

„Ibo, Imke, was macht ihr denn hier?", wunderte sich Geert Harms und bot seinen Nachbarn einen Platz an. „Kaffee?", fragte er, nachdem er Büttner und Hasenkrug vorgestellt hatte.

Ibo und Imke nickten. Ganz wohl schienen sie sich beim Anblick der Polizisten nicht zu fühlen, zumal Büttner sie jetzt äußerst interessiert musterte. Doch setzten sie sich ohne ein Wort zu ihnen an den Tisch. Sogleich griff Hasenkrug nach seinem Smartphone und hielt auch ihnen die Facebook-Einträge unter die Nase. „Haben Sie davon gewusst?"

„Sicher", antwortete Ibo, während Imke sagte: „Natürlich. Jeder hat davon gewusst."

„Was führt euch her?", wollte Geert wissen. „Gibt es Neuigkeiten? Wenn ja, dann hoffentlich gute. Schlechte hatten wir hier in Jennelt schon ausreichend."

Büttner fragte sich, ob er den Themenwechsel absichtlich herbeiführte oder ob er das Befinden seiner Freunde tatsächlich als wichtiger erachtete.

Imke ließ den Kopf hängen. Ihre Hände lagen im Schoß und kneteten nervös an einem Taschentuch herum. „Diese Ungewissheit ist einfach unerträglich", sagte sie mit dünner Stimme. „Gerade erst hat Marianne gesagt, dass sie auf jeden Fall nach Afrika fliegt, um die Kinder zu holen. Nun traue ich mich gar nicht, sie zu fragen, ob es dabei bleibt, nachdem doch Therese …"

„Sie fliegt nicht", erklärte Büttner knapp.

„Was?" Imke riss den Kopf hoch und schaute ihn aus kugelrunden Augen an.

„Sie fliegt nicht", wiederholte Büttner, wobei er den auffordernden Blick und den an den Mund gelegten Zeigefinger seines Assistenten ignorierte. „Unter diesen Umständen könnten wir es auch nicht gutheißen, wenn …" Er hielt mitten im Satz inne, als Imke aufsprang, sich die Hand vor den Mund presste und im nächsten Moment zur Tür hinauspreschte. Gleich darauf waren aus einem Nebenraum würgende Geräusche zu hören.

„Oh Mann, Sie haben die Sensibilität eines Ambosses, Chef", schimpfte Hasenkrug.

Büttners Stirn umwölkte sich. „Es ist keinem damit geholfen, wenn man die Wahrheit verschweigt", brummte er ungehalten. „In diesem Dorf kehrt man sowieso schon viel zu viel unter den Teppich." Ohne an seinem finsteren Gesichtsausdruck etwas zu ändern, schaute er von Geert zu Ibo und wieder zurück, woraufhin beide umgehend wie ertappt den Blick senkten. „Es tut mir wirklich leid für Sie und Ihre Frau", fuhr er an Ibo gewandt fort. „Aber sicherlich werden Sie verstehen, dass uns unter den gegebenen Umständen gar keine andere Möglichkeit bleibt, als Frau Behrends eine Reise ins Ausland zu untersagen."

„Ist Marianne denn verdächtig?" Geert sah Büttner erstaunt an.

„Nicht mehr und nicht weniger als jeder andere in Jennelt", brummte Büttner. „Solange wir den oder die Mörder nicht gefasst haben …"

„Geschenkt", sagte Geert mit erhobener Hand. „Sie haben natürlich recht."

Imke kam von der Toilette zurück. Doch anstatt sich wieder zu ihnen zu gesellen oder Büttner und Hasenkrug auch nur eines Blickes zu würdigen, verschwand sie im nächsten Moment zur Haustür hinaus.

Ibo seufzte. „Ich hab ihr ja schon die ganze Zeit gesagt, dass aus dem Flug nun nichts wird. Nichts anderes war unter diesen Umständen vorstellbar." Er trank rasch einen großen Schluck Kaffee. „Ich hoffe nur, dass sie nun nicht zu Marianne rennt und ihr die Ohren volljammert. Die Arme hat nun wirklich andere Sorgen." Er stieß angestrengt die Luft aus. „So langsam habe ich auf das ganze Spektakel und das ständige Hoffen und Bangen keine Lust mehr. Aber wenn ich das zu Imke sage, dann lässt sie sich gleich morgen von mir scheiden. Sie ist wie besessen von dem Gedanken, bald Mutter zu sein. Ich wünschte wirklich, wir hätten uns nie auf eine Adoption aus dem Ausland eingelassen."

Nach diesen unerwartet ehrlichen Worten herrschte für eine ganze Weile Stille im Raum. Lediglich von draußen war das fröhliche Kläffen der beiden Hunde zu hören, die sich gegenseitig kreuz und quer durch den Garten jagten. Seine Halskrause schien Heinrich dabei nicht zu stören.

Um nicht noch mehr Zeit zu verlieren, kam Büttner ohne Umschweife wieder auf die Ermittlungen zu sprechen. „Wie uns zugetragen wurde, ist Thorsten Mansen nach seinem Unfall mehrmals gewalttätig geworden, vor allem seiner Frau gegenüber. Wissen Sie etwas darüber?"

„Noch so ein Thema, über das man sich mit Imke nicht unterhalten kann, ohne dass sie total überreagiert", seufzte Ibo. „Ich traue mich schon gar nicht mehr, es bei ihr oder meinen Schwiegereltern anzusprechen. Aber ja, es stimmt, Thorsten ist häufiger mal aggressiv geworden."

„Leider", bestätigte Geert, „dabei konnte er früher keiner Fliege etwas zuleide tun. Wenn man überlegt, welches Elend dieser verdammte Unfall über die ganze Familie gebracht hat … unfassbar."

„Und das alles nur, weil sich Klaas Behrends an Andreas Uphoff rächen wollte", warf Hasenkrug provozierend ein. „Da kann man schon mal sauer werden." Büttner nickte ihm daraufhin dankbar zu. Sicherlich hatte sein Assistent sich schon gedacht, dass er mal wieder nach dem richtigen Namen des angeblichen Vergewaltigers suchte.

„Du glaubst, dass jemand von den Mansens etwas mit Klaas' Tod zu tun hat?", fragte Geert mit einem schnellen

Seitenblick auf Ibo, der bei Hasenkrugs Worten fast unmerklich zusammengezuckt war.

„Ich glaube gar nichts, aber es wäre nicht das erste Mal, dass jemand Rache nimmt. Zumal Herr Mansens Einlässe bei Gericht ja nicht die Beachtung gefunden haben, die er sich gewünscht hatte. Es muss schwer für einen Vater sein, das zu akzeptieren."

„Es stimmt, dass mein Schwiegervater sauer ist", meldete sich Ibo zu Wort. „Aber Selbstjustiz?" Er schüttelte den Kopf. „Undenkbar. Niemals würde Edzard riskieren, für einen Mord an seinem Erzfeind für Jahre ins Gefängnis zu gehen. Dazu ist er viel zu freiheitsliebend. Er schafft es ja nicht einmal, einen ganzen Tag lang zu Hause herumzusitzen. Wenn er keine Beschäftigung hat, dreht er durch."

„Dennoch will er sich aus dem Berufsleben zurückziehen, wie man hört", wandte Büttner ein. „Und wie man weiterhin hört, haben Sie Interesse daran, dass Ihre Frau die Schreinerei erbt, obwohl sie eigentlich ihrem Bruder Thorsten versprochen war. Dumm nur, dass Klaas Behrends noch einen ordentlichen Batzen Geld bekäme, nachdem er Ihrem Schwiegervater in schwierigen Zeiten aus der Patsche geholfen hat, oder? Gehe ich richtig in der Annahme, dass der Laden dann pleite wäre?"

Die Spannung, die auf diese Bemerkung hin in der Luft lag, war beinahe mit Händen greifbar. Während Geert nur die Lippen schürzte und anfing, eine undefinierbare Melodie zu pfeifen, kniff Ibo die Lippen zusammen und krallte seine Finger ineinander. „Wer hat das behauptet? Haben Sie mit Britta gesprochen?"

„Mich würde interessieren, ob an dieser Einschätzung etwas dran ist", wich Büttner einer Antwort aus.

Ibo sprang mit wutverzerrter Miene auf und lief im Stechschritt in der Küche auf und ab, wobei er seine rechte Hand in regelmäßigen Abständen in die linke Handfläche donnern ließ. Schließlich blieb er stehen und stieß aufgebracht hervor: „Was, bitte schön, soll denn Thorsten mit der Schreinerei anfangen?" Er schlug sich mit der flachen Hand vor die Stirn. „Er ist seit dem Unfall auf dem geistigen Stand eines dreijährigen Kindes. Was also soll er mit einer Schreinerei?" Die letzten Worte verließen seinen Mund wie ein Stakkato.

„Kann ich davon ausgehen, dass Herr Behrends sein Geld aus der Schreinerei gezogen hätte, wenn Edzard Mansen sie nicht mehr führt?"

Ibo baute sich vor Büttner auf, tippte sich mit dem Finger auf die Brust und sagte schwer atmend: „Sie wollen mir doch wohl nicht den Mord anhängen? Mir?" Er lachte rau auf. „Und warum, bitte schön, sollte ich dann auch noch Therese umbringen? Das ist doch lächerlich, Herr Kommissar."

„Nicht zu lächerlich, um nicht immer mal wieder vorzukommen", erwiderte Büttner ruhig. Über Therese Pupkes wollte er an dieser Stelle nicht spekulieren, schließlich hatten sie in dieser Sache nur vage Vermutungen. „Nun, wir werden der Sache weiter auf den Grund gehen", sagte er und stand auf. Er nahm sich vor, bei der Staatsanwaltschaft einen Durchsuchungsbeschluss für die Schreinerei zu beantragen. Sie mussten Klarheit darüber gewinnen, wo diese wirtschaftlich stand. Auch wäre es interessant zu wissen, wie der Vertrag aussah, den Edzard Mansen mit Klaas Behrends geschlossen hatte. Womöglich lag hier der Hase im Pfeffer. Aber natürlich würde er einen Teufel tun, diesen Gedanken hier und jetzt laut auszusprechen.

Gerne hätte Büttner noch eine weitergehende Bemerkung gemacht, doch just in diesem Moment flog die Haustür donnernd an die Wand und eine völlig aufgelöste Thea Uphoff walzte auf die Küche zu. Vor Ibo blieb sie stehen, schlug mit den Fäusten auf seinen Brustkorb ein und plärrte wie von Sinnen: „Du hast meinen Mann umgebracht, du Schwein! Du hast ihn umgebracht!"

21

Marianne Behrends fühlte sich völlig ausgelaugt, als sie nach einer schlaflosen Nacht bei ihrer Tochter wieder nach Hause kam. Da sie wusste, dass ihr Kühlschrank nur noch kalte Luft zu bieten hatte, war sie auf dem Rückweg noch zum Supermarkt gefahren. Zu Hause angekommen ließ sie ihre Einkäufe schwer auf den Küchenboden und dann sich selbst auf einen Stuhl sinken. Ihr Blick fiel auf die Kaffeemaschine. Gerne hätte sie sich einen Kaffee aufgebrüht, doch schien ihr selbst dazu die Kraft zu fehlen. Es war, als hätte ihr Thereses Tod sämtliche Energie aus dem Körper gesaugt.

Sie stützte ihre Ellbogen auf dem Tisch ab und vergrub ihren Kopf in den Händen. Sie war so müde, so schrecklich müde. Ihre Tochter Conny hatte ihr gesagt, sie solle sich zu Hause für ein paar Stunden aufs Ohr legen. Aber wie sollte das gehen, wenn doch ihre Gedanken Achterbahn fuhren und keine Ruhe geben wollten? Gott sei Dank kümmerten sich Conny und Martin um alles, was noch für die morgige Beerdigung erledigt werden musste. Sie waren gute Kinder, auch wenn die Entscheidung ihrer Mutter, den Vater möglichst schnell unter die Erde zu bringen, bei ihnen nicht unbedingt auf Verständnis gestoßen war. Aber sie hatten ihren Wunsch respektiert und gaben ihr Bestes, damit alles so kurzfristig klappte. Dennoch gab es noch so endlos viel zu tun, wenn Marianne nicht riskieren wollte, dass …

Es klopfte an der Tür. Nein, bitte nicht! In diesem Moment verfluchte sie ihre Angewohnheit, die Haustür stets offen zu lassen, denn ganz sicher würde ihr unangekündigter Gast nicht zögern, gleich bei ihr hereinzuschneien. Und genauso war es. Sie hatte kaum den Kopf gehoben, als ein alles andere als glücklich aussehender Hinderk Willms vor ihr stand und sie hilflos musterte. „Geht es dir nicht gut, Marianne?", fragte der Pastor mit Sorge in der Stimme. Hoffentlich kam er nicht auf die Idee, ihr die Hand auf die Schulter zu legen, wie er es bei anderen Menschen so gerne tat, weil er diese Geste wohl für besonders zugewandt hielt. In einem solchen Fall konnte Marianne nicht garantieren, dass sie ihm nicht ihre spitzen Fingernägel durchs Gesicht ziehen würde. Wenn sie eines gerade nicht gebrauchen konnte, dann waren es Berührungen durch andere Menschen.

„Mir geht es nicht nur nicht gut", brummte sie, „sondern in höchstem Maße beschissen. Und ich wäre dir wirklich dankbar, wenn du wieder gehen könntest. Falls noch etwas wegen der Beerdigung zu klären ist, dann wende dich bitte an Conny. Sie kümmert sich um alles. Ich will damit nichts zu tun haben."

Der Pastor zuckte ergeben die Schultern und wandte sich zum Gehen. „Ach", rief Marianne ihm, einer plötzlichen Eingebung folgend, hinterher, „wenn du mir vorher noch einen Kaffee machen könntest, wäre ich dir unendlich dankbar. Meinetwegen kannst du dann auch sagen, was du zu sagen hast. Ist ja nun sowieso schon alles egal."

Der Pastor setzte zu einer Erwiderung an, doch noch

bevor er die erste Silbe ausgesprochen hatte, stoppte ihn Marianne mit einer Bewegung ihrer Hand: „Erspar mir deine salbungsvollen Worte, okay? Ich will jetzt nichts hören, das sich anhört wie *Verliere nie den Mut, denn Gott, der barmherzige Vater, ist bei dir* oder sonst so einen Scheiß. Mit dem lieben Gott bin ich nun endgültig durch, hörst du! Er hat mir Therese genommen."

„Und deinen Mann", ergänzte der Pastor fast tadelnd.

„Ja. Den kann er behalten." Marianne ließ ihren Kopf auf den Tisch sinken. „Ein Königreich für ein bisschen Schlaf", murmelte sie.

„Morgen soll es Sturm geben. Mit Orkanböen", verkündete der Pastor, während er Kaffee in eine Filtertüte schaufelte und Wasser in den dafür vorgesehen Behälter füllte.

„Bist du hergekommen, um mir das zu sagen?", fragte Marianne, ohne den Kopf zu heben. Sie warf einen Blick durchs Fenster. Kein Zweig regte sich an den Bäumen, der Himmel war strahlendblau. „Kann ich mir nicht vorstellen. Wo soll der denn so plötzlich herkommen?" Als Hinderk Willms nicht sofort antwortete, fügte sie hinzu: „Außerdem ist es doch egal. Dann bringen wir Klaas eben bei Sturm unter die Erde. Schaden nehmen wird er wohl nicht mehr."

„Du solltest auch an die Trauergemeinde denken", erwiderte der Pastor. „Vielleicht erinnerst du dich an den letzten Orkan, bei dem Äste von den Bäumen brachen. Wie schnell kann da jemand verletzt werden."

„Dann sollen sie eben zu Hause bleiben. Wir kriegen den Kerl auch alleine verscharrt."

Marianne bemerkte, dass der Pastor bei ihren wenig pietätvollen Worten zusammenzuckte, aber das war ihr egal. Sollte sie etwa die trauernde Witwe geben, nur weil es der Anstand so erforderte? Darauf konnten die Spießer dieser Welt lange warten. Gut möglich, dass sie sich um des lieben Friedens willen zurückgenommen hätte, wenn es hier nur um ihren Gatten ginge. Der ebenso brutale wie sinnlose Tod von Therese aber hatte so viel Trauer und Wut in ihre Seele gespült, dass sie gar nicht mehr wusste, wohin mit ihren Gefühlen. Es war die reinste Folter. Und da sollte sie sich um ein bisschen Wind und eventuell herabfallende Äste bei einer Beerdigung Gedanken machen? Sie würde einfach nur froh sein, wenn morgen Abend alles erledigt und Klaas endgültig aus ihrem Leben verschwunden war. Schlimm genug, dass ihr nun jemand den erhofften Neuanfang vermasselt hatte, indem er sie ihrer besten Freundin beraubte.

Während die Kaffeemaschine gluckernde Geräusche von sich gab, setzte sich der Pastor zu ihr an den Tisch. „Wir könnten Klaas und Therese zusammen beerdigen", schlug er vor. „Ich denke zwar, dass es noch ein paar Tage dauern wird, bis sich Thereses Angehörigen ..."

Mariannes Oberkörper schnellte in die Höhe. „Auf gar keinen Fall!", rief sie aus und schlug mit der flachen Hand auf den Tisch. „Klaas wird morgen beerdigt und damit basta. Ich weiß gar nicht, was du dir dabei denkst, jetzt alles noch einmal umschmeißen zu wollen." Sie schnappte ein paarmal nach Luft, um ihre Erregung unter Kontrolle zu bekommen. „Und außerdem können wir Therese das nicht antun. Oder glaubst du, sie hätte sich gewünscht, ausgerechnet am selben Tag wie Klaas beigesetzt zu werden? Was soll das, Hinderk? Das ist doch kompletter Blödsinn, und das weißt du genau. Therese hat es nicht verdient, dass man ihr die Show stiehlt. Sie hat es verdient, dass alle an diesem Tag des Abschieds nur an sie denken."

„Ich hab nur praktisch gedacht", entgegnete der Pastor.

„Klingt eher, als hättest du gar nicht gedacht."

Hinderk Willms stand auf und befüllte zwei Becher mit Kaffee. „Milch oder Zucker?"

„Nee. Schwarz." Marianne nickte ihm zu, als er den Becher vor ihr abstellte. „Danke."

„Auf dem Weg hierher ist mir Imke begegnet", wechselte der Pastor das Thema, nachdem er mit auffallend zittrigen Fingern Zucker in seinen Kaffee getan und ein paar kräftige Schlucke genommen hatte. Offensichtlich hatte er verstanden, dass das Thema Beerdigung für Marianne erledigt war. Gut so.

„Und?"

Willms schürzte die Lippen und zeichnete Muster in den Zucker, den er aus Versehen auf der Tischdecke verschüttet hatte. „Sie ist verzweifelt. Wegen der Kinder."

Marianne stöhnte auf. „Das bin ich auch. Sie soll sich mal nicht so anstellen. So langsam geht sie mir wirklich auf den Zeiger."

„Du musst verstehen, dass sie …"

„Gar nichts muss ich. Sie ist ein egoistisches Weibsstück, und das sollte man ihr auch mal so sagen. Hat sie sich wirklich eingebildet, dass sich in dieser Situation immer noch alles um sie und ihre Kinder dreht? Hat sie denn kein Herz?"

„Sie hat eben darauf vertraut, dass du …"

„Bist du auch der Meinung, dass man mir nicht vertrauen kann?", fuhr Marianne auf.

„Das hat doch keiner behauptet, Marianne", versuchte Willms zu besänftigen. „Was ist denn nur los mit dir? So kenne ich dich ja gar nicht. Natürlich hat das alles gar nichts damit zu tun, ob man dir vertrauen kann oder nicht. Das, was du in den letzten Jahren Gutes getan hast, soll dir erst mal jemand nachmachen. Ich bin mir sicher, dass Imke das genauso sieht." Er leerte die Tasse und stand auf. „Aber ich denke, ich lasse dich jetzt mal in Ruhe. Heute scheint nicht dein Tag zu sein, was ich gut verstehen kann." Nun legte er ihr tatsächlich die Hand auf die Schulter, doch war ihr das jetzt auch egal. Es tat ihr leid, dass sie ihn so angegangen war, schließlich meinte er es ja nur gut. Das Problem lag bei ihr, nicht bei ihm. Nur sah sie sich im Moment nicht dazu in der Lage, irgendetwas daran zu ändern.

„Entschuldige", murmelte sie so leise, dass er es vermutlich kaum hören konnte.

„Ach, übrigens." Hinderk Willms drehte sich noch einmal um, bevor er die Haustür öffnete. „Vor deiner Tür lag ein Umschlag. Ich habe ihn hier im Flur auf die Kommode gelegt. Ich wünsche dir noch einen guten Tag, Marianne. Wir sehen uns dann morgen bei der Beerdigung. Sollte ich noch etwas benötigen, werde ich es mit Conny klären."

Marianne brauchte noch eine ganze Weile, bis sie sich aufrappeln konnte. Nachdem sie endlich stand, führte sie ihr erster Gang erneut zum Kaffee. Wenn sie schon nicht schlafen konnte, dann wollte sie wenigstens wach sein. Der dämmrige Erschöpfungszustand, in dem sie seit Thereses Tod verharrte, war jedenfalls keine Lösung. Sie verzog das

Gesicht zu einem spöttischen Grinsen, als ihr die Schlaf-
mittel einfielen, die Klaas in schwierigen Situation zu nehmen pflegte. Eine erkleckliche Auswahl bunter Pillen hatte
sich im Laufe der Jahre in ihrem Medizinschränkchen
angesammelt. Für Marianne aber war das nichts. Wenn
es schon ein Hilfsmittel sein musste, dann würde sie sich
einen Tee aus frischen Kräutern aufbrühen. Mit dem ganzen Chemiezeug würde in ihrem Haus ein für alle Mal
Schluss sein, sowohl was Medikamente als auch was das
Sprühen von Gift im Garten anging. Es gab keinen Grund,
die Natur unter Stress zu setzen, nur weil die Menschheit
ganz offensichtlich suizidal veranlagt war.

Sie streifte die Schuhe von ihren Füßen und schlurfte mit
dem Kaffeebecher in der Hand Richtung Wohnzimmer.
Selbst das Heben ihrer Füße fiel ihr schwer. Sie würde sich
ein wenig aufs Sofa legen. Vielleicht würde es ihr ja dort
gelingen, das ein oder andere Stündchen zu schlafen.

Als sie in den Flur kam, fiel ihr Blick auf den DIN-A4-
großen Umschlag, den der Pastor erwähnt hatte. Sie drehte
ihn ein paarmal hin und her, doch stand nichts darauf geschrieben. Kaum dass sie sich aufs Sofa gesetzt und die
Kaffeetasse abgestellt hatte, löste sie den Klebestreifen und
zog den Inhalt des Umschlags hervor. Es handelte sich um
ein paar Fotos und um einen einzigen, mit nur wenigen
Zeilen beschriebenen Zettel. Im gleichen Moment setzte
im Nachbarhaus ein hysterisches Kreischen ein. Marianne
sah kurz auf und dann wieder auf den Zettel. Doch schon
nach den ersten gelesenen Worten wurde ihr schwindlig und die Welt um sie herum versank in einem tiefen
Schwarz.

22

So unsympathisch ihm Thea Uphoff auch war, in diesem Moment tat sie Hauptkommissar David Büttner furchtbar leid. Zunächst hatte er es für einen schlechten Scherz gehalten, als sie zur Tür hereingestürmt kam und mit der Behauptung, er habe ihren Gatten umgebracht, auf Ibo Boos eingedroschen hatte. Sie war dermaßen außer sich gewesen, dass die anderen drei anwesenden Männer Minuten brauchten, um Ibo aus ihren Klauen, die sie tief in sein Fleisch gehauen hatte, zu befreien.

Ungläubig waren sie ihr schließlich zu ihrem Haus gefolgt, wo sie gleich darauf feststellen mussten, dass sie nicht übertrieben hatte. Ihr Mann Andreas weilte definitiv nicht mehr unter den Lebenden. Was auch immer der Grund dafür sein mochte.

„Er lag einfach tot da", schluchzte Thea Uphoff zum wiederholten Mal. „Ich wollte ihn zum Essen holen, doch er rührte sich nicht." Ihre Wut war inzwischen der Trauer gewichen. Zusammengesackt saß sie auf einem Stuhl in der Küche, während sich Dr. Wilkens im Schlafzimmer der Begutachtung des Leichnams widmete und die Spurensicherer bereits durch Haus und Garten wuselten.

Ibo Boos saß schweigend am Tisch und sagte kein Wort. Er schien unter Schock zu stehen. Auf Büttners Frage, wie

Thea Uphoff auf die Idee käme, Ibo sei schuld am Tod ihres Mannes, hatte er bislang nicht geantwortet.

Büttner ließ die beiden mit Sebastian Hasenkrug in der Küche alleine und ging ins Schlafzimmer. Frau Dr. Wilkens fingerte mit kritischem Blick am Kopf des Leichnams herum, bog ihn in alle Richtungen. Die Wunden an Gesicht und Hinterkopf, die auf eine Prügelei hindeuteten, waren nicht zu übersehen.

„War es Mord?", fragte Büttner, als Dr. Wilkens zu ihm aufsah.

„Den Verletzungen nach zu urteilen, würde ich eher auf schwere Körperverletzung mit Todesfolge tippen", antwortete die Ärztin. Sie legte ihren Finger auf das Veilchen am Auge. „Ich denke, dass man ihm frontal ein paar verpasst hat, woraufhin er – entweder nach einem Stoß oder aufgrund des Schlages – hinfiel und sich den Hinterkopf stieß. Diese Theorie scheint mir die plausibelste zu sein. Genaues weiß ich natürlich erst, wenn ich ihn mir auf meinem Tisch näher angesehen habe."

„Sind die Verletzungen frisch?", wollte Büttner wissen.

„Nein. Mindestens vierundzwanzig Stunden alt, würde ich sagen. Auf keinen Fall aber von heute."

„Das heißt, er war nicht sofort tot." Das deckte sich mit der Aussage, die Thea Uphoff gemacht hatte.

„Auf gar keinen Fall", bestätigte Dr. Wilkens. „Ich gehe davon aus, dass es ihm nach dem Sturz nicht besonders gutging. Vermutlich hatte er eine schwere Gehirnerschütterung. Gut möglich, dass man seinen Tod hätte abwenden können, wenn er sich sofort in ärztliche Behandlung begeben hätte."

„Was er nach Aussage der Witwe abgelehnt hat." Büttner runzelte die Stirn. „Könnte es denn sein, dass heute noch jemand nachgeholfen hat? Ich meine, vielleicht hätte er an seinen Verletzungen gar nicht sterben müssen, und erst durch ein weiteres Eingreifen …" Er machte eine unbestimmte Handbewegung.

„Dazu kann ich zu diesem Zeitpunkt nichts Zuverlässiges sagen. Allerdings sieht es eher nicht danach aus." Sie erhob sich und streifte sich die Handschuhe von den Händen. „Es kommt nicht selten vor, dass es nach einem solchen Sturz erst Stunden, manchmal auch erst Tage später zu lebensbedrohlichen Auswirkungen kommt. Blutungen im Gehirn zum Beispiel. Das Risiko, das mit einer solchen Kopfverletzung einhergeht, wird häufig unterschätzt. Vor allem, wenn äußerlich nichts Gravierendes zu sehen ist, wiegen sich die Betroffenen in Sicherheit. Ist ziemlich tückisch, so was." Sie räumte ihre Gerätschaften zusammen und wandte sich zum Gehen. „Ich lasse ihn in die Rechtsmedizin bringen. In wenigen Stunden wissen wir mehr."

Frustriert ging Büttner zurück in die Küche. Mit dem Tod von Andreas Uphoff war das Fragezeichen, das über den Tötungsdelikten von Jennelt schwebte, noch einmal um einiges größer geworden. Denn selbst, wenn es sich bei Uphoffs Tod nicht um Mord, sondern um schwere Körperverletzung mit Todesfolge handelte, so stand doch zu befürchten, dass diese Tat mit den Morden an Klaas Behrends und Therese Pupkes in Zusammenhang stand. An Zufall mochte Büttner nicht so recht glauben. Zunächst aber galt es herauszufinden, ob der Ablauf der Tat so gewesen war, wie Thea Uphoff ihn schilderte. Dafür brauchten sie die

Aussage von Ibo Boos. Wenn er redete, wurde womöglich auch das Motiv offenbar. Was sie wiederum mit viel Glück bei den anderen Morden klarer sehen lassen würde.

„Der Umschlag", sagte Thea Uphoff plötzlich in das seit Minuten herrschende, spannungsgeladene Schweigen hinein.

„Bitte?" Büttner und Hasenkrug schauten sie interessiert an, während Ibo Boos bei diesen Worten zusammenzuckte.

Thea Uphoff fixierte Ibo mit verheulten Augen, die sich zu schmalen Schlitzen verengten. Als Ibo ihrem Blick nicht standhielt, sondern den Kopf senkte, sagte sie: „Andreas sagte mir, Ibo hat ihm einen Umschlag weggenommen, als er bewusstlos war."

„Was für einen Umschlag?", fragte Hasenkrug.

„Keine Ahnung. Darum hat er ein großes Geheimnis gemacht. Aber Ibo muss es wissen."

„Herr Boos?", forderte Büttner Ibo zu einer Erwiderung auf, der aber schüttelte nur den Kopf. „Heißt das, Sie wissen von keinem Umschlag?" Boos nickte.

„Du lügst!" Thea Uphoff war, für ihr Gewicht erstaunlich behände, von ihrem Stuhl aufgesprungen und zeigte mit spitzem Finger auf ihren Nachbarn. „Du lügst, du Schwein! Deswegen hast du doch mit Andreas gestritten, nun gib es schon zu!"

„Herr Boos?", sagte Büttner mit etwas mehr Nachdruck.

„Keine Ahnung, was sie meint." Er hob den Blick. „Komm mal wieder runter, Thea. Ich hab mit Andreas' Tod nichts zu tun, okay?"

Hätten in diesem Moment nicht zwei uniformierte Polizisten sofort reagiert, hätte sich Thea mit ihrem vollen Gewicht auf Ibo gestürzt, was diesem mit Sicherheit nicht gut bekommen wäre. „Lasst mich los, ey!", schrie sie aus vollem Hals und wand sich wie toll in den Armen der Beamten, die sichtlich Mühe hatten, sie im Zaum zu halten. „Lasst mich sofort los! Ich prügle es aus ihm raus!"

Nun, daran hegte Büttner keinerlei Zweifel. Es wurde Zeit, die Sache hier ein wenig zu entzerren. „Bitte bringen Sie Herrn Boos gleich aufs Revier", sagte er zu seinen Kollegen, denen bei Thea Uphoffs Kapriolen inzwischen der Schweiß auf der Stirn stand. Sein Ton wurde schärfer: „Und Sie, Frau Uphoff, geben jetzt Ruhe! Ansonsten sehe ich mich gezwungen, auch Sie abführen zu lassen. Ich kann Ihren Unmut gut verstehen, aber Ihr Gezicke führt zu nichts. Also hören Sie jetzt auf damit, bevor ich anordne, dass Sie die kommende Nacht in der Arrestzelle verbringen werden!"

Diese klare Ansage zeigte Wirkung. Wie ein Ballon, aus dem man die Luft abließ, sackte die frischgebackene Witwe in sich zusammen. Nun kauerte sie, die Hände vors Gesicht geschlagen, auf dem Küchenboden und weinte bitterlich. Büttner machte Hasenkrug ein Zeichen, der daraufhin zum Smartphone griff und die Polizeipsychologin anforderte. Womöglich hatte sie ihren Mann mehr geliebt, als es bisher den Anschein gehabt hatte. Sein Gefühl sagte Büttner, dass Thea in Jennelt – und vermutlich auch darüber hinaus – nur wenige Freunde hatte, die sie in ihrem Leid auffangen würden. Es war an der Zeit, dass sich jemand Professionelles um die völlig aufgelöste Frau kümmerte.

Ibo Boos schwieg. Ganz egal, mit welchen Mitteln Büttner und Hasenkrug versuchten, ihn zum Reden zu bringen, er verweigerte jedes Wort. Den Blick auf die kahle Wand des Vernehmungsraums gerichtet, starrte er düster vor sich hin. Büttner wusste nicht zu sagen, was genau ihm die Sprache verschlug. War es die Angst davor, sich selbst zu verraten? Hatte er womöglich wirklich keine Ahnung, was sie von ihm wollten, da er sich keiner Schuld bewusst war? Oder stand er ganz einfach nur unter Schock?

Büttner beschloss, ihm noch Zeit zu lassen. Die Erfahrung zeigte, dass die zu Vernehmenden mit jeder Stunde, die sie gelangweilt und bar jedweder optischen oder akustischen Reize alleine im Vernehmungsraum verbrachten, redseliger wurden. Irgendwann lechzten sie so sehr nach Ansprache, dass plötzlich alles auf einmal aus ihnen heraussprudelte. Das galt zumindest für die Ungeübten. Diejenigen, die öfter hier zu Gast waren, ließen sich durch dieses Procedere hingegen kaum beeindrucken, sondern warteten in aller Seelenruhe darauf, dass ihr Anwalt sie herausboxte. Ibo Boos aber hatte noch nicht einmal um einen Rechtsbeistand gebeten. Die Chancen standen also gar nicht schlecht, dass er irgendwann gar sein würde.

Als David Büttner und Sebastian Hasenkrug wieder zu ihrem Büro zurückkehrten, warteten auf dem Gang schon Imke Boos und ihr Vater Edzard Mansen auf sie. Deren Gesichtsfarbe hätte nicht ungesünder aussehen können, Imkes Gesicht war zudem tränenüberströmt und sie schnäuzte sich ohne Unterlass in ein Taschentuch.

Als Edzard Mansen die beiden Kommissare auf sich zukommen sah, sprang er sofort auf und keuchte wie nach einem Hundertmetersprint: „Was werfen Sie Ibo vor? Er hat Andreas doch nicht wirklich auf dem Gewissen, oder? Ich könnte mir keinen Grund vorstellen, warum er ausgerechnet seinen Freund umbringen sollte. Das alles muss ein schrecklicher Irrtum sein!"

Büttner legte ihm beschwichtigend die Hand auf den Arm. „Nun kommen Sie erst mal rein, Herr Mansen. Hier auf dem Gang spricht es sich ein wenig schlecht." Er deutete mit dem Kopf auf mehrere Personen, die neugierig zu ihnen herüberschauten, woraufhin die beiden den Polizisten stumm folgten.

Frau Weniger lächelte ihnen freundlich zu, als sie das Vorzimmer betraten. „Kaffee?", fragte sie.

„Das wäre ganz wunderbar", antwortete Büttner, der nach den Anstrengungen der letzten Stunden geradezu nach Koffeinzufuhr lechzte.

„Wie können wir Ihnen helfen?", fragte er, nachdem sie schließlich alle im Büro Platz genommen hatten und mit Kaffee versorgt waren.

„Warum halten Sie meinen Schwiegersohn hier fest? Und noch dazu ohne Anwalt?" Edzard Mansen schaute ihn wenig freundlich an.

„Wir halten ihn nicht fest. Wir haben ihn lediglich zu einer Vernehmung geladen, so wie wir es vermutlich noch mit zahlreichen anderen machen werden, von denen wir den Eindruck haben, dass sie in die Mordfälle verwickelt sein könnten. Bisher hat Ihr Schwiegersohn nicht nach einem Anwalt verlangt. Solange er schweigt, können wir diesbezüglich wenig für ihn tun."

„Sie glauben aber, dass er Andreas umgebracht hat."

„Wenn es um Glaubensfragen geht, wenden Sie sich bitte an Ihren Pastor. Wir haben's eher mit den Fakten. Und die sagen uns derzeit, dass Andreas Uphoff gestern von Ihrem Schwiegersohn verprügelt wurde." Er entschloss sich zu

einem Bluff. „Dazu gibt es inzwischen mehrere überein-
stimmende Zeugenaussagen."

„Tatsächlich?" Edzard warf einen prüfenden Seitenblick
auf seine Tochter. „Wusstest du auch davon?"

Imke nickte stumm. Genau darauf hatte Büttner gehofft.
„Ihr Mann hat Ihnen also erzählt, dass er gestern mit Andreas Uphoff in Streit geraten ist?", hakte er rasch nach.

Wieder nickte sie nur stumm. Dann jedoch entschloss sie
sich doch noch etwas zu sagen: „Ibo war ganz aufgewühlt.
Es … es muss ein ziemlich heftiger Streit gewesen sein."

„Und wissen Sie auch, wo dieser Streit stattgefunden
hat?", fragte Hasenkrug.

„In Andreas' Garten."

„Hat Ihr Mann gesagt, was genau dort passiert ist?"

„Nein, nur dass es einen Streit gegeben hat. Davon, dass
er Andreas niedergeschlagen hat, hat er nichts erwähnt."
Sie zog schniefend ihre Nase hoch, bevor sie hinzufügte:
„Das glaube ich auch nicht. Ibo ist niemand, der sich
schlägt. Er ist ein sehr friedliebender Mensch."

„Ist der das?" Büttner hob erstaunt die Brauen. „Uns erschien er ziemlich aufbrausend, als wir ihn vorhin im Haus
von … ähm …"

„Geert Harms", half ihm Hasenkrug auf die Sprünge.

„Ja. Als wir ihn im Haus von Geert Harms getroffen haben." Er richtete seinen Blick auf Edzard Mansen. „Aber
vielleicht ist er das ja nur, wenn es um die Frage geht, wer
die Schreinerei erbt."

Edzard Mansen, der dumpf vor sich hinbrütend dagesses-
sen hatte, schreckte auf. „Was hat denn bitte schön meine
Schreinerei mit Andreas' Tod zu tun?"

„Sagen Sie's mir."

Als auf diese rhetorische Aufforderung weder Edzard Mansen noch seine Tochter etwas erwiderten, fragte Büttner: „Aber vielleicht können Sie mir sagen, was es mit dem Umschlag auf sich hat."

Beide sahen ihn mit großen Augen an. „Was für ein Umschlag denn?", fragte Imke näselnd. „Ich weiß nichts von einem Umschlag. Du?"

Edzard Mansen schüttelte den Kopf.

Schade. Dies war genau der Punkt, der Büttner noch Kopfzerbrechen bereitete. Wenn es diesen ominösen Umschlag wirklich gegeben hatte, dann blieb die Frage, was an seinem Inhalt so brisant gewesen sein mochte, dass er es wert war, seinen besten Freund dafür niederzustrecken.

„Angeblich ging es bei dem Streit, der zwischen den beiden entbrannte, um einen Umschlag. Der ist allerdings verschwunden. Es wird behauptet, Ibo habe ihn seinem Freund Andreas geklaut, während der nach dem tätlichen Angriff bewusstlos war."

„Es ist doch gar nicht gesagt, dass es tatsächlich Ibo war, der Andreas …", setzte Mansen zum Protest an.

„Doch", unterbrach Hasenkrug ihn und zeigte auf seinen Bildschirm. „Soeben kommt die Nachricht aus der Rechtsmedizin, dass Andreas Uphoff an den Folgen des Sturzes gestorben ist. Alle gesicherten Spuren deuten darauf hin, dass Ihr Schwiegersohn derjenige war, der ihn niederstreckte." Er lehnte sich in seinem Stuhl zurück und verschränkte die Arme. „Das nennt man dann gemeinhin gefährliche Körperverletzung mit Todesfolge."

Imke japste auf und schlug sich die Hand vor den Mund.

„Aber … aber … das heißt ja … Ich meine, was heißt denn das jetzt?", stammelte sie. „Ich meine, es war doch keine Absicht. Ibo … Er … er muss dafür doch nicht ins Gefängnis, oder?" Ihr flehender Blick wanderte unstet zwischen Büttner und Hasenkrug hin und her.

„Dazu können wir nichts sagen", antwortete Büttner, „denn das entscheidet alleine der Richter. Unsere Aufgabe ist es lediglich herauszufinden, warum es so weit hat kommen müssen." Er beugte sich über seinen Schreibtisch. „Und Ihnen rate ich nun, uns alles zu sagen, was Sie wissen. Glauben Sie mir, alles, was Sie uns verschweigen, kann Ihrem Mann jetzt nur noch zum Nachteil gereichen."

„Aber ich weiß doch nichts", murmelte Imke und presste sich ihr Taschentuch vors Gesicht. „Oh mein Gott, ich weiß doch nichts."

Edzard Mansen hingegen blieb stumm. Sein Blick war starr auf Büttners Schreibtisch gerichtet, während er seinen Kaffee austrank. Dann stand er auf, zog seine Tochter am Arm nach oben und führte sie schweigend und grußlos aus dem Raum.

„Ach, Herr Mansen", rief Büttner hinter ihm her, „Andreas Uphoff war nicht zufällig Mitglied des Jennelter Kirchenrates?"

Edzard Mansen drehte sich um und sah ihn verdattert an. „Hä? Nee, war er nicht. Wieso?"

„Nur so. Schade", murmelte Büttner und hob grüßend die Hand. „Liegen uns schon die Daten zur wirtschaftlichen Situation der Schreinerei vor?", fragte er, nachdem sich die Tür hinter den beiden geschlossen hatte.

„Ja. Auch die sind gerade gekommen", antwortete Hasenkrug. „Es ist genauso, wie wir angenommen haben. Hätte Behrends seine zwanzigtausend Euro zurückverlangt, dann hätte die Schreinerei Insolvenz anmelden müssen."

„Hm." Büttner überlegte. „Mal angenommen, Ibo Boos hat Klaas Behrends getötet, um genau das zu verhindern. Dann bleibt immer noch die Frage, was Andreas Uphoff mit dieser Geschichte zu schaffen hatte."

„Und Therese Pupkes", ergänzte Hasenkrug. „Ich habe sie checken lassen. Nichts. Nicht mal ein Ticket für Falschparken. Auch deutet nichts in ihrer Wohnung oder ihren Unterlagen darauf hin, dass sie in die Angelegenheiten der Schreinerei involviert war. Totale Sackgasse."

„Was darauf hindeuten könnte, dass wir dem falschen Motiv nachhängen", schlussfolgerte Büttner. „Ich fürchte, wir haben irgendetwas übersehen. Also alles noch mal auf Anfang, Hasenkrug."

23

Der Sturm hatte bereits in der Nacht zum Dienstag ordentlich Fahrt aufgenommen und sich inzwischen zu einem veritablen Orkan ausgewachsen. Als David Büttner und Sebastian Hasenkrug gegen Mittag zur Beerdigung fuhren, hatte Büttner, der am Steuer saß, streckenweise Mühe, den Wagen auf der Straße zu halten. Heinrich, der mit seiner neuen Freundin Bonnie verabredet war, saß hinten im Auto und schaute gebannt durch die Heckscheibe. Sein Kopf zuckte in der Halskrause hin und her, sobald er irgendwo draußen eine Bewegung vernahm. Und das war ziemlich häufig. Nicht nur, dass die jungen, noch biegsamen Bäume am Wegesrand in den Orkanböen peitschend hin und her schwankten, hier und da wirbelten auch Gegenstände unbekannter Herkunft durch die Luft sowie Strauch- und Astwerk, das von seinem angestammten Platz heruntergerissen worden war. Büttner hoffte nur, dass ihnen nichts von alldem auf die Windschutzscheibe krachen und sie damit womöglich in eine nicht mehr kontrollierbare Situation bringen würde.

Bevor sie sich auf den Weg gemacht hatten, hatte Sebastian Hasenkrug beim Jennelter Pastor angerufen, um sich zu erkundigen, ob die Beerdigung von Klaas Behrends bei dieser Wetterlage überhaupt stattfinden würde. Schließlich hatten in Ostfriesland sogar schon einige Schulen beschlossen, ihre Schüler nach Hause zu schicken, um sie vor etwaigen Unfällen zu schützen. Auch rief man in Radio und Fernsehen dazu auf, sein Zuhause nach Möglichkeit nicht zu verlassen. War es unter diesen Umständen überhaupt zu verantworten, eine ganze Beerdigungsgesellschaft dem Unbill der Naturgewalten auszusetzen?

Es war. So zumindest die Meinung der Witwe, wie der Pastor Hasenkrug am Telefon mitteilte. Hinderk Willms hatte bekräftigt, dass er an diesem Morgen noch einmal mit allen Mitteln versucht habe, diesbezüglich auf Marianne Behrends einzuwirken, doch sei diese mit keinem Argument zu überzeugen gewesen, die Beisetzung auf einen anderen Tag zu verschieben.

Nun gut, dann mussten sie da eben durch. Nicht zur Beerdigung zu gehen, war für die Polizisten keine Option, da sich zu solchen Anlässen in der Regel das ganze Dorf einfand und sie somit die Gelegenheit haben würden, die Interaktionen der Beteiligten genauestens zu beobachten. Manchmal war es bereits ein Blick oder eine Geste, die den Mörder des Toten an dessen Grab verrieten. Erfahrungsgemäß gab es nur wenige Menschen, die bei einer Beisetzung tatsächlich emotional unberührt blieben. Zwar war nicht damit zu rechnen, dass der Mörder angesichts seines in die Erde hinabgleitenden Opfers in lautes Gelächter ausbrechen würde; ein hämisches Grinsen aber oder eine demonstrativ zur Schau gestellte Gelassenheit hatten am noch offenen Grab schon so manchen Täter überführt. Büttner war der Ansicht, dass auch ihnen solch ein Glücksfall durchaus einmal zustünde.

In der Krummhörn hatte anscheinend das Pflichtge-
fühl gegenüber der Angst vor dem Orkan gesiegt, denn
als Büttner und Hasenkrug in Jennelt ankamen, waren der
Parkplatz vor der Kirche sowie die in unmittelbarer Nähe
zur Kirche angrenzenden Straßen bereits von Fahrzeugen
zugeparkt. Nicht auszuschließen war natürlich auch, dass
die Trauergäste aus reiner Neugier hier aufschlugen, kam
es in einem Dorf wie Jennelt doch nicht allzu häufig vor,
dass das Opfer eines Mordes zu Grabe getragen wurde. Na
ja, dachte Büttner in einem Anfall von Sarkasmus, so gesehen hätten die Leute auch auf die Beerdigung von Therese
Pupkes warten können, die in wenigen Tagen stattfinden
würde. Wenn es lediglich um Sensationsgier ging, dann
war ein Mordopfer doch genauso gut wie das andere.

Nachdem sie ein paar hundert Meter von der Kirche entfernt endlich einen Parkplatz gefunden hatten, hatte Büttner Mühe, die dem Wind zugewandte Fahrertür zu öffnen.
Er wartete eine heftige Böe ab, dann stemmte er sich mit
aller Macht gegen die Tür, bis sie schließlich so weit offen-
stand, dass er sich durch den Spalt quetschen konnte. Kaum
dass er es geschafft hatte und losließ, schlug die Tür auch
schon wieder mit einem dumpfen Geräusch ins Schloss.
Heinrich schaute ein wenig sparsam, als ihm beim Öffnen
des Kofferraums der Wind entgegenschlug und nicht nur
seine Schlappohren aufwirbeln ließ, sondern sich auch in
seiner Halskrause verfing und ihn nach hinten drückte. Als
im nächsten Moment jedoch ein voller Gelber Sack direkt
am Auto vorbeistob, war sein Interesse geweckt; er sprang
schwanzwedelnd nach draußen und hechtete hinter ihm
her. Büttner fragte sich, was an dem Müll so gut riechen

mochte, dass Heinrich Gefallen an ihm fand. Als der in seiner Verfolgungsjagd nicht aufgab und um die nächste Ecke verschwand, pfiff er seinen Hund zurück und ging ihm voraus in Richtung des Hauses von Geert Harms.

Bonnie schien für Heinrich nicht weniger interessant zu sein als der Gelbe Sack. Schon vor der Haustür der Harms bekam er sich vor lauter Glück nicht mehr ein, und als Geert Harms schließlich die Tür öffnete, war Heinrich der erste, der hindurchpreschte.

„Na, das nenne ich mal die große Liebe", grinste Geert, als die beiden Hunde umeinander herumtanzten und sich gegenseitig das Hinterteil beschnüffelten. Selbst als Büttner auf die Straße zurücktrat, drehte Heinrich sich nur kurz nach ihm um, machte jedoch keine Anstalten, ihm zu folgen. Bonnies Gesellschaft war für ihn wohl nicht zu toppen. Blieb zu hoffen, dass sie im gemeinsamen Spiel nicht die ganze Wohnung auseinandernahmen.

„Ganz schön windig", stellte Geert fest, als er zu den beiden Ermittlern auf die Straße trat. „Da hoffen wir doch mal, dass uns der Sarg nicht wegfliegt."

„Uns?", fragte Büttner.

„Ja", schrie Geert gegen den Wind an. Er zog seine Schirmmütze vom Kopf, die auf den ersten Metern schon öfter mal versucht hatte abzuhauen, und steckte sie in die Tasche seines gefütterten Mantels. „Ein paar Männer aus dem Dorf tragen den Sarg von der Kirche zum Friedhof. Ich fürchte fast, da ist auch so mancher Träger dabei, der schon bei ruhigem Wetter wackelig auf den Beinen steht. Bei diesem Sturm aber ist das …" Seine letzten Worte wurden von einer Orkanböe hinweggetragen, die ihnen scharf ins Gesicht blies. „Ich denke, wir haben Glück, dass es wenigstens nicht regnet", schickte er hinterher, als die Böe abebbte.

Auf dem Weg zur Kirche warf Büttner immer wieder einen verstohlenen Blick in die Kronen der alten Bäume hinauf. Bei dem Lärm, den der Sturm veranstaltete, würden sie vermutlich nicht einmal das Knacken eines Astes hören, der sich vom Stamm löste – womit bei diesen morsch aussehenden Gehölzen allerdings jederzeit zu rechnen war. Von all den anderen Dingen, die ihnen um die Ohren flogen, einmal ganz abgesehen. Just in diesem Moment sauste der nächste Gelbe Sack an ihnen vorbei. Oder war es immer derselbe, der hier im Tiefflug um die Häuser kreiste? Alleine beim Gedanken, am nächsten Tag könnte in der Zeitung stehen, Kriminalhauptkommissar David Büttner sei auf der Mörderhatz von einem Sack Müll erschlagen worden, bekam er schon Bauchschmerzen. Für einen Polizeibeamten gab es wahrlich würdigere Arten, den Tod zu finden.

Die in schwarz gekleideten Trauergäste schoben sich unter lautem Glockengeläut zu Dutzenden in die Kirche hinein. Den meisten von denen, die in der Schlange auf ihren Einlass warteten, schien der Orkan keine Angst zu machen, denn sie plauderten und lachten miteinander, als hätten sie sich hier zu einem ganz besonders lustigen Event verabredet. Ostfriesen waren gemeinhin hart im Nehmen.

Während Geert Harms nach vorne ging, wo für ihn ein Stuhl reserviert war, blieben Büttner und Hasenkrug im hinteren Bereich der Kirche stehen, um sich einen möglichst guten Überblick verschaffen zu können. Sie ergatterten einen Stehplatz auf der Bodenklappe, unter der eine Treppe in die Tiefen in die Gruft führte.

Die aus mehreren Dutzend Stühlen bestehenden Sitzreihen waren bis auf den letzten Platz besetzt. Doch noch immer riss der Menschenstrom nicht ab. Büttner schaute sich vergeblich nach einem noch freien erhöhten Platz um, denn er fürchtete, dass er vor lauter Rücken bald nicht mehr würde sehen können, was vorne an Sarg und Kanzel geschah. Sebastian Hasenkrug, der ein gutes Stück größer war als er, hatte mehr Glück. Ganz lässig stand er mit verschränkten Armen da und ließ seinen Blick über die Menge schweifen.

Die Trauergemeinde erhob sich, als nun die Familie des Toten die Kirche betrat und auf die für sie reservierten Plätze in den vorderen Reihen zusteuerte. Allen voran lief Marianne Behrends, deren Gesicht an diesem Tag bleich und eingefallen wirkte – jedoch vermutlich nicht wegen Klaas' Tod, wie Büttner vermutete. Marianne hatte sich in keinem ihrer Zusammentreffen so betroffen gegeben, wie kurz nach Thereses Tod, der ihr vermutlich noch immer schwer zu schaffen machte. Ihre erwachsenen Kinder liefen direkt hinter ihr, gefolgt von einer Schar weiterer Personen, die wahrscheinlich ebenfalls zur Familie gehörten.

Der von Hinderk Willms geleitete Trauergottesdienst war schnell abgehandelt. Büttner konnte sich nicht erinnern, jemals auf einer Beerdigung gewesen zu sein, auf der der Rückblick auf das Leben des Verstorbenen in so knapper Form präsentiert worden war wie an diesem Tag. Es dauerte keine zehn Minuten, bis der persönliche Nachruf mit einem fast gehetzt ausgesprochenen Amen sein Ende fand. Auch hinter diesem Konzept vermutete er eine Vorgabe der Witwe, die es sich nicht nehmen ließ, zwischendurch immer mal wieder einen Blick auf ihre Armbanduhr zu werfen. Anscheinend empfand sie selbst diese kurze Ansprache als Zumutung.

Pastor Willms kündigte schließlich den spannenden Teil der Veranstaltung an: den Transport des Sargs aus dem schützenden Gemäuer der Kirche hinaus zum orkanumtobten Friedhof. Auf Willms' Zeichen hin erhoben sich sechs Männer. Unter ihnen war auch Geert Harms, der sich als Jüngster der Riege herausstellte. Alle anderen Männer, die ihren Platz neben dem Sarg einnahmen, waren mit Sicherheit jenseits der sechzig und nicht besonders durchtrainiert. Zudem war der Träger am hinteren rechten Ende des Sargs um einiges größer als der am vorderen linken Ende. Außer Büttner aber, der angesichts dieses wenig austarierten Verhältnisses das Schlimmste befürchtete, schien das niemanden zu stören. Nur Hasenkrug hatte den Kopf schiefgelegt und taxierte den Sarg und dessen Träger, als würde er gedanklich Maß nehmen. Anscheinend hatte auch er das auf sie zukommende Problem erkannt, denn er stieß, als die Männer sich zum Anheben des Sarges bereitmachten, ein nicht zu überhörendes *Oh-Oh* hervor.

Büttner konnte kaum hinsehen, als die sechs Männer nun jeweils nach einem der Griffe langten und den Sarg schwungvoll anhoben, um ihn schließlich auf ihren Schultern wieder abzusetzen. Das Ergebnis war vorhersehbar: Das Behältnis aus dunkler Eiche hatte deutlich Schlagseite. Ein kollektives Raunen ging durch die Kirche, gleichzeitig senkten sich die Köpfe der Trauergäste wie bei einer gut einstudierten Choreographie nach rechts. Büttner mochte sich gar nicht ausmalen, was bei diesem Hauruckverfahren mit Klaas Behrends passiert war. Kaum vorstellbar, dass es dem Toten zu Lebzeiten gefallen hätte, derart in Schieflage zu geraten.

Trotz des jetzt vereinzelt einsetzenden Getuschels und verhaltenen Gelächters aber ließen sich die Träger nicht beirren. Ihre Blicke stoisch nach vorne gerichtet, marschierten sie den Gang entlang zur Tür, die ihnen unter großem Kraftaufwand von einem Angestellten des Bestattungsinstituts aufgehalten wurde. Kaum dass sie den Windfang erreicht und die richtige Richtung eingeschlagen hatten, blies ihnen der Sturm dermaßen ins Gesicht, dass sie reflexartig die Augen zusammenkniffen und nach Luft schnappten. Der Sarg geriet bedenklich ins Wanken. Na, das konnte ja heiter werden. Wäre Büttner sich nicht sicher gewesen, dass der im Sarg liegende Mensch bereits tot war, hätte er spätestens jetzt sein Handy gezückt und prophylaktisch einen Rettungswagen angefordert.

Während das Glockengeläut durch die Orkanböen in fast abstruser Weise zerpflückt wurde und dadurch alles andere als melodisch klang, kämpften sich die Träger mit ihrer Last den unebenen Weg entlang. Jeder einzelne Schritt barg das Risiko zu stolpern. Unglücklicherweise lag das offene Grab ganz am hinteren Ende des Friedhofs, sodass der Kampf mit dem bedenklich wankenden, sich nun beinahe in Seitenlage befindlichen Sarg noch eine ganze Weile dauern würde. So richtig spannend aber würde es werden, wenn es galt, den gepflasterten Pfad zu verlassen, über den Rasen weiterzulaufen und dabei etliche Gräber zu umrunden. Wie viele der ostfriesischen Friedhöfe folgte auch der Jennelter keinem logisch durchdachten garten-architektonischen Muster, noch dazu war er aufgrund seiner Lage auf der Warft abschüssig – was sich bei dieser Wetterlage als fatal herausstellen konnte. Und sollte.

Mit plötzlichem Rückenwind ausgestattet, gerieten die Männer auf abschüssigem Gelände in den Laufschritt, auch wenn sie sich redlich bemühten, dem Anschub von hinten ihr ganzes Gewicht entgegenzustemmen. Es gelang ihnen leidlich. Büttner konnte kaum noch hinsehen. Es war im wahrsten Sinne des Wortes ein Trauerspiel.

Doch irgendwie schafften es die tapferen Männer schließlich zum ausgehobenen Grab, auch wenn ihnen inzwischen der Schweiß in Strömen über die puterrot angelaufenen Gesichter lief. Allenthalben war erleichtertes Aufatmen zu hören, als sich die Träger so positionierten, dass sie den Sarg auf dem dafür vorbereiteten Gestell über der Grube abstellen konnten.

Umso lauter aber war das gleich darauf folgende Aufstöhnen, als der Sturm im letzten Moment vor dem Absetzen derart auffrischte, dass die sechs Männer ins Straucheln gerieten. Begleitet von einem kollektiven Aufschrei ließen die Träger den Sarg fallen, der daraufhin das hölzerne Gestell durchbrach und krachend in den Tiefen des Lochs zum Liegen kam. Es hätte nicht viel gefehlt, und einer der Männer wäre hinterhergerutscht.

„Amen", schmetterte die Witwe in den Wind und wandte sich zum Gehen.

24

Nicht einmal die Hälfte der Trauergäste ging nach den vom Pastor am Grab hastig gemurmelten Worten zur Teetafel. Diese war von ein paar eifrigen Helferinnen während der Beisetzung in der Kirche und dem sich unmittelbar anschließenden Versammlungsraum hergerichtet worden. In der Kürze der Zeit hatten die Damen ein wahres Wunder vollbracht, denn wo gerade noch Stühle in Reihen platziert gewesen waren, standen nun aneinandergereihte Tische, die beidseitig durch Stühle flankiert wurden.

David Büttner und Sebastian Hasenkrug suchten sich einen Platz, von dem aus sie die Teegesellschaft gut im Blick hatten. Nachdem sie bei der Beisetzung aufgrund der gegebenen Umstände nicht dazu gekommen waren, die Anwesenden zu beobachten, wollten sie dies jetzt zumindest bei den übriggebliebenen Gästen nachholen. Vermutlich hatte sowieso keiner der Trauergäste auf dem Friedhof Zeit gehabt, sich als Mörder zu outen. Viel zu sehr waren alle damit beschäftigt gewesen, verkrampft hinter dem im Wind schwankenden Sarg herzulaufen und zu hoffen, dieser möge mitsamt seiner Träger heile an seinem Bestimmungsort ankommen.

Sobald Büttner und Hasenkrug sich gesetzt hatten, kam eine Frau eilfertig angelaufen und schenkte Tee in ihre Tassen. Auf den Tischen standen zu Büttners Freude Platten mit dem in Ostfriesland bei Beerdigungen traditionell gereichten Teekuchen, in anderen Regionen besser bekannt als Bienenstich. Büttner fand, er habe sich nach all dem Schrecken eine Belohnung verdient, und er tat sich ein größeres Stück auf den Teller. Er nickte Marianne Behrends zu, die sich, flankiert von ihren Kindern, mit ernstem Gesicht ans obere Ende der Tafel setzte. Als eine Nachbarin in der Absicht zu ihr kam, zu kondolieren, fertigte sie diese mit einer unwirschen Handbewegung ab. Auch als sich nun nach und nach die Plätze füllten, blickte sie kaum auf, sondern schien voll und ganz mit ihren Gedanken beschäftigt. Gedanken, die nicht allzu positiv sein konnten, denn ihre Stirn lag in tiefen Falten, ihre Lippen waren zu schmalen Strichen zusammengepresst. Nach allem, was sie sich während der Beerdigung geleistet hatte, bezweifelte Büttner, dass die offensichtlich negativen Empfindungen der Witwe dem aktuellen Geschehen geschuldet waren oder sie noch immer dem Tod von Therese Pupkes nachtrauerte. Vielmehr suggerierte ihre Mimik höchste Anspannung. Immer wieder ließ sie ihren Blick über die Menge schweifen, als halte sie nach irgendetwas oder irgendwem Ausschau. Vielleicht nach dem Mörder ihres Mannes und ihrer besten Freundin? Konnte es sein, dass sie diesbezüglich inzwischen konkretere Erkenntnisse hatte als die Polizei? Oder hegte sie ganz einfach nur die Befürchtung, dass die Serie der Tötungsdelikte noch nicht zu Ende war und es der Mörder womöglich auch auf sie abgesehen haben könnte? Büttner hätte in diesem Moment viel dafür gegeben, des Gedankenlesens mächtig zu sein.

Für einen Moment meinte Büttner, ein kurzes Aufflackern in Mariannes Augen zu sehen. Er folgte ihrem Blick und entdeckte Edzard Mansen, der soeben zur Kirchentür hereinkam, die Witwe jedoch keines Blickes würdigte. Stattdessen wandte er sich seiner Tochter zu, die tränenüberströmt am Tisch saß und sich ein Taschentuch vors Gesicht presste. Auch in ihrem Fall war nicht davon auszugehen, dass sie um Klaas Behrends trauerte. Vielmehr machte ihr wohl die Verfügung des Haftrichters zu schaffen, der angeordnet hatte, ihren Mann Ibo in Untersuchungshaft zu nehmen. Anscheinend gingen der Staatsanwalt und er beim angeblichen Unfall von Andreas Uphoff doch von einer Tötungsabsicht aus. Angesichts der Todesumstände konnte sich Büttner dieser Meinung nicht vollumfänglich anschließen, doch spielte das für die Entscheidung des Richters keine Rolle. Für Imke, die sich noch vor wenigen Tagen am Ziel ihrer Träume gewähnt hatte, musste das alles ein Albtraum sein.

Am anderen Ende der Tischreihe saß Thea Uphoff. Sie hielt den Blick gesenkt und versuchte anscheinend, sich den Frust von der Seele zu essen, denn sie schlang ein Stück Kuchen nach dem anderen in sich hinein. Doch erstaunte Büttner viel weniger dieser Anblick, als die Tatsache, dass Gesine Oltmanns neben ihr saß und unablässig auf sie einredete. Von Trauer keine Spur. Untermalt mit ausladenden Gesten, kaute sie Thea ein Ohr ab, obwohl diese keinerlei Reaktion zeigte, außer dass ihr Gesichtsausdruck mit jedem Bissen, den sie sich in den Mund schaufelte, grimmiger wurde.

„Hasenkrug", raunte Büttner seinem Assistenten zu,

„überprüfen Sie doch mal, ob man Gesine Oltmanns endgültig aus der Psychiatrie entlassen hat oder ob man ihr aus therapeutischen Gründen lediglich Ausgang zur Beerdigung gewährt."

Sebastian Hasenkrug leerte noch schnell seine Tasse, dann stand er auf und ging hinaus.

Nach einem kräftigen Bissen in seinen Kuchen konzentrierte sich Büttner wieder auf die Trauergemeinde, die diese Bezeichnung eigentlich nicht verdient hatte. Allenthalben war fröhliches Gelächter zu hören, der neueste Dorfklatsch wurde ausgetauscht. Dabei schien es gar nicht mal um die drei zu beklagenden Todesfälle zu gehen, sondern darum, wer wen in nächster Zeit zu heiraten gedachte, wer wann und wie seinen Garten bestellen würde und welche lustige Anekdote sich der demenzkranke alte Mann von gegenüber geleistet hatte.

Gerhard Oltmanns kam verspätet in die Kirche, schaute sich kurz um und ging dann auf Edzard zu. Er klopfte ihm auf die Schulter und raunte ihm mit einem Fingerzeig auf Marianne irgendetwas ins Ohr. Büttner fiel auf, dass Marianne die beiden ganz genau beobachtete. Die Augen zu Schlitzen verengt, stierte sie mit unergründlicher Miene regungslos zu ihnen hinüber. Edzard warf ihr einen kurzen Blick zu, stand dann auf und folgte Gerhard nach draußen. Imke blieb alleine zurück und heulte in ihr Taschentuch. Ihre Mutter sowie ihr Bruder, der tumbe Thorsten, waren nirgends zu sehen, obwohl sie an der Beerdigung teilgenommen hatten.

Hasenkrug kam wieder zurück. Doch gerade, als er zu sprechen ansetzte, landete ein Gehstock unsanft auf seiner

Schulter, gefolgt von den Worten: „Junger Mann, da wollt ich mich gerade hinsetzen. Hier sind doch Stühle genuch. Also such dir gefälligst einen anderen Platz!"

Obwohl Büttner nicht sehen konnte, wer sich hinter seinem Assistenten verbarg, so kam ihm die Stimme der Gehstockschwenkerin doch bekannt vor. Auch über Hasenkrugs Gesicht huschte ein Ausdruck des Erkennens, gleich gefolgt von einem des Erschreckens. Er schluckte schwer, bevor er sich umdrehte und sagte: „Oh. Moin, Frau Beekmann. Das ist ja eine Überraschung!" Sein Versuch zu lächeln misslang. „Ich … ich …", stotterte er und sah die alte Dame ertappt an, „ich suche mir dann wohl besser einen anderen Platz."

„Das will ich dir auch geraten haben, mien Jung. Alten Frauen den Platz wechnehmen, wo gibt's denn so was." Die resolute Dame schob Hasenkrug beiseite und steuerte mit einem rhythmischen *tock-tock* ihres Gehstocks den Stuhl neben Büttner an. Ohne den Kommissar eines Blickes zu würdigen, langte sie mit sicherem Griff nach einem Stück Kuchen und legte es vor sich auf den Teller. Dass dieser bereits benutzt worden war, schien sie nicht zu stören. Eine Frau eilte herbei und schenkte ihr Tee ein.

Büttner überlegte einen Moment, ob er die alte Dame einfach ignorieren sollte. Schließlich war es selten ein Vergnügen, sich mit Uroma Wübkea zu unterhalten. Hasenkrug und er waren der fast Hundertjährigen schon so manches Mal begegnet, und es war sicherlich keine Übertreibung zu sagen, dass Hasenkrug nach dem ersten Zusammentreffen so etwas wie ein kleines Trauma davongetragen hatte. Nun saß der arme Kerl mit bleichem Gesicht am anderen Ende der Kirche und tippte auf seinem Smartphone herum. Seinen Kopf hielt er gesenkt und betete wahrscheinlich zum lieben Gott, dass die Seniorin ihn nicht als denjenigen erkennen würde, der einst in ihrem Stall beim Kaiserschnitt an einer Kuh eine Übelkeitsattacke erlitten hatte.

„Moin, Frau Beekmann", sagte Büttner schließlich doch, denn trotz aller Vorbehalte durfte er nicht außer Acht lassen, dass Uroma Wübkea bereits das ein oder andere Mal eine wichtige Informationsquelle gewesen war, wenn es galt, einen Mörder zu überführen.

Uroma Wübkea, die gerade ein weiteres Mal vom Kuchen abbiss, stockte ein wenig zeitverzögert in ihrer Bewegung, dann drehte sie ganz langsam den Kopf und starrte Büttner an, als habe der ihr soeben ein unsittliches Angebot gemacht. Sie musterte ihn von oben bis unten, dann sagte sie: „Was quatscht du mich denn an? Ich kenn dich nich."

Büttner lächelte. „Aber sicher kennen wir uns, Frau Beekmann. Sie erinnern sich vielleicht an den Mordfall vor ein paar Jahren auf Ihrem Hof …"

„Ich bin doch nich senil", fauchte sie. „Wie soll ich das wohl vergessen haben."

„Natürlich nicht, Frau Beekmann. Ich dachte nur, weil Sie sich nicht an mich erinnern …"

„Wer sacht denn, dass ich mich nicht an dich erinner'", fuhr sie ihm in die Parade. „Ich bin doch nich senil."

„Natürlich nicht. Ich war damals der ermittelnde Kommissar und …"

Ein Erkennen schlich sich auf ihr schmales, von tiefen Falten durchfurchtes Gesicht. „Weiß ich doch, du bist der dicke Polizist."

Büttner verzog gequält das Gesicht, erwiderte jedoch nichts darauf.

„Isst du auch so gerne Teekuchen, mien Jung?", fragte Uroma Wübkea. Sie musterte seinen Bauch. „Natürlich tust du das, sonst wärst du ja nich hier."

Büttner fühlte sich ertappt, obwohl es dafür gar keinen Grund gab. Schließlich war er dienstlich hier und nicht, um sich an dem Teekuchen zu vergreifen. Na ja, wenigstens nicht in erster Linie. „Ich habe Sie bei der Trauerfeier und auf dem Friedhof gar nicht gesehen", sagte er schnell, bevor sie weiter auf seiner Figur herumhackte.

„Was soll ich denn da auch wohl", antwortete sie schmatzend.

„Na ja, ich dachte, wenn Sie auf eine Beerdigung kommen, dann …"

„Ich kannte den Toten doch gar nich. Was soll ich dann wohl auf seiner Beerdigung." Die Falten auf ihrer Stirn vertieften sich. „Oder is das womöglich 'ne Frau, die nu tot is?"

„Sie wissen gar nicht, wer heute beerdigt wurde?", wunderte sich Büttner. „Aber warum sind Sie dann hier?"

„Aus dem gleichen Grund wie du, mien Jung, aus dem gleichen Grund wie du."

„Sie ermitteln auch in dem Mordfall?", entfuhr es Büttner stumpf, was er sogleich bereute.

„Was'n für'n Mordfall?"

„Sie wissen nicht, dass wir heute ein Mordopfer beerdigt haben?"

„Nee." Sie griff nach einem weiteren Stück Kuchen. „Aber ist ja auch egal, warum der Kerl tot is."

„Aber warum sind Sie dann hier?", versuchte Büttner es erneut.

„Wegen dem Kuchen. Warum denn wohl sonst."

„Sie kommen bei diesem Sturm hierher, um Kuchen zu essen?"

„Natürlich. Das sach ich doch." Sie spülte ihren Bissen mit einem Schluck Tee hinunter und meinte: „Christian, was mein Enkelsohn is, der war mit mir in Emden. Und als wir hinterher hier vorbeifuhren, hab ich die ganzen Menschen gesehen, die in Jennelt in ihren schwarzen Klamotten rum-laufen. Da hab ich zu Christian gesacht, er soll mich an der Kirche rauslassen, weil's da bestimmt Teekuchen gibt. Er hat mich dann bis zur Tür gebracht. Is ja ein büschen windich draußen, da wollt ich nich so gerne bis hierher laufen. Und weißt du was?" In ihrem Blick lag unverhohlener Triumph.

„Nein. Was denn?"

„Hier gibt's wirklich Kuchen."

„Ach was." Büttner warf einen hilfesuchenden Blick zu Hasenkrug, der aber senkte schnell den Kopf, als sich ihre Blicke kreuzten.

„Wer ist denn nu tot?"

„Was?"

„Wer tot is, will ich wissen. Muss doch wissen, wem ich den Kuchen zu verdanken hab."

„Klaas Behrends. Er wurde ermordet."

Wieder schaute Uroma Wübkea auf. „Klaas is tot? De old Knötterkopp? Geschieht ihm recht."

Büttner horchte auf. „Sie kannten Klaas Behrends?"

„Jeder in der Krummhörn kennt Klaas."

„Aber Sie wussten nicht, dass er ermordet wurde?"

„Natürlich weiß ich das, ich bin doch nich senil." Sie tat sich einen Kluntje in die Tasse, als die Frau mit dem Tee noch mal vorbeikam. „Wunnert mich nich, dass der ermordet wurde."

„Warum? Hatte er Feinde?"

„Woher soll ich das wohl wissen." Ein drittes Stück Kuchen landete auf ihrem Teller. „Du isst ja gar nix, mien Jung", behauptete sie mit einem Blick auf seinen leeren Teller. „Magst wohl keinen Teekuchen."

„Danke, ich hab schon zwei Stück gehabt." Büttner holte tief Luft. Hier war Geduld angesagt. „Und warum wundert es Sie nicht, dass Klaas ermordet wurde?", lenkte er sie aufs Thema zurück.

„Na, so wie der seine Frau behannelt hat."

„Er hat seine Frau schlecht behandelt?" Büttner warf einen Blick zu Mariannes Platz hinüber, doch die war verschwunden. Auch ihre Kinder waren nicht mehr da. „Was hat er ihr denn getan?"

„Der hat doch immer mit der lütten Gesine rumgemacht", behauptete sie.

„Mit Gesine Oltmanns?" Wieder ließ Büttner seinen Blick schweifen, aber auch Gesine saß nicht mehr an ihrem Platz. Nur Thea Uphoff schaufelte nach wie vor Kuchen in sich hinein. „Wie kommen Sie denn darauf?"

„Das weiß doch jeder. Außerdem hab ich sie zusammen gesehen. Neulich. In Greetsiel."

„Und was genau haben Sie da beobachtet?"

Uroma Wübkeas Gesicht verfinsterte sich. „Nix. Kann ja nich mehr so gut gucken wie früher. Man is ja schließlich keine neunzich mehr."

„Aber Sie sind sicher, dass es sich bei den beiden um Klaas und Gesine gehandelt hat?"

„Natürlich. Bin doch nich senil."

Büttner überlegte einen Moment, dann fragte er: „Wie kommen Sie eigentlich nach Hause, Frau Beekmann?"

Sie zuckte die Schultern. „Weiß nich. Aber bestimmt fährt mich jemand. Sind immer nett, die Jennelter."

Büttner winkte seinem Assistenten, zu ihm zu kommen, was der sichtlich widerwillig tat. „Was gibt's?", fragte Hasenkrug mit einem skeptischen Blick auf Uroma Wübkea.

Genau in diesem Moment schaute die alte Frau auf und sagte: „Büscha so dünn, mien Jung. Kriegst wohl nix zu essen zu Haus. Wie geht's dir denn eigentlich? Ist der Bauch wieder besser?"

„Doch. Passt schon", murmelte Hasenkrug.

„Was haben Sie über Gesine Oltmanns herausgefunden?", fragte Büttner.

„Sie wurde heute auf eigenen Wunsch aus dem Krankenhaus entlassen."

„Ach so?" Büttner hob verwundert die Brauen. „Na, dann will ich jetzt erst recht mit ihr sprechen. Es gibt neue Erkenntnisse."

„Ach so?", sagte jetzt auch Hasenkrug. „Na, da komme ich doch glatt mit."

„Nee." Büttner erhob sich von seinem Platz und zog seinen Assistenten auf die Seite. „Frau Beekmann hat Klaas Behrends und Gesine Oltmanns zusammen in Greetsiel gesehen. Sie behauptet, die beiden hätten, wie sie wörtlich sagte, miteinander rumgemacht."

„Interessant."

„Gut erkannt, Hasenkrug." Büttner deutete auf Uroma Wübkea. „Und deshalb fahren Sie Frau Beekmann gleich nach Hause."

„Was?" Hasenkrug entgleisten sämtliche Gesichtszüge.

„Sie ist eine wichtige Zeugin, Hasenkrug. Außerdem sucht sie jemanden, der sie fährt. Also nutzen Sie die günstige Gelegenheit, um noch ein bisschen was über Klaas und Gesine zu erfahren."

„Aber …"

Büttner klopfte ihm auf die Schulter. „Sie machen das schon. Und ich kümmere mich derweil um Gesine Oltmanns."

Noch bevor Hasenkrug sich wieder gefasst hatte, war sein Chef bereits verschwunden.

25

Eine heftige Windböe raubte David Büttner den Atem, als er aus der Kirche trat. Er hatte gehofft, dass der Sturm zwischenzeitlich nachgelassen hätte, doch war das Gegenteil der Fall. Obwohl es nicht kalt war, fröstelte ihm beim Anblick der sich biegenden Bäume und Sträucher. Ein Schatten fiel auf sein Gesicht. Er wandte den Blick zum Himmel und musste feststellen, dass von Westen her ein tiefschwarzes Wolkenfeld in schnellem Tempo heranzog. Als erneut eine Böe mit einem satten Pfeifen um die Ecken stob und alles aufwirbelte, was nicht fest verankert war, zog er seinen Mantel enger um sich und lief mit verschränkten Armen und gesenktem Kopf auf die Rückseite der Kirche. Bevor er Gesine Oltmanns besuchte, wollte er noch einmal ans Grab von Klaas Behrends gehen. Irgendwie hatte er das Gefühl, etwas von dem Toten erfahren zu können, auch wenn ihm nicht klar war, was genau eine bereits beerdigte Leiche zu seiner Erhellung beitragen konnte.

Gerade hatte er ein paar Schritte gemacht, als es in Strömen anfing zu regnen. Fluchend kramte er seine Schirmmütze aus der Manteltasche. Er wusste insgeheim, dass diese ihn nicht davor bewahren würde, nass zu werden, aber der Glaube versetzt ja vielleicht auch Wolken. Der Sturm kümmerte sich unterdes nicht um Büttners Hoffnungen und trieb den Regen nun waagerecht vor sich her. Fast peitschend schlug er ihm ins Gesicht, sodass Büttner sich reflexartig entgegen der Windrichtung aufstellte.

Er beschloss, sich doch besser auf den Weg zu Gesine Oltmanns zu machen. Dort würde es wenigstens warm und trocken sein. Sollte er sie nicht zu Hause antreffen, würde er auf direktem Wege zurück in die Kirche gehen, sich ein weiteres Stück Kuchen gönnen und warten, bis Sebastian Hasenkrug mit hoffentlich interessanten Erkenntnissen aus Greetsiel zurückkam.

Doch irgendetwas ließ ihn zögern. Bevor er sich zum Gehen wandte, warf er einen letzten Blick auf Behrends' Grab, das ein gutes Stück von seinem jetzigen Standort entfernt war. Zu seiner Verwunderung lag der Aushub noch immer aufgeschüttet neben dem Loch, Kränze und Blumensträuße fristeten neben ihm ein tristes Dasein, einige waren bereits vom Sturm davongetragen worden. Er fragte sich, warum man das Grab nicht längst wieder mit Erde zugeschaufelt hatte, zumal laut Wetterbericht mit Regen zu rechnen gewesen war. Normalerweise geschah dies doch gleich im Anschluss an eine Beisetzung.

Büttner kniff die Augen zusammen und versuchte, das Grab am Ende des Friedhofs zu fokussieren, was durch den immer heftiger werdenden Regen und bei dem nun beinahe nachtschwarzen Himmel gar nicht so einfach war. Konnte es sein, dass …

Er ging ein paar Schritte näher heran, wobei seine Schuhe auf dem aufgeweichten Boden schlotzende Geräusche von sich gaben. Tatsächlich! Er hatte sich nicht getäuscht. Quer über das Kopfende des Grabes lag der Stamm einer entwurzelten Ulme. Nun gewahrte er auch das Loch, das das Wurzelwerk des Baumes keine drei Meter von der ausgehobenen Grube entfernt in den Boden gerissen hatte. Ihm wurde ganz mulmig bei dem Gedanken, dass genau an diesem Grab vor vielleicht einer Stunde noch Menschen gestanden und von Klaas Behrends Abschied genommen hatten. Was, wenn der Baum sich in genau diesen Minuten dazu entschlossen hätte, sich dem Orkan geschlagen zu geben und zu Boden zu krachen? Mit großer Wahrscheinlichkeit hätte er jemanden mit sich gerissen. Da stellte es sich im Nachhinein doch noch als vorteilhaft heraus, dass Marianne Behrends die Zeremonie einem mehr oder weniger abrupten Ende zugeführt hatte. Nicht auszumalen, was sonst alles hätte passieren können.

Und nun erschloss sich Büttner auch der Grund, warum der Sarg von Klaas Behrends immer noch Wind und Wetter ausgesetzt wurde. Zweifelsohne musste erst einmal jemand mit schwerem Gerät anrücken, um den Baumstamm mitsamt seinem Geäst beiseitezuschaffen, bevor die Totengräber ihrem Job nachkommen und die Grube zuschütten konnten.

Büttner ließ seinen Blick über das Gelände schweifen, wobei seine Schirmmütze sich bewährte: Seine Augen waren vorm Regen geschützt. Mindestens drei Bäume hatte es in seinem Sichtfeld erwischt, einer von ihnen hatte, soweit er es erkennen konnte, einen Grabstein gespalten. Hinzu kamen diverse Äste und anderes Gerümpel, das sich quer über die frühlingshaft geschmückten Gräber verteilte und diese in ein unansehnliches Schlachtfeld verwandelte. Die Angehörigen der hier Ruhenden würden wenig begeistert sein, wenn sie die Bescherung sahen. Zumal noch nicht abzusehen war, wann der Spuk ein Ende haben würde. Gut möglich also, dass der Schaden schlussendlich noch größer sein würde.

Vorsichtshalber sah sich Büttner um, ob er womöglich in Reichweite einer der mächtigen Bäume stand, von denen es in Jennelt nicht wenige gab. Sollte ihm einer von ihnen auf den Kopf fallen, brauchte er sich morgen mit diesem Fall nicht mehr zu befassen, denn dann war er vermutlich selbst einer für die Notaufnahme. Auch die gerade wieder tieffliegenden Müllsäcke waren nicht zu verachten. Vielleicht war es tatsächlich besser, sich vom Friedhof zu verabschieden und einen geschützten Raum aufzusuchen. Also wandte er sich zum Gehen.

Gerade auf dem schmalen Pfad neben der Kirche angekommen, ließ ihn ein schepperndes Getöse, das sich von den Geräuschen um ihn herum abhob, aufmerken. Er schaute sich nach dem Ursprung dieses Lärms um, konnte jedoch nichts entdecken. Stattdessen aber erblickte er Pastor Hinderk Willms, der, am abschüssigen Gelände mehr rutschend als laufend, offensichtlich dem Grab von Klaas Behrends entgegensteuerte. Büttner hob schon zum Rufen an, dann jedoch entschloss er sich, erst einmal abzuwarten, was Willms vorhatte. Was mochte der Pastor bei diesem unwirtlichen Wetter am Grab zu schaffen haben, das sich nicht auch zu einem späteren und vor allem trockeneren Zeitpunkt noch erledigen ließe?

Erst jetzt ging Büttner auf, dass sich der Pastor überhaupt nicht bei der Teetafel hatte blicken lassen. Auch das war eher unüblich. Hatte Marianne Behrends ihn womöglich ausgeladen? Aber warum sollte sie das tun? Wenn sie nicht gewollt hätte, dass Hinderk Willms ihren Mann beerdigte, hätte sie sich doch um einen anderen Pastor bemühen können. Die Abwesenheit des Geistlichen hatte vermutlich einen anderen Grund. Nur welchen?

Einem Instinkt folgend, trat Büttner ein paar Schritte zurück und drückte sich hinter einen Mauervorsprung. Auch wenn Hinderk Willms keine Anstalten machte, sich umzudrehen, so wollte Büttner doch sichergehen, im Falle eines Falles nicht von ihm entdeckt zu werden. Dabei kam Büttner zupass, dass das Dämmerlicht um ihn herum noch zunahm, obwohl es noch ein paar Stunden Zeit bis zur einsetzenden Dunkelheit war. Die über ihm dahinsausenden tiefschwarzen Wolken schienen jetzt zum Greifen nah, der Regen klatschte wie eine Wand auf den Boden. Büttners imprägnierter Mantel hielt die Feuchtigkeit nur leidlich von seinem Körper fern, die ersten Tropfen rannen ihm bereits den Nacken hinunter. Doch hätte er seinen Platz um nichts in der Welt aufgeben wollen. Zu sehr interessierte ihn, was Hinderk Willms bei solch einem Platzregen aus der warmen und trockenen Pastorei hinaus auf den Friedhof trieb.

Lange stand der in einen schwarzen Mantel gekleidete Pastor einfach nur stocksteif und mit vor dem Bauch gefalteten Händen am offenen Grab und starrte auf den Sarg hinab. Führte er womöglich ein letztes stummes Zwiegespräch mit dem Verstorbenen? Oder versuchte er seinen Herrn und Meister auf den letzten Metern davon zu überzeugen, dass er den Sünder Klaas Behrends zu sich in sein himmlisches Reich nehmen solle?

Büttner schüttelte innerlich den Kopf. Eher stand zu vermuten, dass der Pastor diese Minuten gewählt hatte, um ganz sicherzugehen, von niemandem hier erwischt zu werden. Keine Menschenseele würde sich bei diesem Wolkenbruch draußen herumtreiben, wenn es sich irgendwie vermeiden ließ. Den köstlichen Teekuchen und den wärmenden Tee vorm geistigen Auge, überlegte Büttner, es diesen Menschen gleichzutun. Doch just in dem Moment, als er sich selbst die Erlaubnis gab, sich zurückzuziehen, gab Hinderk Willms seine statuenhafte Haltung auf. Er nestelte an den Knöpfen seines Mantels herum und zog schließlich einen braunen Umschlag hervor. Während der ungeschützt dem Regen ausgeliefert war, schaute sich der Pastor nach allen Richtungen um.

Büttner drückte sich noch ein wenig fester hinter seinen Mauervorsprung und zog den Bauch ein. Nur wenn er viel Pech hatte, würde Willms ihn hier entdecken. Alles blieb ruhig. Vorsichtig lugte Büttner hervor und stellte zufrieden fest, dass der Pastor ihn nicht gesehen hatte. Willms hatte nun den rechten Arm ausgestreckt und hielt den Umschlag über das Grab.

Gerade als Büttner überlegte, sich bemerkbar zu machen und den Umschlag einzufordern, ließ Willms diesen fallen.

Schöner Mist! Sollte sich darin ein interessantes Schriftstück befinden, so war zu bezweifeln, dass es nach einem Aufenthalt im Grab – in dem das Wasser zwischenzeitlich zentimetertief stehen dürfte – noch zu entziffern sein würde. Allenfalls würde es noch zur Herstellung von Pappmaché zu verwenden sein.

Ohne sich noch einmal umzudrehen, verschwand der

Pastor. Büttner aber wollte die Sache nicht auf sich beruhen lassen und schlitterte nun seinerseits über den Friedhof in Richtung Grab. Ein Blick in die Tiefen von Behrends' letzter Ruhestätte hinab sagte ihm nicht nur, dass der Sarg ungewöhnlich schief in der Grube lag, sondern auch, dass der Umschlag noch auf dem Wasser trieb. Ganz gewiss war es nur eine Frage der Zeit, bis er komplett durchweicht sein und untergehen würde.

Büttner schaute sich nach etwas um, womit er den Umschlag herausfischen könnte, doch hatten die Totengräber ihre Gerätschaften anscheinend allesamt mitgenommen. Sein Blick blieb an den zerbrochenen Streben des Holzgestells hängen, auf dem der Sarg ursprünglich hätte zum Stehen kommen sollen. Er griff nach einer der schmalen, zerbrochenen Latten und zerrte an ihr herum. Schließlich gab sie knirschend nach. Wie der Kommissar aber schnell feststellen musste, war sie zu kurz, um an den Umschlag heranzureichen. Auch der Versuch, einen Ast vom umgestürzten Baum zu brechen, scheiterte. Und jetzt?

„Chef?" Ein völlig durchnässter Sebastian Hasenkrug kam von der Kirche her auf ihn zu. „Chef? Was machen Sie denn hier? Ich hab Sie überall gesucht."

„Kommen Sie an den Umschlag da unten heran?", fragte Büttner, ohne Zeit zu verlieren.

Hasenkrug linste über den Rand des Grabes. „Wie kommt denn der dahin?"

„Unwichtig. Ich will nur, dass Sie ihn herausholen. Vermutlich handelt es sich bei ihm um ein Beweisstück."

„Aha", war alles, was Hasenkrug dazu einfiel. Auch er schaute sich nun um, schien jedoch ebenso wie sein Chef nichts zu entdecken, was beim Herausfischen des Corpus Delicti hilfreich sein könnte.

„Tja, dann müssen Sie wohl hinabsteigen", stellte Büttner entschlossen fest.

„Wie bitte?" Hasenkrug sah ihn mit offenem Mund ungläubig an.

Büttner musterte seinen Assistenten von oben bis unten. „Sie sind doch sowieso schon total durchnässt." Sein Blick blieb an Hasenkrugs Schuhen hängen. „Und diese Schuhe ... bäh ... Was ist denn mit denen passiert?"

Hasenkrugs Stirn umwölkte sich. „Das war Frau Beekmann."

„Uroma Wübkea hat Ihnen dermaßen die Schuhe eingesaut?"

„Na ja, nicht direkt. Also, eigentlich war es so, dass ..."
Büttner machte eine unwirsche Handbewegung. „Dafür haben wir jetzt keine Zeit, Hasenkrug. Nun sehen Sie endlich zu, dass Sie das Schriftstück von da unten raufholen."

Hasenkrug machte Anstalten, seinem Vorgesetzten den Vogel zu zeigen, wandelte die Bewegung jedoch noch schnell in ein Kratzen an der Schläfe um. „Wenn ich da runtersteige, komme ich im Leben nicht wieder heraus. Viel zu glitschig, die Angelegenheit. Und ich hab wirklich keine Lust, mein Leben Seite an Seite mit den sterblichen Überresten eines Klaas Behrends zu beenden."

„Himmel, Hasenkrug, nun geben Sie doch hier nicht das Sensibelchen!", wetterte Büttner. Von dem Umschlag war nun nur noch eine Ecke zu sehen, der Rest war bereits im morastigen Wasser verschwunden. „Ich mache Sie persönlich dafür verantwortlich, wenn wir den Täter wegen des abgesoffenen Dokuments nicht überführen können."

„Nun tragen Sie aber reichlich dick auf", entgegnete Hasenkrug. „Außerdem wissen Sie doch gar nicht, warum das Schriftstück da schwimmt. Womöglich handelt es sich um einen ganz normalen Abschiedsgruß an den Verstorbenen."

„Und warum sollte ausgerechnet ein Pastor so was einem Leichnam hinterherschmeißen?", ätzte Büttner.

„Der Pastor hat es dort hineingeworfen?" Hasenkrug sah seinen Chef erstaunt an.

„Nun glotzen Sie nicht so blöd, Hasenkrug, sondern unternehmen Sie endlich was!"

Noch bevor Hasenkrug etwas erwidern konnte, durchzuckten plötzlich blaue Blitze das trübe Licht des Nachmittags. Im nächsten Moment schlenderten ein paar Gestalten in Feuerwehrmontur über den Friedhof. Sie kamen in ihre Richtung. Vermutlich hatten sie den Auftrag, den über dem Grab liegenden Baumstamm zu zersägen.

„Schnell!", brüllte Büttner, seine Chance erkennend, gegen den Sturm an. „Schnell, kommen Sie hierher!"

Er musste angemessen panisch geklungen haben, denn tatsächlich setzten die Feuerwehrleute nun zu einem Spurt an. „Ist was passiert?", rief einer. „Gibt es Verletzte?" Wenig später blieb er an Büttners Seite stehen und folgte mit den Augen dessen Finger ins Grab hinab.

„Ich bräuchte diesen Umschlag da, der da im Wasser treibt", erklärte Büttner.

„Nicht Ihr Ernst."

„Allerdings." Büttner fingerte seinen Polizeiausweis aus dem Mantel und hielt ihn dem Feuerwehrmann unter die

Nase. „Es ist ein Beweisstück. Wenn wir es nicht bekommen, mache ich Sie persönlich dafür verantwortlich, dass ein Mörder auf freiem Fuß bleibt."

Nach dieser unmissverständlichen Ansage dauerte es nur wenige Minuten, bis der Umschlag völlig durchweicht, aber noch nicht in seine Einzelteile zerlegt in Büttners Händen lag.

Kuchen gab es keinen mehr und auch keinen Tee, als Büttner und Hasenkrug wenig später in die Kirche zurückkehrten. Alle Gäste der Trauerfeier waren bereits gegangen. Einzig ein paar eifrige Damen wuselten noch herum und trugen das benutzte Geschirr auf Tabletts in den Nebenraum.

Büttner wischte sich den Regen aus dem Gesicht, steuerte einen der Heizkörper an und stellte erleichtert fest, dass er warm war. Er legte den Umschlag darauf und hoffte, dass noch irgendetwas des Inhalts zu lesen sein würde, wenn das Papier getrocknet war. Bislang hatte er sich nicht getraut, die in ihm enthaltenen Zettel hervorzuklauben, aus lauter Angst, diese könnten ihm zwischen seinen Fingern zerfallen.

„Und nun?", fragte Hasenkrug mit vor Kälte klappernden Zähnen. Genauso wie sein Chef fror er in seinen nassen Klamotten ganz erbärmlich. „Sollten wir uns nicht den Pastor vorknöpfen?"

„Nicht bevor wir wissen, was in dem Umschlag ist. In einem solchen Fall ist es immer besser, den Überraschungseffekt zu nutzen", antwortete Büttner.

„Na, da hoffen wir mal, dass in der grauen Masse da", Hasenkrug deutete auf den Umschlag, „noch irgendwas Überraschendes zu finden sein wird."

„Ansonsten werden wir Willms trotzdem damit konfrontieren." Büttner zuckte die Schultern. „Was ein richtiger Pastor ist, der wird wohl nicht das Blaue vom Himmel herunterlügen, selbst wenn wir ihm nur diese graue Masse präsentieren können. Ich glaube eher, dass er vor lauter schlechtem Gewissen zwitschern wird wie ein Wellensittich."

„Dann können wir ihn ja auch direkt damit konfrontieren", stellte Hasenkrug fest. „Ach ja, und was die Affäre zwischen Klaas Behrends und Gesine Oltmanns betrifft ..."

„Halt. Nicht so eilig. Für heute habe ich genug." Büttner winkte entschieden ab. „Jetzt trennen wir Heinrich von seiner Liebsten, fahren nach Hause und ziehen uns was Trockenes an, bevor wir uns hier noch eine Lungenentzündung zuziehen. Die Jennelter haben wahrlich schon genug Leichen produziert, da braucht es uns nicht auch noch als Kollateralschaden."

Büttner nickte Hasenkrug zu, nahm den klammen Umschlag und verließ die Kirche.

26

Fingerabdrücke waren aufgrund der Witterungsbedingungen nicht zu erwarten, doch hatte David Büttner zumindest gehofft, mit dem Inhalt des Umschlags endlich den Mörder von Klaas Behrends und Therese Pupkes überführen zu können. Zwar hatte er sich nie so recht vorstellen können, dass ausgerechnet der Pastor hinter den Jennelter Verbrechen stecken sollte, doch wäre er davon auch nicht wirklich überrascht gewesen. Pastoren waren auch nur Menschen, und Büttner war nach allem, was er in seinem Beruf hatte erfahren müssen, davon überzeugt, dass es keinen Menschen gab, der nicht unter gewissen Umständen zum Mörder mutieren konnte. Selbst der Sanftmütigste würde irgendwann zurückschlagen, wenn man ihn nur lange und intensiv genug reizte. Warum also sollte es nicht auch einen Pastor geben, der zum Morden neigte?

Nun aber rätselte Büttner darüber, was genau an den Schriftstücken und Fotos, die sie in dem Umschlag gefunden hatten, so brisant sein sollte, dass Willms ihn gemeinsam mit einem Leichnam in den Tiefen des Jennelter Friedhofs verschwinden lassen wollte. Nachdenklich nahm er die Zettel und Bilder noch einmal in die Hand und musterte sie eingehend. Er hatte den Umschlag über Nacht trocknen lassen und am nächsten Morgen nach vorsichtigem Öffnen und einem kurzen Blick auf den verklebten Inhalt entschieden, ihn lieber den Experten in der Kriminaltechnik zu geben. Das Ergebnis dieses Rettungsversuchs hielt er nun in seinen Händen. Die Anspannung, die er auf dem Friedhof angesichts des Umschlags empfunden hatte, war verflogen. Ob für immer, das vermochte er allerdings nicht zu sagen. Denn immerhin war nicht ausgeschlossen, dass diese wenig brisant anmutenden Bilder und Texte ein Geheimnis bargen, das sich ihm nicht auf den ersten Blick erschloss. Vielleicht sollte man doch noch mal genauer hinsehen.

„Ah, gut, dass Sie kommen, Hasenkrug", begrüßte er seinen Assistenten, der gerade zur Tür hereinkam. „Ich hätte da einen Auftrag für Sie."

„Solange ich nicht wieder ins Reich der Toten hinabsteigen soll", erwiderte der und hing seine Jacke an die Garderobe. Das Wetter hatte sich über Nacht beruhigt. Sturm und Regen waren gen Osten abgezogen und hatten einem heiteren und warmen Frühlingstag Platz gemacht. Wäre Büttner ein auch nur ansatzweise esoterisch veranlagter Mensch gewesen, wäre er womöglich dem Gedanken verfallen, der Himmel habe sich gestern mit grollendem Orkan und zornigem Platzregen extra von Klaas Behrends verabschieden wollen. Doch mit leichtem Kopfschütteln vertrieb er den Gedanken wieder und sagte an Hasenkrug gewandt: „Überprüfen Sie doch bitte mal Hinderk Willms." Er hielt die Unterlagen in die Luft. „Die KTU hat mir den Inhalt des Umschlags auseinandergezupft. Es ist nicht mehr alles lesbar, aber das, was ich entziffern konnte, rechtfertigt keinen Mord, denke ich."

„Und warum soll ich Willms dann noch mal überprüfen?" Sebastian Hasenkrug setzte sich an seinen Schreibtisch. „Ich hatte ihn schon mal durch den Computer gejagt. Es liegt nichts gegen ihn vor."

Büttner reichte seinem Assistenten einen vergilbten Zeitungsausschnitt. „Ich habe hier was aus den achtziger Jahren. Reicht Ihre Recherche so weit zurück?"

„Da war Hinderk Willms im Teenageralter", bemerkte Hasenkrug. „Da war was, ja. Es schien mir aber für unsere Ermittlungen nicht relevant zu sein. Hab vergessen, worum es genau ging."

„Dann überprüfen Sie das bitte noch mal."

Hasenkrug studierte die Unterlagen, dann nickte er und machte sich sogleich ans Werk. „Vielleicht sollten wir Hinderk Willms persönlich dazu befragen", schlug er vor.

„Das hat Frau Weniger bereits veranlasst", erwiderte Büttner. „Der Pastor wird gleich hier erscheinen. Könnte mir vorstellen, dass er ziemlich überrascht sein wird, wenn wir ihn mit dem bestattet geglaubten Unterlagen konfrontieren."

„Das wird er zweifelsohne." Hasenkrug schaute konzentriert auf seinen Bildschirm. „Hier ist was", sagte er schließlich. „1986. Ich schaue mal, ob Klaas Behrends irgendwie in die Sache involviert war. Oder Therese Pupkes." Wenige Minuten später schüttelte er den Kopf. „Nee. Gegen die zwei habe ich in diesem Zusammenhang nichts. Hätte mich auch gewundert. Zu spießig, die beiden."

„Ich war damals auch nicht dabei und halte mich trotzdem nicht für spießig", brummte Büttner.

„Wären Sie dabei gewesen, hätten Sie heute womöglich

einen anderen Job", meinte Hasenkrug und tippte auf seinen Bildschirm. „Zum Beispiel, wenn Sie Polizisten verprügelt hätten oder Ähnliches. So manche Eskalation war damals allerdings nicht vorauszusehen. Könnte mir vorstellen, dass auch Hinderk Willms mit anderen Absichten dort aufgeschlagen ist."

Noch ehe Büttner etwas erwidern konnte, öffnete sich die Tür, und Frau Weniger verkündete, dass Pastor Willms eingetroffen sei.

„Na, da bin ich ja mal gespannt", sagte Büttner. „Lassen Sie ihn bitte eintreten."

„Moin", grüßte der Pastor im nächsten Moment. „Ich kann nicht sagen, dass es mir besonders gut passt, hier zu sein. Schließlich gibt es in Jennelt noch zwei Beerdigungen vorzubereiten."

Büttner bedeutete ihm, Platz zu nehmen. „Nun, Sie hätten gestern die Zeit nutzen können, die Sie am Grab von Klaas Behrends verbracht haben", kam er gleich zur Sache, doch Willms schien nicht zu wissen, was er damit meinte.

„Ich hatte einen Mann zu beerdigen." Diese Feststellung klang wie eine Frage, als müsse er die Polizisten daran erinnern, was am gestrigen Tag seine Aufgabe gewesen war.

„Das meine ich nicht", erwiderte Büttner prompt. Er schob ihm die Unterlagen rüber, die Hasenkrug ihm beim Eintreten des Pastors wiedergegeben hatte.

Es reichte ein Blick darauf, um Hinderk Willms erbleichen zu lassen. „W-woher h-haben Sie d-das?", stammelte er. Seine Finger zitterten plötzlich.

„Die Frage ist, warum Sie es in Behrends' Grab versenkt haben", entgegnete Büttner.

Willms schluckte schwer, dann hob er abwehrend die Hände. „Sie müssen mir glauben, dass ich mit den Morden nichts zu tun habe."

„Und was ist dann damit?", ließ Büttner ihn nicht von der Angel. Er beugte sich vor und fing den Blick des Pastors ein. „Bitte, Herr Willms, ich hätte gerne eine Antwort auf meine Frage. Warum versenken Sie Unterlagen aus den achtziger Jahren in einem Grab?"

Der Pastor rutschte unruhig auf seinem Stuhl hin und her, seine Kiefer mahlten. „Klaas … Er … er hat mich damit erpresst."

„Erpresst?" Büttner sah ihn fragend an. „Wozu sollte das gut sein?"

„Klaas hat damit gedroht, allen zu erzählen, was damals vorgefallen ist."

„Ja, und? Was hätte in diesem Fall passieren können?"

Nun war es der Pastor, der sich zu ihm vorbeugte und raunte: „Verstehen Sie denn nicht, es hätte mich meinen Job kosten können, wenn das ans Licht gekommen wäre."

„Es ist mehr als dreißig Jahre her", bemerkte Büttner. „Sie waren ein Teenager. Die Sache ist aus dem Ruder gelaufen. Sie wurden nicht mal verurteilt. Wo also steckt das Potenzial für eine Erpressung?"

Willms räusperte sich. „Ich bin Pastor in einem ostfriesischen Dorf, Herr Kommissar. Glauben Sie mir, da reicht weniger aus, um mich mit Schimpf und Schande von der Kanzel zu jagen."

„Steigern Sie sich da nicht in irgendwas rein?" Büttner warf einen Blick auf den Zeitungsartikel, den er aus dem Umschlag hatte und der nun vor ihm lag. Wackersdorf

1986. Der junge Hinderk Willms hatte damals an den Protesten gegen die atomare Wiederaufarbeitungsanlage teilgenommen. Im Eifer des Gefechts war ein Polizist von einem nicht allzu großen Stein am Kopf verletzt worden, wobei nicht genau auszumachen gewesen war, wer diesen Stein geworfen hatte. Der Schüler Willms gehörte zum Kreis der Verdächtigen, allerdings konnte ihm und den anderen nichts nachgewiesen werden. Das Verfahren wurde mangels Beweisen eingestellt.

Der Pastor holte tief Luft, bevor er sagte: „Ich habe Klaas einmal in weinseliger Stimmung davon erzählt, als wir versuchten, uns gegenseitig mit unseren Jugendsünden zu überbieten. Es ist Jahre her. Jetzt aber hat er es wieder hervorgekramt und mich damit unter Druck gesetzt. Keine Ahnung, woher er all die Unterlagen hatte. Aber wenn Klaas sich in etwas verbissen hatte, dann kam er in der Regel auch ans Ziel."

„Und der Gegenstand der Erpressung? Ging es um das Gebäude des Kindergartens, das Behrends unbedingt haben wollte?"

Der Pastor blickte erstaunt auf. „Sie wissen davon?"

„Das ist unser Job", erwiderte Büttner knapp. Er sah Willms so lange an, bis der den Blick senkte. „Kann es sein, dass tatsächlich Sie es waren, der den Stein geworfen hat?", fragte er dann.

Willms nickte. „Ja", sagte er mit dünner Stimme. „Ich habe nie jemandem davon erzählt. Es wussten nur die, die unmittelbar neben mir gestanden hatten."

„Und dann auch Klaas Behrends."

„Ja."

Büttner lehnte sich in seinem Stuhl zurück. Ihn lechzte nach einem Schokoriegel, aber der musste noch warten. Er würde ihn sich später mit einer schönen Tasse Kaffee gönnen. „Der Polizist wurde nur leicht verletzt, musste lediglich ambulant behandelt werden. Für mich ist das kein Grund, sich von irgendwem erpressen zu lassen", meinte er.

Der Pastor warf den Kopf in den Nacken, nahm ihn jedoch gleich wieder nach vorne. „Wenn das in Jennelt bekannt geworden wäre, wäre ich ruiniert gewesen. Verstehen Sie das nicht?"

„Nee." Büttner schüttelte den Kopf. „Das verstehe ich tatsächlich nicht."

„Sie kennen die Jennelter nicht."

„Wenn die Jennelter wegen einer so unbedeutenden, mehr als dreißig Jahre zurückliegenden Sache einen solchen Aufriss machen würden, möchte ich sie auch gar nicht kennen", entgegnete Büttner. „Gibt es keine Pfarrstellen, in denen die Gemeindemitglieder weniger … schwierig sind?"

„Warum haben Sie das Zeug nicht einfach verbrannt?", fragte Hasenkrug. „Und woher hatten Sie es überhaupt? Ich vermute doch, dass es im Besitz von Klaas Behrends war, ansonsten hätte er Sie wohl kaum damit erpressen können."

Der Pastor wand sich auf seinem Stuhl. „Marianne schließt ihre Haustür nie ab. Ich bin einfach reingegangen und hab den Umschlag geholt. Er lag in Klaas' Schreibtisch."

„Ein Einbrecher und Dieb also auch noch", witzelte Büttner und grinste breit. „Noch mal: Warum mussten Sie das Zeug unbedingt im Grab entsorgen? Es hätte einfachere Möglichkeiten gegeben."

„Es ist … Es war …"

„Sie wollten Behrends mit dieser Geste den Stinkefinger zeigen", brachte Büttner es auf den Punkt, und Willms nickte.

„Ist es derselbe Umschlag, wegen dem auch Andreas Uphoff hat sterben müssen?", fragte Hasenkrug, als Willms jetzt zu ihm hinüberschaute.

„Hä?" Der Pastor sah ihn verständnislos an.

„Angeblich hat Ibo Boos seinem Nachbarn Andreas Uphoff einen Umschlag entwendet, als Uphoff bewusstlos am Boden lag."

„Davon weiß ich nichts. Wirklich nicht."

„Haben Sie Klaas Behrends wegen dieser Sache umgebracht?", fragte Büttner unvermittelt, nachdem sie alle für eine Weile geschwiegen hatten.

Hinderk Willms schreckte hoch und schnappte ungesund fiepend nach Luft. „Was?", rief er mit weit aufgerissenen Augen. „Aber … aber nein! Ich habe doch nicht … Ich würde doch nie …!"

Büttner hob beschwichtigend die Hand. „Schon gut. Regen Sie sich wieder ab, bevor Sie noch anfangen zu hyperventilieren. Ich wollte es nur noch mal von Ihnen bestätigt haben. Danke, Herr Willms, Sie können jetzt gehen."

„Warum haben Sie ihn einfach so gehen lassen?", fragte Hasenkrug, nachdem Willms das Büro gesenkten Hauptes verlassen hatte. „Natürlich behauptet er, Behrends nicht ermordet zu haben. Alles andere wäre dumm."

„Glauben Sie mir, Hasenkrug, wenn jemand sich damit erpressen lässt, irgendwann einmal irgendwem im Eifer des Gefechts einen kleinen Stein an den Kopf geworfen zu haben, der noch dazu keinen großen Schaden anrichtete, dann ist er nicht in der Lage, jemanden umzubringen. Ich will das gar nicht kleinreden. Natürlich gehört es sich überhaupt nicht, wen auch immer mit Steinen zu bewerfen. Aber der Weg von einem Steinwurf zum Mord scheint mir doch ein recht großer zu sein."

„Und wenn er ausreichend in Panik war?", gab Hasenkrug zu bedenken. „Immerhin sah er sich durch Behrends in seiner Existenz bedroht."

„Trotzdem. Willms ist einer, der zu Kreuze kriecht, aber keiner, der andere ans Kreuz nagelt. Ich denke, ihn können wir bei unseren weiteren Ermittlungen außen vor lassen. Zumindest als Verdächtigen."

„Wenn Sie meinen." Hasenkrug schien nicht überzeugt.

„Was ist gestern eigentlich beim Gespräch mit Frau Beekmann herausgekommen?", wechselte Büttner das Thema. „Außer dass Ihre Schuhe gelitten haben, meine ich natürlich. Hat sie Sie wieder ein totes Kalb aus dem Stall schleppen lassen?"

Hasenkrug verzog gequält das Gesicht. „Nein, ein Kalb war es diesmal nicht. Aber leider hob das Trampolin ihrer Urenkel gerade von der Wiese vorm Wohnhaus ab, als wir am Hof eintrafen. Sie war ganz aufgeregt und meinte, das Ding könnte in irgendeine Scheibe fliegen oder gar Schlimmeres anrichten. Also hat sie mich losgeschickt, es wieder einzufangen. Leider hatten am Tag zuvor noch Schafe auf ebendieser Wiese gegrast und verdaut."

„Was man Ihrem Schuhwerk unschwer angesehen hat", nickte Büttner. „Und was wusste sie Erhellendes zu Klaas Behrends und Gesine Oltmanns zu sagen?"

„Nichts."

„Nichts?"

„Nichts. Als ich sie nach einem Verhältnis der beiden gefragt habe, sagte sie, das sei doch Quatsch, wer mir denn einen solchen Mist ins Ohr gesetzt habe. Jeder wisse schließlich, dass Klaas immer nur seine Frau geliebt habe und Gesine nie leiden konnte."

„Schade. Schon wieder eine Sackgasse. Zumindest, wenn man Uroma Wübkea Glauben schenken darf."

„Ich hab mich sicherheitshalber noch bei ihrem Sohn und bei ihrem Enkel danach erkundigt. Sie haben es bestätigt. Ein Verhältnis zwischen Klaas und Gesine sei unvorstellbar, meinten sie."

„Schade. Wirklich schade", wiederholte Büttner. „Dann können wir uns wohl auch den Weg zu Frau Oltmanns sparen. Und nun?"

Es klopfte an der Tür, und Frau Weniger trat ein. „Ibo Boos scheint die Nacht in der Zelle zum Nachdenken genutzt zu haben", vermeldete sie. „Vor rund einer halben Stunde ist sein Anwalt gekommen, mit dem er sich besprochen hat. Nun würden beide gerne mit Ihnen reden."

„Na, immerhin", seufzte Büttner. „Bleibt zu hoffen, dass wir hinterher nicht mehr ganz so im Dunkeln tappen." Bevor er aufstand, nahm er einen Schokoriegel aus der Schublade. Er hob den Riegel in die Luft und sagte: „Eine Tasse Kaffee dazu wäre ganz reizend, Frau Weniger."

27

Ibo Boos sah nicht so aus, als hätte er in der letzten Nacht besonders viel geschlafen. Seine Augen lagen in tiefen Höhlen, das Gesicht war aschfahl, die Haare klebten strähnig am Kopf. Mit seinen Händen wischte er immer wieder über die Tischplatte, wobei er feuchte Schlieren hinterließ. Frau Weniger, die mit Kaffeenachschub hinter den beiden Kommissaren herkam, war anscheinend so nett gewesen, ihm und seinem Anwalt schon vorher einen Kaffee zu bringen, denn vor den beiden standen halbleere Becher.

„Moin." Der in einen schwarzen Anzug gekleidete, vielleicht vierzig Jahre alte Anwalt erhob sich sofort, als Büttner und Hasenkrug eintraten. Er stellte sich ihnen mit einem Lächeln als Florian Krüger vor. Er hatte ein offenes und freundliches Gesicht, was Hauptkommissar David Büttner ungemein freute. Auf einen sturen Knochen, wie er sie in diesem Raum schon viel zu oft hatte erleben müssen, hätte er keine Lust gehabt.

Büttner nannte ihm seinen Namen und den seines Assistenten und kam dann gleich zur Sache: „Ihr Mandant hat sich entschlossen, eine Aussage zu machen? Das käme uns allen entgegen." Er entschied sich zu einem Bluff. „Inzwischen sind nämlich Indizien aufgetaucht, die ihn in unmittelbare Nähe der Jennelter Morde rücken."

Wie von Büttner erhofft, zeigte Ibo Boos nun erstmals eine Regung. Er richtete sich in seinem Stuhl kerzengerade auf und starrte wie ein gehetztes Tier von einem zum anderen. „Ich habe weder mit dem Mord an Klaas, noch mit dem an Therese etwas zu tun. Bitte, Sie müssen mir glauben!", rief er aus und sah hilfesuchend zu seinem Anwalt. „Das mit Andreas gebe ich zu, aber mit allem anderen habe ich nichts zu tun!"

Krüger legte ihm beschwichtigend eine Hand auf den Arm. „Dürfte ich fragen, um was für Indizien es sich handelt?", fragte er mit ruhiger Stimme an die Polizisten gewandt.

„Es geht um einen Umschlag, deren Inhalt brisante Informationen enthält", antwortete Büttner. „Sie verstehen sicherlich, dass ich hier nicht näher ins Detail gehen möchte. Ich nehme aber an, dass Ihr Mandat weiß, wovon ich rede, auch wenn er bisher stets geleugnet hat, dass es diesen Umschlag gibt. Und wir würden es als positiv bewerten, wenn er sich nun endlich dazu äußern würde. Ansonsten …"

„Ansonsten?" Der Anwalt sah ihn mit hochgezogenen Brauen an.

Büttner meinte, in Krügers Augen ein kaum wahrnehmbares Flackern gesehen zu haben, als er den Umschlag erwähnte. Er war also auf der richtigen Spur. Er ließ die Frage unbeantwortet und wandte sich an Ibo. „Herr Boos, ich nehme an, dass Sie Ihren Anwalt über die Umstände, die letztlich zum Tod von Andreas Uphoff geführt haben, genauestens informiert haben. Zu diesen Umständen gehörte auch besagter Umschlag. Wir haben ihn bei Pastor Willms sicherstellen können, daher ist uns sein Inhalt bekannt."

Zu Büttners Freude sprang Ibo sofort auf diesen Bluff an. „Bei Pastor Willms? Aber wie kann denn das …?" Ibo biss sich auf die Lippen.

„Sie geben also zu, dass dieser Umschlag existiert", bemerkte Büttner zufrieden. Er setzte alles auf eine Karte, auch wenn er damit riskierte, über das Ziel hinauszuschießen. „Interessante Fotos, die wir darin gefunden haben."

Ibo Boos sackte in sich zusammen. „Ich wollte nur Imkes Vater schützen", sagte er mit dünner Stimme. „Imke hat doch schon Ärger genug, da hätte sie das nicht auch noch gebrauchen können."

Bingo! Büttner musste sich Mühe geben, nicht breit zu grinsen, und auch Sebastian Hasenkrug blätterte nun hektisch in irgendwelchen Unterlagen, um seine nach oben gezogenen Mundwinkel zu verbergen. Büttner warf dem Anwalt einen verstohlenen Blick zu, der aber saß nur mit verschränkten Armen da und schaute eher unbeteiligt drein. Nach einem kurzen Räuspern sagte Krüger: „Ich habe meinem Mandanten geraten, Ihnen reinen Wein einzuschenken. Meines Erachtens würde es die Sache für ihn nur schlimmer machen, wenn er den Anlass des Streites mit Andreas Uphoff verheimlicht."

„Sehe ich genauso", brummte Büttner. Er wandte sich an Ibo: „Sie befinden sich nicht in der Situation, andere in Schutz nehmen zu können, Herr Boos, auch wenn ich Ihre Motivation verstehe. Für Sie steht viel auf dem Spiel. Schwere Körperverletzung mit Todesfolge ist kein Kavaliersdelikt und stößt gemeinhin bei den Richtern auf wenig Verständnis. Aber ich denke, das hat Ihnen Ihr Anwalt schon gesagt."

Ibo presste die Lippen aufeinander und nickte. „Aber ich verstehe nicht, wie die Fotos zu Pastor Willms gekommen sind", sagte er leise.

„Wo sollten sie denn Ihrer Ansicht nach sein?", mischte sich Hasenkrug ins Gespräch.

Anstatt eine Antwort auf diese Frage zu geben, senkte Ibo den Kopf und sagte: „Ich habe Scheiße gebaut."

„Dann erklären Sie uns doch bitte mal, wie genau diese Scheiße aussieht", forderte Büttner ihn auf, als Ibo nach dieser kurzen Feststellung wieder ins Schweigen verfiel.

„Eigentlich war es Andreas' Idee", erklärte Ibo. „Ich habe sie nur übernommen. Eigentlich … eigentlich bin ich gar nicht so." Er sah flehend von einem zum anderen. „Aber ich war so sauer auf Edzard und da …"

„Moment!" Büttner gebot ihm mit erhobener Hand Einhalt. „Gerade sagten Sie noch, Sie hätten Ihren Schwiegervater schützen wollen." Er zog die Stirn in Falten. „Edzard Mansen ist doch Ihr Schwiegervater, oder schmeiße ich da etwas durcheinander?"

„Nee, das ist korrekt", murmelte Hasenkrug.

„Also was denn nun, Herr Boos? Waren Sie sauer auf ihn oder wollten Sie ihn schützen?"

„Beides." Als ihn alle erwartungsvoll ansahen, erläuterte er: „Also, ich wollte nicht, dass Edzard noch mehr Ärger bekommt. Die Sache mit Thorsten und so ist doch schon schlimm genug für ihn und die Familie. Als ich aber die Fotos gesehen habe, da bin ich auf einmal total wütend geworden. Ich wollte ihn zur Rede stellen, aber dann …" Er stockte und schloss die Augen.

„Aber dann?", hakte Büttner nach.

„Dann kam mir die Idee, es ihm auf andere Art heimzuzahlen."

„Verstehe ich jetzt nicht." Büttner schaute zu Florian Krüger, der aber zuckte nur mit den Schultern und sagte dann zu seinem Mandanten: „Sie sollten schon deutlich werden, Herr Boos. Ansonsten führt uns das hier nicht weiter. Ich verstehe auch gerade nicht so ganz, worauf Sie eigentlich hinauswollen."

Büttner nickte erleichtert und sah Ibo erwartungsvoll an. „Sie sagten, Andreas Uphoff habe eine Idee gehabt. Was war das für eine Idee? Ging es dabei um die Fotos?"

„Vielleicht einfach mal der Reihe nach", schlug der Anwalt vor. „Fangen Sie am besten bei Ihrem Streit mit Andreas Uphoff an, Herr Boos. Worum ging es da und warum ist er derart eskaliert?"

Während Ibo einige Momente brauchte, um sich zu sammeln, beglückwünschte Büttner ihn gedanklich zu seinem patenten Anwalt. Natürlich war er als ermittelnder Kommissar interessiert daran, die Wahrheit zu erfahren; doch konnte er sich in diesem Fall dem Anwalt auch aus anderen Gründen nur anschließen. Für Boos war es definitiv am schlauesten, mit der ganzen Geschichte herauszurücken, um seinen späteren Richter milde zu stimmen. Um die Anklage wegen Körperverletzung mit Todesfolge kam er sowieso nicht herum. Alles, was den Ermittlungsbehörden half, den Fall richtig einzuschätzen, konnte ihm daher nur zum Vorteil gereichen.

„Ich war an diesem Vormittag bei Andreas zu Besuch", begann Ibo zögernd mit seinem Bericht. Man sah ihm an, dass ihn dieser Schritt viel Kraft kostete, doch hatte er sich anscheinend in sein Schicksal gefügt. „Ich hatte Lust zu quatschen, einfach nur mal abzuschalten. Zu Hause war alles etwas viel in letzter Zeit. Die Sache mit den Kindern aus Nigeria, der Ärger wegen Thorsten und all das. Also hab ich gedacht, ein Bierchen mit Andreas am Sonntagmorgen könne nicht schaden." Er warf den Kopf in den Nacken und lachte bitter auf. „Wie sehr man sich doch täuschen kann. Was für ein Mist, ehrlich! Ich fass es einfach nicht, dass …"

„Sie waren also bei Herrn Uphoff", unterbrach Büttner ihn.

„Ja. Ja, Entschuldigung." Ibo atmete tief durch. „Andreas ist in den Keller gegangen, um Bier raufzuholen. Ich blieb alleine in der Küche zurück."

„War Frau Uphoff auch da?", fragte Hasenkrug.

„Ja … ähm … also nicht in der Küche. Thea war im Wohnzimmer und hat sich irgendeine Serie im Fernsehen angeschaut. Das macht sie immer sonntags."

„Und dann?"

Ibo schaute an die Decke und fuhr sich mit beiden Händen durchs Haar. „Auf dem Tisch lag dieser Umschlag. Aus ihm lugte ein Foto hervor. Also zur Hälfte. Ich weiß gar nicht mehr, warum ich nach ihm gegriffen habe, eigentlich mache ich so was nicht. Aber eigentlich war ich in Gedanken auch ganz woanders, bei Imke und den Kindern und so."

„Und der Streit zwischen Ihnen und Herrn Uphoff entzündete sich dann an diesen Fotos", stellte Büttner fest. Es interessierte ihn brennend, was auf ihnen so Brisantes zu sehen gewesen war, doch ermahnte er sich, sich in Geduld zu üben.

265

„Ja. Ich war so schockiert von dem Foto, dass ich auch alle anderen aus dem Umschlag geschüttet habe. Aber das machte es nur noch schlimmer. Als Andreas in die Küche zurückkam, sah er mich mit den Fotos in der Hand."

„Und das hat ihn geärgert", konstatierte Büttner.

„Nein. Er hat … er hat gelacht."

„Warum das?"

„Er sagte, er freue sich schon darauf, die Fotos in ganz Jennelt herumzuzeigen. Ich war total entsetzt und hab ihm das auch gesagt. Da guckte er auf einmal ganz komisch und sagte: *Na ja, ich muss sie ja nicht herumzeigen. Gut möglich, dass sie eine schöne Summe Geld einbringen, wenn ich es nicht tue.*"

„Er wollte jemanden damit erpressen?", schlussfolgerte Büttner. Seine Neugier wuchs ins Unermessliche.

„Ja. Ich hab ihm gesagt, dass er das nicht machen kann und dass er mir die Fotos geben soll. Er lachte wieder. Dann steckte er die Fotos in den Umschlag, reckte sie in die Höhe und machte irgend so ein blödes Gehüpfe. Sie wissen schon, so was wie *Fang mich doch, fang mich doch!*, was man früher in der Schule gespielt hat. Ich hab ihn angeschrien, er solle den Blödsinn lassen, doch hat er nur immer lauter gelacht und ist schließlich in den Garten rausgerannt. Er war wie durchgedreht."

„Und Sie waren sauer", bemerkte Hasenkrug.

„Natürlich war ich sauer. Und als er im Garten ständig wiederholte, dass er Edzard mit den Bildern erpressen will, bin ich total ausgerastet."

Büttner horchte auf. Andreas Uphoff hatte vorgehabt, Edzard Mansen mit den Fotos zu erpressen? „Was genau fanden Sie an den Aufnahmen denn so schlimm?", fragte er in der Hoffnung, eine möglichst konkrete Antwort zu bekommen. Wenn Boos seinen besten Freund für die Bilder niederschlug, dann mussten sie schon ein gewisses Potenzial haben.

Ibo sah ihn an wie eine Erscheinung. „Was an den Fotos so schlimm war?", fragte er mit großen Augen. „Hallo? Edzard betrügt seine Frau mit einer anderen, und Sie fragen, was daran so schlimm war?"

Aha. Nun waren sie ja schon einen Schritt weiter. Der werte Herr Mansen war also fremdgegangen. Gut vorstellbar, dass so etwas bei den Jenneltern nicht allzu gut ankam. Von Mansens Frau mal ganz abgesehen. Blieb nur die Frage, mit wem er seine Gattin betrogen hatte.

„Wo genau sind die Aufnahmen denn gemacht worden?", fragte Hasenkrug.

„Das sieht man doch", behauptete Ibo. „In Mariannes Wohnzimmer natürlich."

Büttner, der gerade an seinem Kaffee nippte, verschluckte sich ganz fürchterlich. Hasenkrugs Kehle entwich ein überraschter Laut. Edzard Mansen und Marianne Behrends waren ein Liebespaar? Das warf ja ein ganz neues Licht auf ihren Fall!

Nachdem sich Büttner von seiner Hustenattacke erholt hatte, versuchte er so zu tun, als sei ihm das alles nichts Neues. „Kann ich verstehen, dass man da sauer wird", krächzte er heiser. „Aber wie hat Andreas Uphoff denn Wind von der Liebelei bekommen?"

„Er sagte, er hat mit seinem Fernglas am Fenster gesessen und die beiden damit zufällig entdeckt. Zuerst hat er die

Fotos nur zum Spaß gemacht, sagte er, aber dann ist ihm wohl aufgegangen, dass man damit vielleicht ein bisschen Geld verdienen kann."

Hasenkrug runzelte nachdenklich die Stirn und studierte seine Notizen, die er sich nebenbei gemacht hatte. Dann sagte er: „Vorhin haben Sie gesagt, Sie seien durch Andreas auf die Idee gekommen, es ihm gleichzutun. Wie haben Sie das gemeint?"

Ibo druckste für eine ganze Weile herum, bevor er seinem Anwalt einen entschuldigenden Blick zuwarf und sagte: „Ich habe Marianne die Fotos vor die Haustür gelegt. Mit … mit einer Nachricht."

Büttner senkte den Kopf und sah ihn von unten herauf an. „Mit einer *Nachricht*?"

Hasenkrug ergänzte: „Heißt das, Sie wollten nun Ihrerseits Marianne Behrends mit den Bildern erpressen?"

Ibo nickte, während sich auf dem Gesicht des Anwalts Fassungslosigkeit breitmachte. „Davon haben Sie ja gar nichts gesagt, Herr Boos", murmelte er und zupfte nervös am Revers seines Jacketts herum. „Das … hm … das wirft natürlich ein ganz neues Licht auf die Angelegenheit."

„Das sehe ich auch so." Büttner wiegte den Kopf hin und her. „Sie haben also die Bewusstlosigkeit von Herrn Uphoff ausgenutzt und den Umschlag mit den Fotos entwendet. Anstatt Erste Hilfe zu leisten, sind Sie weggelaufen und haben den Umschlag schließlich mit der Absicht einer Erpressung bei Marianne Behrends deponiert. Bei einer Frau, die sich monatelang darum bemüht hat, dass Sie und Ihre Frau Kinder aus Nigeria adoptieren können. Das ist … hm … niederträchtig. Was wollten Sie damit erreichen?"

„Es war alles nicht böse gemeint", sagte Ibo mit schwacher Stimme. „Ich wollte doch nur … Ich dachte, ich könnte auf diesem Wege vielleicht meinen Schwiegervater überzeugen, dass er mir, also Imke, doch die Schreinerei vererbt … und wenn Marianne dann noch auf das von Klaas eingelegte Geld verzichtet hätte …" Er machte eine fahrige Handbewegung und sagte dann: „Es … es war ein Fehler. Es tut mir leid."

Büttner zog eine Grimasse. „Ich fürchte auch, dass Ihnen das noch leidtun wird."

„Ich auch", bestätigte ein nun reichlich bleicher Anwalt.

„Und wo sind die Bilder jetzt?", wollte Hasenkrug wissen.

Ibo hob den Blick und sah ihn verwundert an. „Aber Sie sagten doch, Sie hätten sie beim Pastor sichergestellt."

„Das muss wohl ein Missverständnis gewesen sein", murmelte Büttner und stand auf, um den Vernehmungsraum zu verlassen. Aus den Augenwinkeln sah er, dass sich der Anwalt ein anerkennendes Nicken nicht verkneifen konnte.

28

„*Das* hat Ihnen jemand erzählt?" Der Gesichtsausdruck von Edzard Mansen hätte verdutzter nicht sein können. „Und wo genau sollen diese Fotos entstanden sein?"

„Bei Frau Behrends im Wohnzimmer", antwortete David Büttner.

Unmittelbar nach der Vernehmung von Ibo Boos war Frau Weniger beauftragt worden, Marianne Behrends und Edzard Mansen ins Kommissariat einzubestellen. Bei Mansen hatte es geklappt, seine angebliche Geliebte aber war nirgendwo aufzutreiben. Also hatte Sebastian Hasenkrug sich daran gemacht, die Lebensumstände der Dame ein wenig näher zu beleuchten, was hieß, sich in Jennelt umzuhören und herauszufinden, ob außer Ibo Boos irgendjemand etwas von dem vermeintlichen Verhältnis mitbekommen hatte. Büttner hingegen widmete seine Aufmerksamkeit voll und ganz Edzard Mansen und konfrontierte ihn – ohne ihm jedoch mitzuteilen, dass er von Ibo sprach – mit den Behauptungen seines Schwiegersohns. Bislang mit mäßigem Erfolg, denn Mansen spielte den Überraschten, und das gar nicht mal schlecht. Doch Büttner nahm ihm das Unschuldslamm nicht ab. Warum sollte Ibo etwas behaupten, was sich später zwangsläufig als Lüge herausstellte? Schließlich saß er bereits in Untersuchungshaft, und außerdem hatten die Anschuldigungen nicht dazu beigetragen, dass er sich entlastete. Ganz im Gegenteil, er stand durch die angebliche Erpressung noch schlechter da als vor der Vernehmung. Oder hatte Büttner irgendein Detail übersehen?

„Sie sind sich also ganz sicher, keine derartige Beziehung zu Marianne Behrends zu unterhalten?", fragte er.

„Wie sollte ich mir dessen denn nicht sicher sein?", konterte Mansen. „Ich meine, irgendetwas hätte ich schließlich davon mitbekommen, oder? Wer auch immer so was behauptet, muss irgendwie nicht ganz dicht sein." Er machte vor seinem Gesicht einen Scheibenwischer. „Ich hab nach Thorstens Unfall weiß Gott genug mit meiner eigenen Familie zu tun. Woher sollte ich da noch die Zeit für ein Techtelmechtel mit der Nachbarin nehmen? Was für ein selten dämlicher Quatsch."

„Das ist noch nicht alles", sagte Büttner nach einer kurzen Pause. Er musterte sein Gegenüber nun ganz genau, als er fragte: „Wissen Sie irgendetwas davon, dass Marianne erpresst wird?"

„Erpresst?" Kein Zögern, kein Flackern in den Augen, keine nervöse Geste. Nichts. Allenfalls wieder ein gewisses Erstaunen. Edzard Mansen schien tatsächlich nicht zu wissen, warum er eigentlich hier war. „Aber warum sollte irgendjemand Marianne erpressen? Und womit?"

„Nun, das hätte ich gerne von Ihnen gewusst."

Edzard Mansen schüttelte den Kopf und ließ sich in den Stuhl zurücksinken. „Tut mir leid, Herr Kommissar, aber da kann ich Ihnen nicht helfen. Scheint mir eine komische Geschichte zu sein. Könnten Sie mir jetzt vielleicht mal verraten, wer Ihnen diesen Blödsinn auf die Nase gebunden hat?"

„Wer könnte es denn Ihrer Meinung nach gewesen sein?", stellte Büttner die Gegenfrage.

Edzard Mansen hob die Hände über den Kopf und ließ sie gleich darauf schwer auf seine Oberschenkel fallen. „Tja, was weiß denn ich, wer so was Beklopptes macht. Was ist denn nun eigentlich mit Ibo?", wechselte er ohne Pause das Thema. „Kommt er bald raus? Meine Tochter Imke sitzt zu Hause und heult sich die Augen aus dem Kopf, die könnte ein wenig Unterstützung von ihrem Mann gebrauchen. Ist alles ein bisschen viel für sie."

„Wir haben noch ein paar Fragen an ihn", antwortete Büttner ausweichend. „Danach entscheidet der Haftrichter, wie es weitergeht."

„Hat Ibo denn nun endlich mal nach einem Anwalt verlangt?"

„Ja, das hat er. Der war auch schon da."

„Das ist gut." Edzard Mansen nickte zufrieden, dann erhob er sich von seinem Stuhl. „Ich würde jetzt gerne gehen. Hab meiner Frau versprochen, ihr im Garten zur Hand zu gehen. Jetzt, wo das Wetter wieder schön ist. Gibt noch 'ne Menge aufzuräumen, nach dem Sturm gestern."

Schweigend machte Büttner eine Geste hin zur Tür des Vernehmungsraumes. Er war mit dem Ergebnis dieser Befragung alles andere als zufrieden. Ganz offensichtlich hatte einer seiner heutigen Gesprächspartner gelogen. Ihm wäre bedeutend wohler, wenn er wüsste, wer.

Ungeduldig trommelte Büttner auf seinem Schreibtisch herum, nachdem er wieder ins Büro gegangen war. Von Hasenkrug gab es noch keinerlei Nachricht. Sollte er ihm vielleicht nach Jennelt folgen, um nicht einfach nur planlos im Kommissariat herumzusitzen? Er konnte es nicht leiden, in seinen Ermittlungen ausgebremst zu werden. Noch vor nicht einmal zwei Stunden war er sich sicher gewesen, der Lösung des Falls einen bedeutenden Schritt nähergekommen zu sein. Doch nach dem Besuch von Edzard Mansen war diese Euphorie verpufft. Was blieb, war Irritation und die Frage, wie es nun weitergehen sollte.

Er ließ das Gespräch mit Ibo Boos noch einmal Revue passieren. Zur Hilfe nahm er nicht nur einen Schokoriegel, sondern auch Hasenkrugs Notizen, die der auf dem Schreibtisch seines Chefs zurückgelassen hatte. Was gut war, denn das Gedächtnis seines Assistenten funktionierte deutlich besser als sein eigenes. Eine Tatsache, die Büttner natürlich nie öffentlich zugegeben hätte.

Als er sich den Notizen zuwandte, bei denen es um die angebliche Erpressung ging, kniff er nachdenklich die Augen zusammen und kaute still vor sich hin, bis langsam ein Gedanke in seinem Kopf konkrete Formen annahm. Ja, dachte er, mit viel Glück gab es einen Ansatzpunkt, den sie verfolgen konnten, um herauszufinden, ob an dem, was behauptet worden war, etwas dran war. Es war an der Zeit, sich noch einmal mit Ibo Boos zu unterhalten.

„Finden Sie es nicht auch ein wenig makaber?", raunte Sebastian Hasenkrug seinem Chef zu, als er es sich neben ihm auf der Einfassung eines Grabes gemütlich machte. „Ich meine, dass Ibo Boos eine Witwe erpresst und sie auffordert, das Geld an dem frisch aufgeschütteten Grab ihres verstorbenen Gatten abzulegen?"

„Als Boos mir das sagte, hatte ich auch kurz das Gefühl,

er wolle uns veräppeln", gab Büttner zu. „Aber was sollen wir machen? Wenn wir es nicht wenigstens überprüfen, werden wir nie wissen, ob an dieser ominösen Erpressungsgeschichte irgendetwas dran ist. Angeblich weiß Marianne Behrends nicht, dass Ibo der Erpresser ist. Die Aufforderung, hier Geld zu hinterlegen, erfolgte anonym. Es wäre also interessant zu erfahren, ob sich Marianne Behrends auf die Erpressung überhaupt einlässt und hier am Grab erscheint. Wenn ja, dann wird sie vermutlich einen guten Grund dafür haben."

„Ich hab ein bisschen Angst vor der versteckten Kamera", meinte Hasenkrug und sah sich misstrauisch auf dem Friedhof um, auch wenn er in der Dunkelheit nicht allzu viel sehen konnte. Es war bereits Nacht und der Himmel hatte sich zugezogen. Tiefschwarze Wolken verdeckten den fast vollen Mond und ließen nur ab und zu sein Licht hindurch.

„Mir wäre eine Übergabe bei Tageslicht auch lieber gewesen", gab Büttner zu. „Dann könnte man wenigstens so tun, als sei man zufällig hier, wenn man erwischt wird. Um drei Uhr nachts aber glaubt einem das keiner. Außerdem friere ich zum Gotterbarmen." Er zog seine dicke Winterjacke enger um sich. Sie hatten sich unweit von Behrends' letzter Ruhestätte hinter einem größeren Grabstein positioniert. Von hier aus konnten sie das Geschehen am Grab gut beobachten, aber gleichzeitig in Deckung bleiben, solange erforderlich.

„Wie hat Boos denn eigentlich reagiert, als Sie ihm gesagt haben, dass sein Schwiegervater von nichts wüsste?", fragte Hasenkrug.

„Er war sauer und meinte, wir sollten ihn nicht davonkommen lassen."

„Und wenn sie gemeinsames Spiel machen? Es könnte doch schließlich sein, dass sie uns nur aus dem Weg haben wollen, solange sie irgendeinen anderen Plan aushecken. Während wir hier dumm herumsitzen, befinden die sich vielleicht alle schon auf der Flucht."

„Sie vergessen, dass Boos hinter Gittern sitzt", brummte Büttner. „Oder glauben Sie, die haben ihm 'ne Feile in den Knast geschmuggelt?"

„Er könnte als Fluchthelfer agieren. Indirekt sozusagen."

„Dann hätte er doch besser die Klappe halten können", gab Büttner zu bedenken. „Warum sollte er uns denn einen solchen Bären aufbinden? Wenn er nichts gesagt hätte, hätten Marianne Behrends und Edzard Mansen doch erst recht freie Bahn gehabt. Scheint mir nicht logisch, Ihre Überlegung."

„Der ganze Fall scheint mir nicht logisch", seufzte Hasenkrug. „Außerdem frage ich mich, was die Erpressung mit unseren Morduntersuchungen zu tun hat. Was soll es beweisen, wenn Marianne Behrends tatsächlich das Geld hier ablegt?"

„Das sehen wir dann. Mein Bauchgefühl sagt mir, dass alles mit allem zusammenhängt. Womöglich ist die Erpressung sogar der Schlüssel zu allem, was hier passiert ist." Büttner machte eine kurze Pause, bevor er fragte: „Was sagt denn eigentlich der Rest der Jennelter? Sie hatten am Telefon angedeutet, dass auch bei Ihren Befragungen nicht viel herausgekommen ist." Er kramte zwei Butterbrote mit Salami aus seinem Rucksack, die Susanne ihm mitgegeben hatte, und hielt Hasenkrug eines hin. Außerdem hatte er eine Thermoskanne mit Kaffee und zwei Becher dabei, die er jetzt füllte. Büttner schaute sich beim Befüllen unsicher um. Wenn Unbeteiligte sie hier sehen könnten, würden die sie mit Sicherheit mindestens für ein wenig morbid halten, wenn nicht gar Schlimmeres.

„Von einem Verhältnis will tatsächlich niemand etwas gewusst haben", sagte Hasenkrug mit vollem Mund, nachdem er in sein Butterbrot gebissen hatte. „Vielmehr waren sie empört, dass jemand sich traut, so etwas zu behaupten. In der Regel halten sie große Stücke auf ihre Marianne. Einer nannte sie sogar die Mutter Teresa von Jennelt."

„Aber?"

„Bitte?"

„Ich höre aus Ihrem Satz ein Aber heraus. Oder täusche ich mich?"

„Sie täuschen sich nicht." Hasenkrug nahm seinen Becher zwischen die Hände, um sie zu wärmen.

„Also?"

„Vereinzelt waren Zweifel herauszuhören, ob es mit Marianne Behrends' Afrika-Engagement so alles seine Richtigkeit hat", erklärte Hasenkrug.

„Das ist nur das übliche rassistische Geplänkel." Büttner machte eine wegwerfende Handbewegung. „So was ist ja heutzutage leider wieder salonfähig."

„Das meine ich nicht." Hasenkrug fixierte nachdenklich den Grabstein vor sich. „Irgendwie hatte ich das Gefühl, dass der ein oder andere Jennelter an der Seriosität von Marianne Behrends zweifelt."

„Ach ja? Solche Töne sind neu", stellte Büttner fest. „Bisher waren hier alle immer voll des Lobes für ihr … hm … nennen wir es mal entwicklungspolitisches Engagement. Was genau soll es daran auszusetzen geben?"

„Es heißt, sie habe Gelder unterschlagen."

„Haben Sie das überprüft?"

„In der Kürze der Zeit? Nee. Aber ich habe unsere Kollegen von der Wirtschaftskriminalität darauf angesetzt. Sie haben versprochen, sich zu beeilen. Mal sehen, was dabei herauskommt."

„Ist bestimmt wieder nur so eine Geschichte von Neid und Missgunst", meinte Büttner. „Kaum dass sich in diesem Land mal einer mehr engagiert als der andere, wird sofort irgendeine krumme Sache dahinter vermutet. Anstatt einfach mal selber tätig zu werden … aber das wäre ja mit Arbeit verbunden. Hat man sich auch zum Charakter von Edzard Mansen geäußert?"

„Natürlich. Ein Schaffer, wie man hört, und einer, der immer für seine Familie da ist. Aber auch hier wird so manches hinter vorgehaltener Hand gemunkelt."

„Nämlich?"

„Die Sache mit dem Erbe", erklärte Hasenkrug. „Angeblich hat es deswegen in den letzten Wochen ständig lautstarke Streitereien im Hause Mansen gegeben. Allen voran muss Ibo Boos, also der Schwiegersohn, für schlechte Stimmung gesorgt haben. Es heißt, Ibo sei schon immer nur aufs Geld aus gewesen."

„Gesetzt den Fall, Edzard Mansen hätte endgültig entschieden, dass die Schreinerei nicht an seine Tochter Imke und damit nicht an Ibo geht, wäre das natürlich ein guter Grund für Ibo, seinen Schwiegervater bei uns in die Pfanne zu hauen", überlegte Büttner. „Gut möglich also, dass wir uns hier gerade völlig umsonst den Hintern abfrieren."

„Bei der Erpressungsgeschichte geht es aber um Marianne Behrends und nicht um Edzard Mansen", bemerkte Hasenkrug. „Es sei denn, die beiden machen wirklich gemeinsame Sache, dann geht es um beide."

„Wir drehen uns mit unseren Überlegungen im Kreis, Hasenkrug", maulte Büttner. „Haben Sie wirklich nichts erfahren, was uns irgendwie weiterbringt als bis zum nachtschwarzen Jennelter Friedhof?"

„Ich befürchte nicht, Chef."

„Dann sehe ich schwarz für Ihre nächste Beförderung." Büttner kramte erneut in seinem Rucksack, in dem er noch mehr zu essen vermutete, als plötzlich Hasenkrug ihn mit einem gezischten *Pssst!* an der Jacke zog. „Was ist denn?", fragte Büttner alarmiert und versuchte, einen Plastikbeutel möglichst lautlos in den Rucksack zurückgleiten zu lassen, was sich als nahezu unmögliches Unterfangen herausstellte. In der Stille der Nacht klang das Knistern der Tüte überlaut in seinen Ohren. Er hoffte, niemanden auf sich aufmerksam gemacht zu haben, als Hasenkrug nun mit dem Finger in Richtung der Kirche zeigte. Büttner folgte dem Finger mit seinen Augen und hielt die Luft an. Tatsächlich befand sich gerade eine Gestalt an der Stelle der Kirchenmauer, an der er sich selbst noch gestern versteckt hatte, um nicht vom Pastor gesehen zu werden. Die Gestalt schien kurz zu zögern und sah sich nach allen Seiten um. Dann aber lief sie schnurstracks auf Klaas Behrends' letzte Ruhestätte zu.

29

Möglichst leise schlichen sich David Büttner und Sebastian Hasenkrug von hinten an, als die Gestalt schließlich am Grab stehen blieb. Für eine Weile beobachteten sie sie, doch machte der- oder diejenige keine Anstalten, irgendetwas zu deponieren. Die Person stand, die Hände in den Taschen ihrer Jacke vergraben, einfach nur da und betrachtete den aufgeschütteten und mit Blumen und Kränzen bedeckten Erdhügel. Büttner meinte, ein leises Wimmern zu hören, und tatsächlich schnäuzte sich die Gestalt im nächsten Moment in ein Taschentuch. Irgendwie wollte das Szenario so gar nicht zu jemandem passen, der einem Erpresser die geforderte Geldsumme überbrachte. Aber wer sollte sich sonst mitten in der Nacht hier herumtreiben?

„Moin", sagte Büttner schließlich laut und deutlich, während Hasenkrug in Habachtstellung ging, um der Person bei Bedarf hinterhereilen zu können, sollte sie sich entscheiden, vor den beiden Polizisten die Flucht zu ergreifen.

„Moin", kam es kläglich zurück. „Sind Sie auch hier, weil Sie nicht schlafen können?"

„Frau Oltmanns?", fragte Hasenkrug, als sich die Person nun zu ihnen umdrehte. Er leuchtete ihr mit seiner Taschenlampe in die Augen, woraufhin sie schützend ihre Arme hob.

„Lassen Sie das doch!", schluchzte sie. „Sie blenden mich!"

„Entschuldigung", murmelte Hasenkrug.

„Was tun Sie hier zu nachtschlafender Zeit?", fragte Büttner verdutzt – und auch ein wenig verärgert. Immerhin wäre es möglich, dass das Erpressungsopfer noch hier erscheinen würde. Wenn es aber den Auflauf hier am Grab sah, würde es natürlich umgehend kehrtmachen und ihnen durch die Lappen gehen.

„Ich trauere." Gesine Oltmanns' Schluchzer wurden heftiger. „Man hat mir meinen Klaas genommen. Das Schicksal hätte nicht grausamer zuschlagen können. Keine Nacht kann ich mehr schlafen. Aber anstatt im Bett herumzuliegen, kann ich doch auch hierherkommen. Dann bin ich Klaas wenigstens nahe."

„Sie wollten hier nicht zufällig zwanzigtausend Euro ablegen?", fragte Büttner freiheraus. Es war die Summe, die Ibo Boos ihm genannt hatte. Und damit die Summe, mit der er sich bei der Familie Behrends bei der Übernahme der Schreinerei von den Schulden hätte freikaufen wollen.

„Was?" Gesine Oltmanns vergaß für einen Moment zu heulen und starrte ihn an. „Sagten Sie zwanzigtausend Euro? Warum sollte ich die hier ablegen?"

„Weil man Sie erpresst hat", erklärte Büttner. Allerdings war er sich längst sicher, dass sie die Falsche erwischt hatten. Schöner Mist! Damit konnten sie den Einsatz in dieser Nacht wohl als unergiebig in die Tonne treten.

„Wer soll mich denn wohl erpressen", sagte Gesine daraufhin nur, ihr Schluchzen schwoll zu einem lauten Wehklagen an. Erneut schnäuzte sie sich in ihr Taschentuch, dann sagte sie: „Marianne kann auch nicht schlafen. Bestimmt lässt ihr schlechtes Gewissen sie nicht zur Ruhe kommen."

Büttner runzelte die Stirn. „Dann ist Frau Behrends also wieder aufgetaucht? Und woher wollen Sie bitte schön wissen, dass sie nicht schlafen kann?"

„Na, weil in ihrem Haus Licht brennt. Ist doch nicht normal, so mitten in der Nacht. Aber das hat sie nun davon, dass sie Klaas das angetan hat. Hoffentlich geht's ihr richtig schlecht nach allem, was sie sich auch gestern bei der Beerdigung geleistet hat."

„Was hat sie sich denn geleistet?"

„Ach!" Gesine machte eine fahrige Bewegung mit der Hand. „Konnte ihr doch alles nicht schnell genug gehen. Eine Schande ist das, eine Schande! Das hat Klaas nicht verdient. Das hat er wirklich nicht verdient!"

Büttner hörte ihr schon gar nicht mehr richtig zu. Irgendwie hatte er das Gefühl, dass die Aussage, bei Marianne Behrends brenne Licht, keine unwichtige gewesen war. Natürlich war es möglich, dass auch die Witwe nach dem Trubel der letzten Tage nicht schlafen konnte; und doch mahnte ihn etwas in seinem Kopf, achtsam zu sein. Er schaute seinem Assistenten hinterher, der nun mit ausladenden Schritten zur Kirche hinaufschritt. Anscheinend hatte es auch bei ihm geklingelt.

„Wir gehen dann mal, Frau Oltmanns", verabschiedete er sich von Gesine, die mit von Schluchzern geschütteltem Körper in die Knie gesunken war und ihren Verlust beweinte. Sie beachtete ihn schon gar nicht mehr.

„Und nun?", fragte Hasenkrug, als sie schließlich in etwa fünfzig Meter Abstand zum Haus auf dem Weg standen. In einem der auf den Garten hinausgehenden Räume brannte

Licht. „Wir können doch nicht einfach mitten in der Nacht bei Marianne Behrends hereinplatzen und *Bätschi* rufen."

Nein, das konnten sie wirklich nicht, dachte Büttner. Zumal sie keinerlei Anhaltspunkte dafür hatten, dass sich da drinnen etwas Ungesetzliches abspielte. Alles, worauf sie ihre Anwesenheit hier stützten, waren Spekulationen und ein ungutes Bauchgefühl. Nichts, womit man die Staatsanwaltschaft oder gar den Richter überzeugen würde, dass es besser sei, diese Dame festzusetzen.

„Gehen Sie doch mal aufs Grundstück und versuchen Sie, einen Blick durch das erleuchtete Fenster zu erhaschen", forderte Büttner seinen Assistenten auf. „Es ist anzunehmen, dass sich dort jemand aufhält, und es wäre doch interessant zu erfahren, wer es ist."

„Sie glauben, dass Edzard Mansen bei ihr ist?"

„Ich weiß es nicht. Deshalb sollen Sie ja nachsehen. Ich bleibe hier stehen."

Kaum dass Hasenkrug ein paar Schritte gemacht hatte, hielt er abrupt in seiner Bewegung inne und lauschte angestrengt in die Nacht. „Haben Sie das auch gehört?", zischte der in Richtung Büttner.

„Ich hab nichts gehört", zischte dieser zurück.

„Das war doch eine Tür, die gequietscht hat."

Nun horchte auch Büttner auf, doch der vernahm nur den Ruf eines Waldkauzes. „Sind Sie sicher?", fragte er. Doch Hasenkrug antwortete nicht, sondern legte lediglich mit geweiteten Augen seinen Zeigefinger auf den Mund. Bemüht, kein Geräusch zu machen, setzte er seinen Weg zum Haus der Behrends fort, und Büttner beschloss, ihm zu folgen.

Sie hatten gerade den Zaun des Vorgartens erreicht, als sie das Schlagen einer Autotür hörten. Nicht sehr laut, aber unverkennbar. Gleich darauf wurde ein Motor gestartet.

Hasenkrug spurtete los und blieb genau in dem Moment vor der Garage stehen, als das Tor hoch- und eine Limousine herausfuhr. Geblendet von den Scheinwerfern des Fahrzeugs stellte er sich breitbeinig auf und hob die Arme waagerecht nach oben. Die Lichter erloschen, eine Person stieg aus und fauchte ihn an: „Was soll das? Und was machen Sie hier, mitten in der Nacht?"

„Moin, Frau Behrends", begrüßte Büttner die Frau. „Darf ich fragen, wohin Sie mitten in der Nacht wollen?"

„Das geht Sie überhaupt nichts an", blaffte die. Dann aber schüttelte sie resigniert den Kopf und sagte: „Aber gut, Sie lassen ja doch nicht locker. Ich fahre zu meiner Tochter. Zufrieden?"

„Mitten in der Nacht? Und Sie lassen das Licht brennen?" Hasenkrug deutete auf das nach wie vor beleuchtete Fenster.

„Sie sind doch auch mitten in der Nacht unterwegs."

„Warum fahren Sie um diese Uhrzeit zu Ihrer Tochter?", wollte Büttner wissen. „Ist was passiert?"

„Mir geht's schlecht. Was Sie ja wohl verstehen werden. Ich habe gerade mit Conny telefoniert, und sie hat gesagt, ich solle kommen und mich ..." Sie stockte, als in diesem Augenblick eine Tür ins Schloss fiel. Es war die Haustür.

„Ist außer Ihnen noch jemand im Haus?", fragte Büttner.

„Nein. Das muss der Wind gewesen sein."

„Komischer Wind", meinte Hasenkrug. „Er hört sich an wie menschliche Schritte." Schon im nächsten Moment hechtete er mit einem Satz über den Zaun und setzte dem Flüchtenden, der durch den Garten abzuhauen versuchte, nach. Es dauerte nur wenige Minuten, bis er mit einen völlig zerknirscht dreinblickenden Edzard Mansen zurückkehrte.

„Es stimmt also", brummte Büttner.

„Was stimmt?" Marianne Behrends war offensichtlich bemüht, ihrer Stimme einen kräftigen Klang zu geben, doch konnte sie das Zittern nicht verbergen.

„Dass Sie beide ein Verhältnis haben."

Mariannc setzte zum Protest an, doch Büttner gebot ihr mit einer Geste Einhalt und sagte: „Ich würde vorschlagen, wir gehen ins Haus. Hier draußen ist es auf Dauer ein wenig frisch."

„Zuerst würde ich gerne noch in den Kofferraum schauen", meinte Hasenkrug. Die Klappe des Kofferraums mit der Hand haltend rief er: „Na, das sieht mir aber nicht nach einer Übernachtung bei der Tochter aus. Eher nach einem mehrwöchigen Urlaub. Wo sollte es denn hingehen, Frau Behrends?"

Die antwortete mit einem Schnauben, als Büttner sie nun am Arm fasste und ins Haus führte.

„Also, Frau Behrends, wohin wollten Sie und Herr Mansen verreisen und warum?", fragte Büttner, als sie alle in der Küche am Tisch saßen.

„Mein Flug geht in wenigen Stunden", erklärte Marianne. „Ich will die Kinder für Imke und Ibo abholen, schon vergessen?" Sie deutete auf ihren Begleiter. „Und Edzard hat angeboten, mit mir zu kommen. Das ist doch nicht verboten, oder?"

„Wir hatten Sie gebeten, nicht zu verreisen, solange die Ermittlungen nicht abgeschlossen sind."

„Hätten Sie sich beeilt, hätten wir jetzt kein Problem", antwortete Marianne schnippisch. „Nun sag doch auch mal was!", forderte sie Edzard auf.

Der zuckte wie ertappt zusammen. Überhaupt sah er alles andere als glücklich aus. Von der Souveränität, die er am Vormittag auf dem Kommissariat an den Tag gelegt hatte, war nichts mehr zu spüren. „Stimmt alles, was sie sagt."

„Dann zeigen Sie uns doch bitte mal Ihre Flugtickets", sagte Hasenkrug.

„Bitte?"

„Ich würde gerne Ihre Flugtickets sehen."

„Die gehen Sie nichts an."

Büttner seufzte schwer, bevor er sagte: „Frau Behrends, wir können es auch anders machen. Sie kommen mit uns aufs Revier, und während wir uns dort unterhalten, stellen unsere Kollegen hier Ihr Haus samt Auto und Gepäck auf den Kopf. Sie können entscheiden: die einfache oder die komplizierte Variante."

Marianne entschied sich für die einfache. „Meine Handtasche ist im Auto", sagte sie leise.

Ohne ein Wort stand Hasenkrug auf und ging nach draußen. Nur wenig später stand er wieder in der Tür und hielt zwei Tickets in die Luft. „Sind die Kinder umgezogen?", fragte er. Als er als Antwort nur böse Blicke erntete, fügte er hinzu: „Brasilien ist nicht mal in der Nähe von Nigeria. Warum dieser Umweg?"

Marianne fingerte für eine ganze Weile schweigend an einer Kerze herum, die auf dem Tisch stand. Dann erklärte sie: „Okay, wir wollten weg. Einfach nur weg." Sie machte eine ausladende Armbewegung. „Das alles hier hinter uns lassen. Den ganzen Stress, den ganzen Ärger, den ganzen Kummer. Das verstehen Sie ja sicher."

„Es ist eine ganze Menge, das wir verstehen sollen", erwiderte Büttner. „Aber trotz all Ihrer Erklärungen haben wir immer noch Fragen. Komisch, oder?" Er bekam keine Antwort, also fuhr er fort: „Vielleicht wundern Sie sich ja ein wenig, dass wir", er warf einen Blick auf die Uhr, „dass wir uns um fast fünf Uhr am Morgen in Jennelt herumtreiben. Nun, das hat einen Grund. Jemand hat uns gegenüber nämlich behauptet, dass er Sie erpresst hat. Die Übergabe der geforderten Geldsumme sollte heute Nacht am Grab Ihres Mannes erfolgen."

„Edzard hat was von einer Erpressung gesagt, ja. Nachdem er bei Ihnen gewesen war", entgegnete Marianne. „Aber das ist totaler Quatsch."

„Es wird Sie vielleicht interessieren zu hören, dass Ihr Schwiegersohn Ibo diese Erpressung bereits zugegeben hat", wandte sich Büttner an Edzard – und erntete genau die Reaktion, die er erhofft hatte.

Edzard schoss wie ein Pfeil nach oben und raunzte: „Ibo war es, der Marianne so zugesetzt hat? Das hätte ich mir ja denken können, dass der …" Auf den entsetzten Blick seiner Gefährtin hin, stockte er und ließ sich wieder auf den Stuhl sinken. „Wie ich schon heute Vormittag sagte, an dem Blödsinn ist nichts dran", versuchte er seinen Fehler wieder auszubügeln.

„Netter Versuch, Herr Mansen", meinte Büttner. „Nur leider glauben wir Ihnen nicht. Bestimmt war doch auch die Erpressung ein Grund, warum Sie sich dazu entschieden haben, so plötzlich abzuhauen." Er senkte den Blick und schaute Mansen von unten herauf an. „Oder kam der Aufbruch gar nicht so plötzlich?"

„Herrgott noch mal!", wetterte Edzard und donnerte mit der Faust auf den Tisch. „Selbst wenn Ibo zwanzigtausend Euro von Marianne haben wollte, was hat denn das alles mit den Morden zu tun?"

„Wer hat denn was von zwanzigtausend Euro gesagt?", fragte Büttner ruhig.

„Sie."

„Nee. Und mein Kollege auch nicht." Büttner konnte sich ein triumphierendes Grinsen nicht verkneifen.

Mariannes Gesicht lief rot an. „Ich denke, Sie suchen einen Mörder, und nun erzählen Sie irgendwas von einer Erpressung. Ziemlich armselig, finden Sie nicht? Und außerdem: Falls ich erpresst wurde, dann bin ich ja wohl Opfer und nicht Täterin. Was also soll das Ganze hier? Wenn Sie nicht mehr haben als das, dann gehen Sie jetzt gefälligst." Sie deutete mit ausgestrecktem Arm auf die Tür.

Büttners Grinsen verschwand. Damit hatte sie recht. Selbst wenn es diese Erpressung tatsächlich gegeben hatte, so war dies kein Beweis dafür, dass sie irgendetwas mit den Morden zu tun hatte. Sie hatten tatsächlich nichts gegen sie in der Hand.

„Na, plötzlich so schweigsam, Herr Kommissar?" Marianne Behrends sah ihn spöttisch an. Von der Sanftheit einer Mutter Teresa konnte er in ihrem Gesichtsausdruck nichts erkennen. „Also, dann gehen Sie jetzt, bitte." Erneut zeigte sie in Richtung Tür.

Hasenkrug erhob sich. Die Flugtickets schob er in die Innentasche seiner Jacke. „Die nehmen wir mit", verkündete er. „Und Sie verlassen bitte nicht das Land, wie besprochen. Wir werden Sie im Auge behalten, da können Sie sicher sein."

Sie waren gerade an der Haustür angekommen, als sein Smartphone fiepte. Er sah auf das Display und runzelte verwundert die Stirn. „Die Kollegen von der Wirtschaftskriminalität", murmelte er. Er rief zurück. „Moin, was gibt es denn so früh am Morgen? Eine Nachtschicht habt ihr gemacht? Wegen interessanter Erkenntnisse? Na, dann schieß mal los." Hasenkrug hörte eine Weile zu, wobei sein Gesichtsausdruck immer zufriedener wurde. „Könntest du das alles bitte noch mal sagen?", bat er dann seinen Kollegen. „Ich stell mal auf laut, damit alle mithören können."

Am Ende der Ausführungen war die Überheblichkeit in Marianne Behrends' Blick einem fassungslosen Entsetzen gewichen. Während sie noch dasaß und ihre Niederlage zu begreifen versuchte, brach Edzard Mansen in Tränen aus. Nun konnte ihn niemand mehr davon abhalten, ein Geständnis abzulegen. Die Worte sprudelten wie ein Wasserfall aus ihm heraus.

30

„Alles ein Fake?" Susanne war augenscheinlich fassungslos. Während sie am Herd stand und für ihren völlig durchgefrorenen Mann Speckpfannkuchen buk, schüttelte sie immer wieder den Kopf. „Was es doch für perfide Menschen gibt."

„Ja, ich konnte es auch kaum glauben", nickte Büttner. Er rieb sich den Hals, in dem es bereits unangenehm kratzte. Bestimmt hatte er sich in der letzten Nacht eine fette Erkältung zugezogen. „Man rechnet ja mit vielem, aber so was … Dabei dachte ich, ich hätte in meinem Job schon alles an Schlechtigkeit gesehen, was es hierzulande so gibt."

„Und es hat diese Hilfsorganisation, für die die Jennelter und viele andere über lange Jahre hinweg gespendet haben, nie gegeben?"

„Richtig. Keine Hilfsorganisation und keine Kinder, die über diese in ein besseres Leben vermittelt wurden."

„Und warum ist das vorher niemandem aufgefallen? Ich meine, dann können ja auch nie irgendwo irgendwelche Kinder angekommen sein." Susanne stellte ihrem Mann einen Teller mit einem herrlich duftenden Pfannkuchen auf den Tisch. Nicht nur Büttner, auch Heinrich, der in seinem Korb lag, hob schnuppernd die Nase. Inzwischen konnte der Hund auf seine Halskrause wieder verzichten.

Mit ihr war auch seine Unleidlichkeit verschwunden, und er verhielt sich seinem Frauchen gegenüber wieder so, als wäre nie etwas gewesen.

„Es sind auch nie irgendwelche Kinder vermittelt worden. Das ganze Bildmaterial, das Marianne Behrends ihren Mitmenschen präsentiert hat und auf dem sie mit dunkelhäutigen Kindern zu sehen war, war getürkt. Photoshop macht's möglich, sagen unsere Kriminaltechniker. Genauso übrigens wie die Homepage, die E-Mails an Imke und Ibo Boos und alles Drumherum. Nur die Bankverbindung, über die Spenden und das Geld für die angebliche Adoption der Kinder gesammelt wurden, gab es tatsächlich. Doch hatte sie nie vor, das Geld zu spenden oder seinem Zweck zuzuführen, sondern es für einen geruhsamen Lebensabend mit ihrem Geliebten weit weg von der Heimat zu verprassen."

„Sie hat also die Gutgläubigkeit ihrer Mitmenschen schamlos ausgenutzt", konstatierte Susanne. „Aber warum musste ihr Mann sterben?"

„Klaas Behrends ist eines Tages dahintergekommen, was seine Frau so alles trieb. Inklusive der Liebelei mit Edzard Mansen. Angeblich hat er damit gedroht, alles auffliegen zu lassen. Doch bevor er es tun konnte, war er auch schon tot. Erstochen von seiner Frau, die ihn nachts nach draußen gelockt hatte, wo Mansen bereits auf sie wartete. Dem kam das gerade recht, hatte er doch sowieso schon die ganze Zeit wegen des Unfalls seines Sohnes auf Rache gesonnen. Gemeinsam haben die beiden den Leichnam dann in die Gruft geschafft, nicht ahnend, dass der Pastor den Sarkophag von Dodo zu Inn- und Knyphausen am nächsten Tag ausnahmsweise für Touristen öffnen würde. Sie hatten angenommen, dass man Klaas dort nie finden würde. Dumm gelaufen, nennt man das wohl."

„Und Therese Pupkes? Wusste die auch was?", fragte Susanne. Sie setzte sich zu ihrem Mann an den Frühstückstisch und schmierte sich eine Scheibe Brot.

„Die arme Frau Pupkes war das, was man gemeinhin einen Kollateralschaden nennt", erklärte Büttner, nachdem er einen Schluck Kaffee genommen hatte. „Sie war zu neugierig, wie mir Edzard Mansen sagte. Angeblich hat er sie zufällig dabei erwischt, wie sie sich vor Frau Behrends' Haustür an den Flugtickets zu schaffen machte. Die hatte er, eingeschoben in einen Stapel irgendwelcher Zettel, dort abgelegt, weil er glaubte, Marianne würde jeden Moment nach Hause kommen und sie mit hineinnehmen. In Panik griff er nach einem an der Hauswand lehnenden Spaten und schlug ihn Therese über den Schädel." Büttner machte eine nachdenkliche Pause. „Ob das alles so stimmt, weiß ich nicht, denn er hatte auf die Frage, warum er die Papiere nicht einfach ins Haus gelegt habe, keine Antwort. Womöglich hat er Therese auch bewusst dort aufgelauert, weil sie vielleicht zu viel wusste. Dann wäre es Mord. Allerdings sagt er, er habe sie nicht töten wollen. Aber was nützt das. Tot ist tot. Marianne Behrends hat schwer daran zu knabbern. Den Tod der Freundin hatte sie schließlich nicht eingeplant. Genauso wie den von Andreas Uphoff, den sie indirekt ja auch zu verantworten hat. Ich schätze, sie wird noch einiges zu verarbeiten haben."

„Was mir nicht im Geringsten leidtut", erwiderte Susanne grimmig und biss von ihrem Brot ab. „Wer über Jahre hinweg ein solches Lügengebilde aufbaut, der verfügt über ein hohes Maß an krimineller Energie und Skrupellosigkeit. Mitleid wäre da völlig deplatziert."

„Wie auch immer", sagte Büttner, „die beiden werden so schnell kein Unheil mehr anrichten können." Er streckte die Arme über den Kopf und gähnte tief und ausdauernd. „Ich für meinen Teil lege mich jetzt ins Bett. Ich danke dir für die weltbesten Speckpfannkuchen, mein Schatz. Ich gebe es ja ungern zu, aber für die würde zweifelsohne selbst ich zum Mörder."

DANKE!

Ein allererstes und gaaaanz großes Dankeschön gebührt diesmal dem Jennelter Pastor Siek Postma, der mich auf die desaströsen Verhältnisse in seiner Gemeinde aufmerksam machte. Nein, haha, WITZ gemacht! Richtig muss es heißen: Der mich auf die Gruft aufmerksam machte, die seit Jahrhunderten unter der Jennelter Kirche schlummert. Bei einer Führung vor Ort weihte er mich in die Geheimnisse der Familie zu Innhausen und Knyphausen ein und sorgte nach Vertextlichung dafür, dass in meinem Krimi alle historischen Fakten, diese Gruft und die Kirche betreffend, stimmen. Auch erzählte er mir von einer real stattgefundenen stürmischen Beerdigung, die ich – frei interpretiert und an einen anderen Ort verlegt – in „Todesgruft" aufgegriffen habe. Von Herzen danke ich auch Otto Damaske, der mir auf unkomplizierte Art das vom ihm geschossene Foto der Jennelter Kirche für das Cover zur Verfügung stellte. Ist es nicht ganz herrlich krimimäßig?!

Wie immer gilt mein ausdrücklicher Dank meinen Testleserinnen Katrin Fritzsching und Sabine Kern sowie meinem ständigen Berater Volker Behnecke, die mir wertvolle Hinweise zu Logik und Aufbau der Geschichte gaben. Vielen Dank dafür, Ihr Lieben, Ihr seid die Besten!

Richtig auf Trab aber brachte mich mein Lektor Hagen Schied (www.lektorat-buchwaerts.de), der mit professionellem Auge auch das sah, was Laien (und mir) gemeinhin verborgen bleibt. Ich danke ihm von Herzen für seine wertvollen Anmerkungen, Einwände, Ergänzungen und die konstruktive Kritik. Den allerletzten Schliff gab Corinna Rindlisbacher (www.ebokks.de) im Korrektorat. Sie konvertierte auch die Textdatei ins richtige Format. Auch dafür ein großes Dankeschön!

Last but not least freue ich mich sehr über das gelungene Cover, das auch diesmal wieder von Susanne Elsen (www.mohnrot.com) gestaltet wurde.

Liebe Leserin, lieber Leser,

ich freue mich sehr, dass Sie „Todesgruft" als Lektüre ausgewählt haben und hoffe, dass ich Ihnen mit dieser Geschichte ein paar angenehme Stunden bereiten konnte. In diesem Fall würde ich mich über eine Rezension oder ein Feedback über meine Homepage (www.elke-bergsma.de) oder per E-Mail (mail@elke-bergsma.de) sehr freuen. Sollten Sie Lust haben, mehr von Büttner und Hasenkrug zu lesen, darf ich Ihnen an dieser Stelle meine weiteren Ostfrieslandkrimis ans Herz legen, die in dieser Reihenfolge erschienen sind:

„Windbruch"
„Das Teekomplott"
„Lustakkorde"
„Tödliche Saat"
„Dat witte Lücht" (Kurzkrimi)
„Puppenblut"
„Stumme Tränen"
„Schweigende Schuld"
„Fluchträume"
„Brandwunden"
„Strandboten"
„Maskenmord"
„Eisige Spuren"
„Seelenrausch"
„Scheinwelten"
„Dunstkreise"
„Zornesbrut"
„Sippenverfall"
„Todesgruft"

„Bitteres Erbe"
„Lodernde Wut"
„Dünennebel"
„Meeresklagen"
„Herbstzeittode"
„Schwarze Lettern"
„Hetzjagd"
„Platzverweis"
„Abschiedsklänge"
„Lebensfesseln"
„Klosterchoräle"
„Späte Reue"
„Innerer Dämon"
„Tummelplatz"
„Wellenschlag"
„Froststarre"
„Siedepunkt"

Vielleicht haben Sie Lust, auch in meine historisch-zeit-genössische Ostfrieslandkrimireihe „Wibben und Weerts ermitteln" reinzuschnuppern? In dieser Reihe sind bisher erschienen:
„Moorsmaragd"
„Flutrubin"
„Inselsaphir"

Im Sommer 2018 erschien zudem der erste Band meiner ostfriesisch-niederländischen Krimireihe „Grenzfälle". Schauen Sie doch mal rein in:
„Wie Mauern so kalt"

Im Herbst 2019 erschien mein Arktis-Thriller:
„Verloren im Eis."

Mit meiner Kollegin Anna Johannsen veröffentlichte ich 2019 zudem den Ostfrieslandkrimi „Juister Mohn" sowie 2024 die Ostfrieslandkrimi-Trilogie mit den Bänden „Die Stille der Flut", „Die Gewalt des Sturms" und „Die Kraft der Ebbe".

Völlig neu erfunden habe ich mich 2022/2023 mit meiner historischen Trilogie „Wege in eine neue Zeit", die in der Weimarer Republik angesiedelt ist.
Band 1: „Die Bürde der Freiheit"
Band 2: „Die Kraft der Entbehrung"
Band 3: „Der Makel der Hoffnung"

Möchten Sie regelmäßig und unkompliziert über alles, was rund um meine Bücher herum passiert, informiert werden, dann abonnieren Sie doch einfach meinen Newsletter unter www.elke-bergsma.de/newsletter oder folgen Sie mir auf Facebook und Instagram.

Herzliche Grüße
Elke Bergsma

www.elke-bergsma.de
www.facebook.com/elkebergsmaautorin
www.instagram.com/bergsmaautorin